Horst Bosetzky

Aufruhr am Alexanderplatz

Von Gontards fünfter Fall

Criminalroman

Jaron Verlag

Horst Bosetzky alias -ky, emeritierter Soziologieprofessor, lebt in Berlin und gilt als »Denkmal der deutschen Kriminalliteratur«. Mit einer mehrteiligen Familiensaga, zeitgeschichtlichen Spannungsromanen und biographischen Romanen (wie »Kempinski erobert Berlin«, 2010, und »Der König vom Feuerland« über August Borsig, 2011) avancierte er zu einem der erfolgreichsten Autoren der Gegenwart. Im Jaron Verlag erschienen von ihm daneben mehrere Titel für die erfolgreichen Krimiserien »Es geschah in Berlin« (zuletzt »Razzia«, 2013) und »Es geschah in Preußen« (zuletzt »Mamsellenmord in der Friedrichstadt«, 2012). Zusammen mit dem bekannten Rechtsmediziner Prof. Dr. Gunther Geserick veröffentlichte er Kriminalgeschichten unter dem Titel »Berliner Leichenschau« (2013).

Originalausgabe
1. Auflage 2013

www.jaron-verlag.de
Umschlaggestaltung: Bauer + Möhring, Berlin
Satz: Pinkuin Satz und Datentechnik, Berlin
Druck und Bindung: CPI – Clausen & Bosse, Leck

ISBN 978-3-89773-727-3

Eins

Als Christian Philipp von Gontard erwachte, brauchte er einige Sekunden, um sich zu orientieren. Die niedrige Zimmerdecke ... Er war offensichtlich nicht auf seinem Gut in Wutike. Die Stille draußen ... Das war auch nicht seine Wohnung in der Berliner Dorotheenstraße. Endlich erkannte er, wo er sich befand: in Wahn. Nicht etwa *im* Wahn, sondern *in* Wahn. Genauer gesagt, in der Wahner Heide nahe Köln. Er schlug die Bettdecke beiseite, setzte sich auf und massierte seine Schläfen. Der Abend mit den Kameraden war lang gewesen, und anderthalb bis zwei Flaschen Wein bei einer Feier war er nicht gewohnt.

Man schrieb das Jahr 1838, und man hatte ihn, den jungen Lieutenant des 3. Garde-Feldartillerie-Regiments, abkommandiert auf den Schießplatz Wahner Heide. Der war nach Ende der Freiheitskriege gegen Napoleon angelegt worden, als unter Prinz August von Preußen die Artillerie neu organisiert worden war. Man hatte eine möglichst gefechtsnahe Ausbildung und jederzeit einsatzbereite Truppen haben wollen und zu diesem Zweck in der Nähe von Garnisonsstädten Übungsplätze eingerichtet. Für die 1816 in Köln aufgestellte 7. Königlich Preußische Artilleriebrigade hatte die Gemeinde Wahn ab 1817 ein Gelände, das man als Truppenübungsplatz nutzen konnte, zur Verfügung stellen müssen. Die Größe dieses »Revue-Platzes« war der Reichweite der Geschütze und der Sprengwirkung der zur Verfügung stehenden Artilleriegranaten angepasst gewesen. Doch der rasante Fortschritt in der Militärtechnologie führte dazu, dass die Reichweite der Geschütze ständig zunahm.

Einquartiert hatte man Gontard im Dorf Altenrath östlich des Schießplatzes, und zwar beim Bäcker Georg Engels. Dessen Vorfahren waren allesamt Töpfer gewesen, doch nachdem dieses Gewerbe zum Erliegen gekommen war, hatte man sich anderen Betätigungen zuwenden müssen.

Gontard hatte gelacht, als ihm der Bäcker davon berichtet hatte. »Das Beschicken eines Ofens steckt Ihnen offenbar im Blut. Bei Ihren Ahnen waren es die aus Ton geformten Krüge, die in den Ofen kamen, bei Ihnen sind es die Brotlaibe.«

»Vor allem meine Kuchen. Den Kirschstreusel müssen Sie unbedingt einmal probieren!«

Viel lieber hätte Gontard Marie probiert, die Tochter des Bäckers, doch kaum hatte ihre Mutter seine begehrlichen Blicke bemerkt, warnte sie ihn auch schon: »Passen Sie nur auf, Herr Lieutenant! Unser Mariechen ist verlobt, und ihr Verlobter, der Drickes, ist ein Schmied, wo der hinlangt, da wächst kein Gras mehr.«

Also beschränkte sich Gontard darauf, Marie verstohlene Blicke hinterherzuwerfen. Seinem Freund Friedrich Kußmaul schrieb er nach Berlin, sie sei ein wahres Zuckerpüppchen.

Wenn die Engels' mit Gontard redeten, bemühten sie sich, ein auch ihm verständliches Deutsch zu sprechen, wenn sie aber unter sich waren oder vergaßen, dass er mit am Tisch saß, dann verfielen sie in ihren rheinischen Dialekt.

So geschah es auch an diesem Morgen, als Gontard mit einiger Verspätung am Frühstückstisch erschien und sich dafür entschuldigte.

Die Bäckersfrau winkte ab. »Wer lang schlöf, dä schlöf sich wärm, wer fröh opsteit, dä friss sich ärm.«

Und gleich danach verkündete der Hausherr mit einem Blick aus dem Fenster: »Et Wedder wed jot: Die Aape klimme.«

Gontard sah ihn verständnislos an. »Wie?«

»Das Wetter wird gut: Die Affen klettern.«

Auch als Maries Mutter noch einmal auf ihren künftigen Schwiegersohn zu sprechen kam, konnte sich Gontard den Sinn ihrer Worte nicht so recht erschließen. »Wenn dä stirv, möht mer demm sing Mul extra dutschlage.« Das sollte heißen, dass der Drickes ein Schwaadlappe war – also einer, der dauernd schwätzte und dem man nach seinem Tod sogar noch den Mund totschlagen musste.

Marie fragte Gontard, ob er nicht zum Mittagessen vom Schießplatz zurück nach Altenrath kommen wolle.

Das Frühstück mit der Familie Engels hätte für ihn ewig dauern können, doch war es Zeit, sich zu erheben und zur Kirche St. Georg zu laufen, wo der Kutschwagen hielt, der ihn und seine Kameraden abholte und zum Schießplatz brachte.

Dort hatte Richard von Randersacker das Sagen, geboren am 4. Januar 1799 in Schramburg als Sohn eines Woiwoden und mit seinen Eltern aus Livland nach Preußen gekommen, nachdem man in Preußen und Österreich den Grafenstand der Familie anerkannt hatte. In Polnisch-Livland, Kurland und Litauen gehörte ihm ein von der Düna durchströmtes Gebiet von 35 Quadratmeilen mit rund 15 000 Seelen. Vermählt war er mit der Freiin Magdalene von Lixna.

Randersacker war nach dem Besuch der Liegnitzer Ritterakademie 1815 zur Artillerie gekommen. Am Ende der Befreiungskriege war er zur Garde-Artillerie nach Berlin versetzt worden. 1825 hatte man ihn zum Premier-Lieutenant befördert, danach reichte er seinen Abschied ein, weil ihm die Verwaltung und der Erhalt seiner Besitzungen sehr am Herzen lagen. Nach Ausbruch des Novemberaufstands in Polen Ende 1830 war er zur Landwehr einberufen worden und hatte die 5. Artillerie-Brigade übernommen. Dort war er 1833 zum Hauptmann ernannt worden und später zum Major aufgestiegen. Seit 1837 fungierte er als Director in der Abteilung für Artillerie-Angelegenheiten im Kriegsministerium in Berlin.

»Was ich Ihnen heute vorführen will, meine Herren, ist ein von Wahrendorff in Schweden neuentwickelter Kolbenverschluss, wie er in den nächsten Jahren für alle Hinterlader eingeführt werden soll. Ich will Ihnen aber nicht verschweigen, dass ich den Hinterladern skeptisch gegenüberstehe und für die Beibehaltung des guten alten Vorderladers plädiere. Warum wohl? Weil bei Vorderladern eine größere Treibladung benutzt werden kann und wir dadurch eine größere Reichweite und eine höhere Durchschlagsleistung erreichen. *Quod esset demonstrandum!*«

Randersacker hatte zu diesem Zwecke zwei Kanonen der unterschiedlichen Bauarten nebeneinander aufstellen lassen. Schon waren die bereitstehenden Kanoniere dabei, die Granaten in die Rohre zu schieben und diese auszurichten. Randersacker gab den Befehl zum Feuern.

In der Dorfschmiede von Altenrath gab es an diesem Vormittag für Meister Bernhard Büllersbach und seinen Gesellen viel zu tun. Ohne Unterlass waren sie unterwegs zwischen Feuer und Amboss, zogen mit ihren Zangen glühendes Eisen aus der Glut und formten daraus mit ihrem Hammer Hacken, Pflugscharen, Kettenglieder, Türscharniere und Hufeisen.

Doch immer wieder hielt der Geselle mitten in der Arbeit inne, starrte in Richtung der Engels'schen Bäckerei und musste von Büllersbach an die oberste Weisheit seines Berufes erinnert werden: dass man ein Eisen nur so lange schmieden konnte, wie es heiß war.

»Mensch, Drickes, wo bist du denn bloß mit deinen Gedanken!«, rief Büllersbach. »Bei Mariechen wieder?«

Der Geselle bekannte, dass ihn die Eifersucht gepackt habe, denn in der Engels'schen Bäckerei habe man einen Berliner Lieutenant einquartiert, der seiner Verlobten schon den Kopf verdrehen könne. »Ein schöner Mann ist er – und adlig auch noch. Der kann sicher mem Aasch Nöss knacke. Den hätt se besser en dä Wald jespritz, do wör hä ne schöne Tannenboom jewoode.«

Der Schmied lachte. »Zänkt üch nit, schlot üch leever!«

Der Geselle winkte ab. Sich mit dem Lieutenant zu schlagen, würde er nicht wagen, denn sein zweiter Schlag wäre schon Leichenschändung, und die Preußen würden ihn sicher unters Fallbeil schicken. Er versuchte, sich wieder zu beruhigen und auf seine Arbeit zu konzentrieren, doch andauernd drang vom Schießplatz Kanonendonner herüber, und er wurde immer wieder an Marie und ihren uniformierten Verehrer aus Berlin erinnert. Wer weiß, vielleicht kam der am helllichten Tage aus der Wahner Heide zurück und versuchte, Mariechen den Hof zu machen. Die

Angst, seine Verlobte zu verlieren, wurde übermächtig. Er bat Büllersbach, für ein paar Minuten verschwinden zu dürfen, um zu sehen, ob die Marie auch wirklich im Laden stand und Brote verkaufte.

Büllersbach hatte volles Verständnis für Drickes' Anliegen. Er solle nur laufen. »Jeh met Jott, äwer loss de Lieutenant levve, wenn er sich wirklich övver dat Marieche hergemaach hat!«

Drickes band seine Lederschürze ab und machte sich auf den Weg zur Engels'schen Bäckerei, die unweit von St. Georg gelegen war. Kaum hatte er den einstöckigen Backsteinbau im Blick, ließ ihn ein gedehntes Rauschen zusammenzucken, das sich anhörte, als würde ein Meteor niedergehen. Er kannte das vom Manöver her. Eine Granate! Instinktiv warf er sich der Länge nach auf den Boden. Da krachte es auch schon dicht vor ihm, und die Erde bebte. Eine Druckwelle ging über ihn hinweg, eine Staubwolke hüllte ihn ein. Als er sich wieder aufgerappelt und der Staub sich gelegt hatte, schrie er auf. Die Granate hatte die Bäckerei getroffen, Maries Elternhaus war nur noch ein einziger Trümmerhaufen. Er lief so schnell, wie er noch nie in seinem Leben gelaufen war. Vielleicht war sie noch zu retten. Herr, höre meine Worte, Herr, vernimm mein Schreien! Hilf mir um deiner Güte willen, lass Marie am Leben! Er war kein Kirchgänger, das Beten fiel ihm schwer.

Er war als Erster an der Engels'schen Bäckerei, und mit seinen gewaltigen Kräften warf er große Steinbrocken wie Kiesel beiseite und zersplitterte Balken wie Streichhölzer. Als die Nachbarn ihm zu Hilfe kommen wollten, hatte er seine Verlobte schon gefunden.

Doch er kam zu spät. Marie starb in seinen Armen.

Zwei

An diese Marie Engels musste Gontard unwillkürlich denken, als er zehn Jahre später, am 10. Februar 1848, mit seinem Freund Dr. Friedrich Kußmaul schon am Vormittag im Café Stehely saß und der Arzt von den Schriften eines gewissen Friedrich Engels zu erzählen begann. »Kennst du den?«, fragte Kußmaul, als er Gontard ein wenig spöttisch lächeln sah.

»Na sicher. Er war bei der Garde-Artillerie-Brigade hier in Berlin, wo er seinen Militärdienst als Einjährig-Freiwilliger absolviert hat. Und an der Universität hat er auch noch Vorlesungen besucht, in Philosophie, glaube ich. Aber eigentlich wollte ich den Namen Engels ein für alle Mal aus meinem Gedächtnis gelöscht haben. Zu schrecklich war das damals mit dem Schießunfall in der Wahner Heide, bei dem die Marie ums Leben gekommen ist, die Bäckerstochter, in die ich mich ein bisschen verguckt hatte.«

»Die werden doch nicht miteinander verwandt sein, die Marie Engels und der Friedrich Engels«, nahm Kußmaul an.

»Ich weiß nur, dass Friedrich Engels aus Barmen kommt – das liegt bekanntlich nicht weit entfernt von Wahn – und einen ganzen Haufen von Brüdern und Schwestern hat.« Gontard hielt inne und überlegte. »Aber wenn die

Marie mit ihm verwandt gewesen wäre, hätte sie mir doch von ihm erzählt.«

»Warum sollte sie das tun?«, fragte Kußmaul. »1838 hat ihn doch noch niemand gekannt.«

»Gut, lassen wir das Thema.« Gontard wies auf die Zeitungen, die an der Wand am Haken hingen und die er noch nicht studiert hatte. »Was gibt's denn Neues in Berlin und anderswo?«

»Im Augenblick nicht viel, aber das könnte sich in Bälde ändern.«

»Wieso denn das?«

»Ich habe einen Patienten, der gerade aus Paris gekommen ist – und da soll es mächtig gären.« Kußmaul senkte die Stimme. »Der Thron des französischen Königs Louis-Philippe wackelt beträchtlich. Das Bürgertum ist enttäuscht von ihm, weil er dem Adel die Rückeroberung seiner Privilegien beschert hat, und die Arbeiter stöhnen über ihre verzweifelte Lage und sind nahe daran, erneut auf die Barrikaden zu gehen.«

»Selbst wenn es in Frankreich wieder eine Revoluton gäbe, würde sich hier bei uns nichts ändern – so wie 1789.« Gontard gab sich in dieser Hinsicht keinerlei Illusionen hin. »Weder der Weberaufstand in Schlesien noch Bettina von Arnims sozialkritische Schrift *Dies Buch gehört dem König* haben hierzulande irgendjemanden aus seiner wohligen Lethargie gerissen.«

»Nun ja ...« Kußmaul wusste nicht richtig, wo er ansetzen sollte. »Neulich habe ich in der Jung'schen Apotheke, an der Ecke Neue Königstraße und Barnimstraße, ein wenig mit dem Apotheker Fontane geplaudert, und der meint, dass die meisten Bürgersleute die politischen Verhältnisse satthätten. Nicht, weil sie sonderlich unter ihnen leiden würden, nein, sondern weil in Preußen alles so furchtbar antiquiert sei, als habe man am Hofe und in seiner Umgebung das letzte halbe Jahrhundert verschlafen.«

Gontard schüttelte den Kopf. »Auch im Adel gibt es genügend Menschen, die darunter leiden, dass wir keine Pressefreiheit haben, von einer liberalen Verfassung ganz zu schweigen, und dass wir von der Politischen Polizei auf Schritt und Tritt bespitzelt werden. Die Armut nimmt nie gekannte Ausmaße an. Nahrung und Wohnraum werden immer teurer, und schon ein Viertel aller Berliner ist so arm, dass man sie von der Mietsteuer befreien muss.«

Kußmaul zog seine Taschenuhr hervor. »Entschuldige, ich muss in die Sprechstunde. Meine Patienten warten schon.«

»Henriette wird auch schon ungeduldig sein, weil ich noch nicht zu Hause bin.« Damit erhob sich auch Gontard.

Als sie auf den Gensdarmen-Markt herausgetreten waren, verabredeten sie sich für den Abend, dann strebte Kußmaul seiner Ordination entgegen und Gontard dem häuslichen Herd in der Dorotheenstraße. Nach seiner Beförderung vom Major zum Oberst-Lieutenant - pünktlich zu des Königs Geburtstag - hatte er das Haus, in dem er bislang nur Mieter gewesen war, gekauft und seine Frau und die beiden Kinder endgültig vom Gut Wutike nach Berlin geholt. Es war auch höchste Zeit gewesen, denn Henriette war ihm immer fremder geworden, und die Kinder, Ferdinand und Luise, hatten ihn mehr als Onkel denn als Vater gesehen.

Mit sich und der Welt weithin zufrieden, schlenderte Gontard die Friedrichstraße hinauf und kam, nachdem er die Behrenstraße gekreuzt hatte, von der Friedrich- in die Dorotheenstadt.

Die Dorotheenstraße, benannt nach der Kurfürstin Dorothea, reichte vom Kupfergraben bis zur Casernenstraße am Rande des Thiergartens. Gontard genoss es, in dieser Straße zu wohnen, in der sich ein ansehnliches Haus an das andere reihte, und erzählte Ortsfremden immer mit einem gewissen Stolz, welche Geistesgrößen hier in den letzten zwei Jahrzehnten Quartier genommen hatten. Zu ihnen gehörten der berühmte Arzt Christoph Wilhelm Hufeland und der Philosoph Arthur Schopenhauer, beide noch zu Zeiten hierher gezogen, da die Dorotheenstraße den Namen Letzte Straße getragen hatte, weil sie die letzte Straße in der Dorotheenstadt nach Norden hin war. Außerdem hatten hier der Apotheker und Chemiker Andreas Sigismund Marggraf gewohnt, dem Europa die Entdeckung des Zuckers in der Runkelrübe verdankte, und Enrique Gil y Carrasco, ein spanischer Schriftsteller, der mit Wilhelm und Alexander von Humboldt befreundet gewesen war und mit seinem romantischen Roman *Der Herr von Bembibre* einiges Aufsehen erregt hatte.

Vor seinem Haus angekommen, fand Gontard seine Tochter und seinen Sohn mit den Nachbarskindern in einen heftigen Streit verwickelt. Sie hatten sich darauf gefreut, die Schlacht von Waterloo nachzuspielen, aber nun wollte niemand der Napoleon sein.

»Soll ich Bonaparte sein?«, fragte Gontard.

»Nein, Papa!«, erregte sich sein Ferdinand. »Das geht doch nicht, du bist zu stark, dich kann keiner besiegen.«

Die Bewunderung, die sein 14-Jähriger ihm entgegenbrachte, freute ihn. Doch dann brach der Pädagoge in ihm durch, schließlich war er schon seit Jahren Lehrer an der Vereinigten Artillerie- und Ingenieurschule, und er erklärte den Kindern, dass sie es wie die Schauspieler sehen müssten. »Wer auf der Bühne einen Mörder spielt, kann doch im wirklichen Leben ein herzensguter Mensch sein, der keiner Fliege etwas zuleide tut, und wer im Königlichen Schauspielhaus den Napoleon gibt, der ist im wirklichen Leben vielleicht ein glühender preußischer Patriot. Und jeder gute Schauspieler reißt sich um die Rolle des Napoleon, weil es sich um einen interessanten Charakter handelt.«

Nun wollten auf einmal alle der Napoleon sein, und Henriette, die alles vom Fenster aus verfolgt hatte, klatschte Beifall. »Ich bewundere dich, Christian, wie du alle Probleme im Handumdrehen lösen kannst«, rief sie nach unten.

»Hm, ja ...« Nun konnte er seine Autorität als Königlich Preußischer Oberst-Lieutenant nutzen und von sich aus den Napoleon bestimmen – oder aber die Kinder losen lassen. Aber eigentlich hätte er, der sich so sehnsüchtig ein Parlament nach amerikanischem Muster wünschte, alle des Längeren diskutieren und dann abstimmen lassen müssen. Dies alles zu bedenken erforderte einige Zeit. Zu viel Zeit, meinten seine Kinder und ihre Freunde.

»Papa, dann spielen wir lieber, wie Königin Luise stirbt!«, rief seine Tochter gleichen Namens, nun auch schon zwölf Jahre alt.

»Ja, eine wunderbare Idee!« Da sie das einzige Mädchen war, gab es bei diesem Spiel sicher keinen Streit um die Rollenverteilung. Um aber seine Tochter nicht leblos auf einem Katafalk, sprich ihrem Handwagen, liegen zu sehen, machte er, dass er ins Haus kam.

Gontard trat in den Flur und eilte in die erste Etage

hinauf, wo ihn seine Frau erwartete. Dabei rief er: »O was macht doch mein Herz für einen Sprung, wenn ich dich nur sehe!« Das war eine Anspielung darauf, dass seine Henriette eine geborene von Herzsprung war.

»Herr Oberst-Lieutenant belieben zu schmeicheln.«

»Wenn, dann nur in der Absicht, Euch zu verführen, liebste Baroness.«

»Das wird Euch nicht leichtfallen ...«

Doch Gontard gelang genau dies, ehe ihre Mamsell vom Einkaufen zurück war. Bis zum Mittagessen konnte er sich nun ein wenig erholen, danach hatte er zu seiner nachmittäglichen Lehrveranstaltung in den Hörsaal zu eilen. Die Vereinigte Artillerie- und Ingenieurschule war 1816 gegründet worden und hatte 1823 Unter den Linden No. 74, an der Ecke zur Wihelmstraße, ein repräsentatives Hauptgebäude bekommen. In einjährigen Kursen wurden hier die Lieutenants ausgebildet, die bereits auf einer Kriegsschule gewesen waren und danach zwei oder drei Jahre Dienst bei der Truppe geleistet hatten. Das Curriculum beinhaltete nicht nur die Fächer Artillerie- und Ingenieurwissenschaften, sondern auch Mathematik, Geographie, Geschichte, Deutsch und Französisch.

Was ihn an seiner Tätigkeit reizte, waren nicht nur der Umgang mit jungen Menschen und das Dozieren, sondern auch das tägliche Gespräch mit Kollegen, die aus zivilen Berufen kamen. So freute er sich, heute am Eingang der Schule Gotthilf Hagen zu treffen, einen geborenen Königsberger, der Dozent für Wasserbau war. Er war Mitglied der Königlich Preußischen Akademie der Wissenschaften und Ehrendoktor der Universität Bonn.

Gontard liebte es, den ernsthaften Hagen dadurch zu verwirren, dass er einen heiteren Ton anschlug. »Wissen

Sie eigentlich, dass die Berliner schon 1448 eine große Tat der Wasserbaukunst vollbracht haben?«

Der Ingenieur überlegte. »Hier an der Spree hat es doch nie richtige Deiche gegeben, und an die wasserwirtschaftlichen Regulierungen im Oderbruch und im Rhinluch war 1448 noch lange nicht zu denken.«

»Nein, aber 1448 haben die Berliner einen Damm zur Spree durchstochen und die Baugrube des Schlosses unter Wasser gesetzt. Sie wollten keine Zwingburg der Hohenzollern an dieser Stelle.«

»Ja, der Berliner Unwille«, brummte Hagen. »Ich hoffe nur, dass die Berliner vierhundert Jahre später nicht wieder unwillig werden. Man hört da so einiges munkeln ...«

Was dies betraf, hielt sich Gontard lieber bedeckt, und er brachte das Gespräch wieder auf Hagens Fachgebiet. »Die Preußen beklagen schon lange, dass sie keinen Nordseehafen haben, und es heißt, sie wollen nun am Jadebusen ein Stück Land kaufen und dort einen errichten ...«

»Das sind wohl alles nur Träume von Prinz Adalbert von Preußen. Aber wenn es tatsächlich so weit kommt, dann hoffe ich schon, dass man mich ruft, um diesen Hafen zu bauen«, erklärte Hagen.

Damit verabschiedeten sie sich voneinander, und Gontard machte sich auf den Weg zum Hörsaal. Beim laufenden Jahrgang hatte er vertretungsweise das Fach Kriegsgeschichte übernommen und dies auch nicht bereut, denn die Herren Lieutenants waren wesentlich aufmerksamer, wenn man über große Schlachten sprach und ihnen nicht die mathematischen Formeln zum Berechnen der Flugbahn von Granaten beizubringen versuchte.

»Kommen wir heute zur zwölften Schlacht des Siebenjährigen Krieges, nämlich zu der von Zorndorf, nordöstlich von Küstrin, am 25. August 1758. Bei Zorndorf gibt es eine teilweise sumpfige Niederung mit dem Galgen- und dem Zaberngrund, verschiedenen Tümpeln und kleinen Gehölzen, die eingebettet ist in eine weiträumige Heidelandschaft.« Gontard ging an die Tafel, skizzierte die Stellungen der Russen und der Preußen und erklärte den Schlachtverlauf. »Die Russen unter General Wilhelm von Fermor kommen von Küstrin her, das sie mit der Artillerie beschossen haben, und erwarten hier bei Zorndorf die Preußen unter Friedrich dem Großen. Der hat 36 800 Mann aufzubieten, die Russen 44 300. Bei Sommerhitze wird den ganzen Tag über erbittert gekämpft. Der preußischen Infanterie gelingt es nicht, eine Bresche in die gegnerischen Stellungen zu schlagen, und schließlich muss der linke preußische Flügel zurückweichen. Da passiert etwas höchst Beachtliches: Der König selbst steigt vom Pferd, ergreift die Fahne des Infanterieregiments No. 46, das General von Bülow befehligte, und bringt seine fliehenden Soldaten dazu weiterzukämpfen. Das nützt aber nichts, die Niederlage scheint sicher, zumal der Reitergeneral Friedrich Wilhelm von Seydlitz, der mit seinen fünfzig Schwadronen auf dem rechten Flügel steht, entgegen dem ausdrücklichen Befehl des Königs nicht eingreift. ›Er haftet mit Seinem Kopf für die Bataille!‹, ruft der König aus. Doch Seydlitz' Erfahrung, seine Intuition und seine einzigartige Fähigkeit, eine Schlacht zu lesen, sagen ihm, dass der richtige Zeitpunkt für eine Kavallerieattacke noch nicht gekommen ist, und so wartet er ab. Erst als die Russen, die weit in die preußischen Stellungen eingedrungen sind, ihm den Rücken zuwenden, entscheidet er die Schlacht zugunsten Preußens mit einer fulminanten Kavalkade.«

Hurra-Rufe erklangen im Hörsaal, und nun wurde darüber diskutiert, ob es klug war, dass der König mit seinem Eingreifen sein Leben aufs Spiel gesetzt hatte und ob sich Kaiser und Könige überhaupt mitten auf dem Schlachtfeld aufhalten sollten. Eine andere wichtige Frage war, ob man Seydlitz wegen Befehlsverweigerung vor das Kriegsgericht hätte stellen sollen oder er als der eigentliche Sieger von Zorndorf auf einen Denkmalssockel gehörte.

»Das ist ja das Thema von Kleists *Prinz von Homburg*!«, rief einer der Lieutenants.

Gontard nickte. »So ist es, nur mit dem Unterschied, dass Friedrich dem General Seydlitz noch auf dem Schlachtfeld dankte und nicht wie der Große Kurfürst das Kriegsgericht bemühte.«

Darüber wurde noch eine Weile diskutiert, dann war die Stunde zu Ende, und Gontard konnte sich wieder auf den Heimweg machen. So ließ sich das Leben genießen, sogar in dem großen Gefängnis namens Preußen. Gerade war er wieder auf die Straße Unter den Linden getreten, da lief er Julius Hitzig in die Arme.

Der stammte aus der Hofjudenfamilie Itzig, war aber 1799 zum Christentum konvertiert und hatte ein H vor seinen Namen setzen lassen. Hitzig betätigte sich als Jurist und Verleger. Er war 1815 Criminalrat in Berlin geworden, und 1827 hatte man ihn zum Director des Inquisitoriats sowie zum Mitglied im Criminal-Senat ernannt. Seit 1835 befand er sich allerdings im Ruhestand. Er hatte strafjuristische Fachzeitschriften begründet, war aber dem breiteren Publikum vor allem durch die Sammlung *Der neue Pitaval* bekannt geworden, die er zusammen mit Willibald Alexis herausgab und in der in regelmäßiger Folge Bände mit aufregenden Criminalfällen erschienen.

»Na, mein lieber von Gontard, von Ihnen war in letzter Zeit ja wenig zu hören. Haben Sie es aufgegeben, die Fälle unseres wackeren Criminal-Commissarius Werpel zu klären?«

»Mitnichten, aber seit dem Mamsellenmörder und dem Mord an Oberst-Lieutenant von Streyth hat es keine Fälle mehr gegeben, die mich hätten interessieren können. Und wenn Sie mich dazu animieren möchten, wieder einmal eine Tat aufzuklären, dann müssten Sie schon selbst den perfekten Mord begehen.«

Hitzig kam nicht umhin, Gontards besondere Leidenschaft von der moralischen Seite her zu betrachten. »Sehnsüchtig auf den nächsten Mord zu warten erscheint mir doch ein wenig zweifelhaft.«

Gontard lachte. »Das Publikum will es so. Es liebt das Erschaudern, und jeder ist glücklich, dass es ihn nicht getroffen hat. Außerdem eint das Verbrechen die aufrechten Gemüter im Abscheu vor Tat und Täter und macht dem Volke, wenn der Täter erst einmal am Galgen hängt, klar, dass sich das Morden nicht lohnt.«

»Ach Gontard, jetzt weiß ich endlich, dass ich nicht vergebens gelebt haben werde!«, rief Hitzig, um sich dann zu verabschieden und seinen Weg in den Thiergarten fortzusetzen. »Also, hoffen wir auf den nächsten schönen Fall!«

Gontard liebte sein Zuhause, seine Frau und seine Kinder, doch den ganzen Tag dort zu verbringen langweilte ihn. So hatte er sich auch für den heutigen Abend mit Friedrich Kußmaul verabredet, um durch Berlin zu streifen und zu hören, was im Volke so geredet wurde. Sie hatten vereinbart, dass Gontard in die Ordination kommen sollte, da nie ganz genau vorherzusagen war, wann der letzte Patient gegangen war. Also machte sich Gontard auf zum sogenannten Löben'schen Haus, das an der Ecke Leipziger und Jerusalemer Straße gelegen war. Früher war hier das Hauptritterschaftskreditkollegium untergebracht gewesen, jetzt gab es in dem vierstöckigen Eckhaus Privatwohnungen, und Kußmaul hatte sich auf der ersten Etage seine Praxis eingerichtet.

Bei der letzten Volkszählung vom 3. Dezember 1846 hatten 408 502 Menschen ihren Wohnsitz in Berlin gehabt, und inzwischen mochten es noch ein paar mehr geworden sein, so dass Gontard eigentlich damit rechnen konnte, Unter den Linden, in der Friedrich- oder der Mohrenstraße einen Verwandten oder einen lieben Freund zu treffen, doch der Zufall war heute gegen ihn. Dafür lief er auf dem Hausvogteiplatz Waldemar Werpel in die Arme.

Der Criminal-Commissarius gab sich übertrieben freundlich. »Nun, verehrter Herr Oberst-Lieutenant, wie ist das werte Wohlbefinden?«

»Danke für die Nachfrage, lieber Werpel. Ich möchte sagen, schlecht, denn schon allzu lange haben wir beide zusammen keine Bluttat mehr aufklären können.«

Werpel kniff die Augen zusammen. »Ich dachte, der Innenminister habe Ihnen das ausdrücklich untersagen lassen ...«

Gontard lachte. »Nein, das hat Herr von Bodelschwingh nicht getan.« Am liebsten hätte Gontard hinzugefügt: Schließlich schätzt er mich als einen Liberalen und ist mit seinem König alles andere als d'accord. Aber das brauchte er Werpel nicht auf die Nase zu binden. »Ich hätte zu gern einmal gewusst, wer sich an den Minister gewandt hat. Haben Sie da einen Verdacht?«

Werpel drehte sich um. »Meine dienstlichen Pflichten gestatten mir leider keine längere Plauderei. Adieu, Herr Oberst-Lieutenant!«

Gontard sah dem Criminal-Commissarius schmunzelnd hinterher. Irgendwie tat er ihm leid. Zu oft hatte er ihm den Sieg beim Kampf gegen das Verbrechen weggeschnappt. Andererseits wäre Werpel sicherlich schon längst in die tiefste ostpreußische Provinz versetzt worden, wenn er nicht auch von Gontards Erfolgen profitiert hätte.

Nachdenklich, aber doch bestens gelaunt stieg er dann zu Kußmauls Praxis hinauf. Er freute sich schon darauf, im Wartezimmer in den ausgelegten Journalen zu blättern. Doch als er eingetreten war, erstarrte er. Denn wer dort saß und in der *Vossischen Zeitung* las, war keine andere als ... Flora Morave. Bevor er Henriette kennengelernt hatte, hatte er viele Amouren mit Tänzerinnen und Schauspielerinnen gehabt, und Flora hatte zu seinen Favoritinnen gehört. Und er wäre jetzt auch nicht derart in Panik geraten, wenn zu dieser Zeit nicht gerade eine gewisse Lola Montez, auch eine Tänzerin, das gesamte bayerische Königreich durcheinandergewirbelt hätte. Die Dame hatte eine Affäre mit Ludwig I. und von diesem Verhältnis finanziell bereits erheblich profitiert. Er hoffte inständig, dass Flora ihn nach rund fünfzehn Jahren nicht wiedererkennen würde – oder nicht wiedererkennen wollte. Doch seine Hoffnung war vergebens.

In ihrem Gesicht arbeitete es einen Augenblick, dann lächelte sie, leicht maliziös, wie ihm schien, stand auf und streckte ihm ihre Hand entgegen. »Oh, que c'est beau de vous voir encore une fois, mon ami une fois tant aimé.«

Gott sei Dank hatte sie das auf Französisch gesagt, und

die anderen im Wartezimmer Sitzenden verstanden es offenbar nicht. Nur der Junge, der neben ihr saß, grinste anzüglich.

»Auch für mich ist es ein Vergnügen, Ihnen, Mademoiselle Flora, in diesem Leben noch einmal zu begegnen.« Gontard küsste ihr die Hand.

Sie wies auf den grinsenden Jungen. »Darf ich vorstellen? Mein Sohn Jean-Paul.«

Gontard erschrak, denn er hatte schnell zurückgerechnet. O nein, diese Ähnlichkeit! Aber wenn Jean-Paul wirklich sein Sohn war, warum hatte sich Flora nie gemeldet? Und jetzt? War sie etwa aus Paris zurückgekommen, um ihn, wie die Berliner sagten, auszunehmen wie eine Weihnachtsgans? O Gott, der Skandal, wenn Henriette davon erfuhr! Und all die preußischen Beamten, die ihn wegen seiner liberalen Tendenzen schon lange im Visier hatten! Plötzlich hatte er eine Schreckensvision vor Augen: Flora wurde in Berlin ermordet – und für Werpel wie auch den Polizeipräsidenten von Minutoli gab es da nur einen möglichen Täter, nämlich ihn. Ihm wurde siedend heiß. Was tun? Fliehen oder standhalten?

Wer ihn rettete, war sein Freund, denn gerade in diesem kritischen Augenblick öffnete Kußmaul die Tür zum Sprechzimmer und erfreute die Wartenden mit der Aufforderung: »Der Nächste bitte!«

Da sprang Gontard vor, drängte einen Rentier zur Seite, presste die rechte Hand auf den Unterbauch und stöhnte: »Herr Doktor, mein Blinddarm! Ich sterbe!«

Dr. Kußmaul ahnte natürlich nichts von den Zusammenhängen, begriff aber sofort, dass Gontard in Not war, und ließ ihn an sich vorbei ins Behandlungszimmer schlüpfen, wo er dann auch über alles aufgeklärt wurde.

»Was nun, Fritz?«, fragte Gontard, nachdem er seinem Freund die Geschichte erzählt hatte.

Der Arzt musste nicht lange überlegen. »Ich lasse dich jetzt durch die Hintertür entkommen, und du gehst rauf zu meiner Frau und lässt dir einen Baldriantee aufbrühen.«

Der tat dann auch bald seine Wirkung, aber noch mehr half Gontard der Trost, den ihm Luise Kußmaul zuteilwerden ließ. »Deine Henriette hat ein großes Herz, und sie wird es hinnehmen, dass du noch ein drittes Kind gezeugt haben könntest – es war ja alles vor ihrer Zeit.«

»Aber was ist, wenn Flora Geld von mir haben will, viel Geld, und damit droht, sonst einen Riesenskandal zu entfesseln?«

»Dann hast du uns an deiner Seite, und du kennst selbst eine Menge einflussreicher Leute. Was soll da schon passieren?«

Gontard war verzweifelt. »Falls sie umgebracht wird, werde ich als ihr Mörder verdächtigt werden.«

Luise Kußmaul sah ihn verständnislos an. »Warum sollte sie denn umgebracht werden?«

»Ich habe so ein merkwürdiges Gefühl ...«

Und von diesem Gefühl kam er auch am Abend nicht los, als er mit Kußmaul durch Berlin streifte, um herauszufinden, ob es irgendwo Anzeichen für ein bevorstehendes politisches Erdbeben gab. In Mailand, Palermo, Neapel und Padua hatte es schon Unruhen gegeben. Breitete sich die Revolte von dort nach Norden aus? Wurde München, wo Lola Montez weiter für Aufregung sorgte, als erste deutsche Stadt erfasst? Dies alles fragten sich die Berliner, insbesondere die Intellektuellen, die im Roten Salon des Lesecafés Stehely oder im Lese-Cabinet der Berliner

Zeitungs-Halle am Gensdarmen-Markt beisammensaßen und diskutierten. Zeitungen mussten in Preußen von der Zensur genehmigt werden, aber viele ausländische Blätter wurden im Reisegepäck nach Berlin geschmuggelt. Besonders begehrt waren die aus der Schweiz, wo das liberale Bürgertum gerade einen grandiosen Sieg errungen hatte. Wer eine der raren Zeitungen aus Zürich oder Bern ergattert hatte, stellte sich oft auf einen Stuhl und las den anderen laut daraus vor. Diesmal erlebten Gontard und Kußmaul den Tierarzt Friedrich Ludwig Urban in dieser Rolle. Es hieß, Urban sei prädestiniert dafür, das Volk anzuführen, wenn es in Berlin zu einer Revolution kommen sollte.

»Gott«, murmelte Gontard, »einen preußischen Danton oder Robbespierre hätte ich mir anders vorgestellt. Dieser Urban ist doch nur eitel und geltungssüchtig und viel zu romantisch und gefühlsselig, als dass er die Massen mitreißen könnte.«

»Da wäre ich mir nicht so sicher«, widersprach Kußmaul ihm.

Wesentlich besser gefiel Gontard später der Kellerhalsredner Heinrich Carrenzien, den sie in der Weinmeisterstraße erlebten. Kellerhalsredner hießen Leute wie er bei den Berlinern, weil sie auf den niedrigen, überdachten Treppen standen, die in die Kellerlokale führten, und von dort aus zu den anwesenden Gästen sprachen.

»Ihr Männer alle«, rief er mit Stentorstimme, »erhebt euch, um für das zu kämpfen, was für euch am wichtigsten ist: das Recht auf Arbeit! Fordert die Einrichtung von Nationalwerkstätten, wo man euch mit gemeinnützigen Arbeiten beschäftigt und gut entlohnt. Das sichert euer Überleben und den allgemeinen Wohlstand.«

»Dann soll der Carrenzien mal den Karren ziehn«, reimte Kußmaul. »Und zwar aus dem Dreck.«

Sie hätten ihm gern noch länger zugehört, doch hinter ihnen gab es einen kleinen Auflauf. Zwei Männer waren in eine heftige Schlägerei geraten. Offenbar ging es um ein auffallend schönes Mädchen. Wie Gontard und Kußmaul den Zurufen der Umstehenden entnehmen konnten, handelte es sich bei den Herren um den Arbeitsmann Ferdinand Dünnebier und den Tischlergesellen Gottlieb Letschinski und bei der Dame um eine gewisse Auguste Gärtner, offenbar eine Dienstmagd. Jeder drohte dem anderen, ihn auf der Stelle umzubringen.

»Dir is wohl schon lange keen blutijet Ooge übers Chemisett jekullert!«

»Dir hau ick uff'n Kopp, dette in keen Sarg mehr passt!«

»Een Schlag, und deine Neese sitzt hinten!«

»Ick schmeiß dir an de Wand, dette kleben bleibst und der Criminal-Commissarius dir abkratzen muss!«

Kußmaul wandte sich an Gontard. »Da scheint es endlich mal einen Fall für dich zu geben.«

Gontard wehrte ab. »Nicht doch, du beleidigst mich. Wer da der Täter ist, findet sogar Werpel auf Anhieb heraus, das ist weit unter meinem Niveau.«

Drei

Franz Theodor Kugler saß mit Adolph Menzel am 14. Februar, einem Montag, im Hotel Ruppiner Hof in der Spandauer Straße No. 79. Die beiden verband nicht nur eine innige Freundschaft, sondern auch eine gemeinsame berufliche Erfahrung: Menzel hatte für Kuglers *Geschichte Friedrichs des Großen* rund vierhundert Zeichnungen angefertigt und damit zu dem großen Erfolg des Werkes beigetragen. Menzel war es dadurch außerdem gelungen, sich als Künstler einen Namen zu machen und Kontakte zum Hof zu knüpfen. Kugler hatte schon vorher einen gewissen Bekanntheitsgrad erreicht, nicht zuletzt durch sein 1830 erschienenes *Skizzenbuch* mit dem Volkslied *An der Saale hellem Strande.* Er war Mitglied der Sing-Akademie zu Berlin und der literarischen Vereinigung ›Tunnel über der Spree‹.

»Wie geht es bei dir zu Hause?«, wollte Menzel nun von Kugler wissen.

Kugler lächelte. »Danke, gut, wenn auch manchmal recht hitzig.« Das war eine Anspielung darauf, dass er vor fünfzehn Jahren Clara Hitzig geheiratet hatte, die Tochter von Julius Eduard Hitzig. »Wir haben drei sehr lebhafte Kinder.«

Da schwieg Adolph Menzel. Wegen seiner »Gnomenhaftigkeit« – 1,40 Meter maß er lediglich – war er nicht nur als untauglich für das Militär erklärt worden, sondern wurde auch von allen Frauen übersehen, die ihm gefielen. Die menschliche Wärme fand er bei seiner Mutter und seinen Geschwistern, mit denen er auch zusammenwohnte.

Menzel griff nach seinem Weinglas. »Ich hoffe nur, wir schaffen es zeitlich wie finanziell, in diesem Sommer einmal zu verreisen.«

Kugler legte ihm die Hand auf den Unterarm. »Warte nur, bis sie deine Bilder überall ausstellen und dich zu allen Vernissagen anreisen lassen.«

»Ja, Dresden, Wien, Paris – das wäre wunderbar!«

»Und Breslau nicht?«, fragte Kugler. Dort war Menzel am 8. Dezember 1815 zur Welt gekommen – wie so viele echte Berliner.

Menzel winkte ab. »Über Breslau habe ich erst letzte Woche mit Borsig geredet, der kommt ja auch von daher.«

»Willst du nicht eine seiner Lokomotiven malen, wie sie durch die Schöneberger Wiesen dampfen?«, fragte Kugler.

Menzel fasste sich an den Kopf. »Gott, Franz, das habe ich doch schon letztes Jahr getan!«

Kugler seufzte. »Dass ich das vergessen konnte! Wie kann ich das nur wiedergutmachen?«

»Ganz einfach. Sorg dafür, dass sie mich aufnehmen in diesen Verein mit dem Namen ›Tunnel über der Spree‹.«

»Versprochen.«

Damit leerten sie ihre Gläser, zahlten die Zeche und nahmen Abschied voneinander. Danach machten sie sich auf den Heimweg, was ein ziemliches Abenteuer war, denn eine elektrische Straßenbeleuchtung gab es in Berlin noch lange nicht, und man musste sich darauf verlassen, dass etwas Licht aus den Wohnungen fiel und die trüben

Gaslaternen an den Hauseingängen nicht vom Wind ausgeblasen worden waren. Dazu kam, dass die Bürgersteige nur grob gepflastert waren und zum Fahrdamm hin von einer breiten Rinne gesäumt wurden, durch die das Regenwasser abfließen sollte. Ab und an gab es schmale hölzerne Stege, auf denen man sie überwinden konnte.

Aber Kugler hatte es nicht weit, er wohnte in der Stralauer Straße, gleich hinter dem Molkenmarkt, brauchte also nur die Spandauer Straße hinunterzugehen. Das war eigentlich in ein paar Minuten zu schaffen – und dennoch dauerte es heute eine gute Stunde, ehe er zu Hause war. Denn an der Nikolaikirchgasse stolperte er über einen menschlichen Körper.

»Heh, Wache!«, schrie er in die Dunkelheit. »Hier liegt ein Betrunkener. Kommt den mal holen, sonst erfriert er noch.«

Als der Nachtwächter mit seiner Laterne heran war, erkannte Kugler den Mann: Es war Ferdinand Dünnebier, ein Dienstmann, der ihm schon oft beim Tragen schwerer Lasten geholfen hatte.

»Der is ja gar nich besoffen«, stellte der Nachtwächter fest, nachdem er sich zu Dünnebier hinuntergebeugt hatte. »Der ist tot, dem hamse 'n Schädel einjeschlagen. Sehn Se det Blut hier hinten am Koppe ...«

Der Criminal-Commissarius Waldemar Werpel wohnte schon seit einer halben Ewigkeit in der Oberwallstraße. Die begann Unter den Linden, quetschte sich zwischen Kronprinzen- und Prinzessinnenpalais hindurch Richtung Süden und endete am Hausvogteiplatz. Direkt neben ihm, im Hause No. 4a, hatte August Neidhardt von Gneisenau gelebt, einer der großen preußischen Heerführer in den Befreiungskriegen, und das erfüllte Werpel, der Preuße durch und durch war, mit nicht geringem Stolz.

Wie an fast allen Abenden langweilte er sich auch an diesem. Seine acht Kinder schliefen schon, ebenso seine Frau. Das war bedauerlich, weil er sich gern wieder einmal als Ehegatte betätigt hätte. Nun war er mit Minna schon seit über zwanzig Jahren verheiratet, und da sie zudem in letzter Zeit sehr in die Breite gegangen war, begehrte er sie eigentlich nicht mehr, doch am Tage hatte er in seiner Amtsstube die Tänzerin Flora Morave zu Besuch gehabt, der man Geld gestohlen hatte, und seitdem war er sexuell derart aufgeladen, dass er es ohne Kopulation kaum noch aushalten konnte. In ein Bordell zu gehen, was das Naheliegendste gewesen wäre, verbot ihm sein Amt. Was tun? So saß er beim Schein seiner Rübenöllampe am Küchentisch, tat so, als würde er Akten studieren, und ließ seine rechte Hand ihr Werk vollbringen. Gerade nahte die Erlösung, da wurde kräftig an seine Haustür gebummert.

»Herr Commissarius, schnell, kommen Sie!«, schrie jemand von der Straße her. »Ein Mord an der Nikolaikirche.«

Werpel fühlte sich um seine Lust betrogen und verfluchte Gott und die Welt. Aber was half's? Über allem standen Dienst und Pflichterfüllung. Also knöpfte er eilig seine Hose zu und lief auf den Flur. »Wer ist denn da?«

»Der Kugler.«

»Pardon, ich eile!« Werpel war natürlich nicht entgangen, dass Franz Theodor Kugler beim König ein Stein im Brett hatte. Er öffnete, bedankte sich in blumigen Worten für die Aufmerksamkeit des Schriftstellers und lief dann zur Kammer seines Ältesten. »Johannes, zieh dich an, und lauf zu Constabler Krause! Er soll sich auf der Stelle an der Nikolaikirche einfinden. Wir müssen sogleich herausfinden, um wen es sich bei dem Ermordeten handelt.«

Kugler lächelte. »Das kann ich Ihnen jetzt schon sagen. Es ist der Dienstmann Ferdinand Dünnebier.«

Werpel zuckte zusammen. Alle taten so, als wäre er ein Kretin. »Hat Ihnen das der Oberst-Lieutenant von Gontard verraten?«

»Nein – wieso? Der war doch gar nicht an der Nikolaikirche.«

»Gut, dann wollen wir mal!« Er sagte noch schnell seiner Minna Bescheid, die schlaftrunken in den Flur getreten war, dann machte er sich an der Seite Kuglers auf den Weg zur Nikolaikirche. Sie liefen über die Französische Straße zum Werderschen Markt und weiter zum Schloßplatz, um die Spree zu überqueren. Hier stank es fürchterlich, denn die sogenannten Latrinen-Emmas hoben gerade die Fäkalieneimer, die sie in den anliegenden Straßen aufgeladen hatten, von ihrem Handkarren und kippten sie in den Fluss. Beim Einbiegen in die Poststraße kam ihnen der Constabler Krause entgegen.

»Welchen Wirt soll ick festneh'm?«, fragte er Werpel.

»Welchen Wirt Sie festnehmen sollen?«, wiederholte Werpel, der sich darauf beim besten Willen keinen Reim machen konnte.

»Na, den, der det zu dünne Bier ausjeschenkt hat.«

Werpel seufzte. Es stimmte leider, was viele von Krause behaupteten: dass er dümmer sei, als die Polizei erlaubte. Er erklärte ihm, dass der Ermordete den Namen Ferdinand Dünnebier trug.

»Det muss doch 'm dummen Menschen jesagt werden«, maulte Krause.

»Darum sag ich's Ihnen ja.« Werpel wandte sich an

Kugler, da sie nun das Gotteshaus erreicht hatten und auf der Nordseite umrundeten, um in die Nikolaikirchgasse zu gelangen. »Wo genau liegt denn nun der tote Dünnebier?«

»Da drüben, vor der Wenzel'schen Holz- und Kohlenhandlung.«

Werpel staunte, als sie die besagte Stelle erreicht hatten. »Da liegt aber keiner!«

»In der Tat«, musste Kugler einräumen.

»Dabei is doch noch ja nich Himmelfahrt«, stellte Krause fest.

Vier

Christian Philipp von Gontard hatte als Königlich Preußischer Oberst-Lieutenant viele dienstliche Pflichten, und eine von ihnen war die Teilnahme an den Beerdigungen hochrangiger Militärs. Die wurden – sofern sie denn einen Platz in Anspruch nehmen mussten, weil sie keinen eigenen Landbesitz in Preußen hatten – auf dem Invalidenfriedhof beigesetzt. Inzwischen lagen hier viele Helden der Befreiungskriege, und im Februar 1848 waren Leopold Hermann Ludwig von Boyen und Johann Friedrich Constantin von Lossau dazugekommen. Letzteren schätzte Gontard ganz besonders, weil dessen Standardwerk *Ideale der Kriegsführung, in einer Analyse der Thaten der größten Feldherren* für seine Lehrveranstaltungen im Fach Kriegsgeschichte unentbehrlich war. Die Entscheidungen von Alexander dem Großen, Hannibal, Caesar, Gustav Adolf, Turenne, dem Prinzen Eugen, Friedrich dem Großen und Napoleon wurden darin kenntnisreich diskutiert. Dabei teilte Gontard Lossaus Meinung voll und ganz, dass nur derjenige Feldherr auf Dauer erfolgreich sein konnte, der seine Entscheidungen nicht nach starren Regeln der Kriegskunst, sondern aufgrund der örtlichen Gegebenheiten und besonderen Verhältnisse traf und konventionellem Denken nicht verhaftet war.

Als der Trauerredner über Lossau sprach, hörte Gontard ganz genau zu und machte sich sogar heimlich Notizen, um das Gehörte in seine Vorlesungen einfließen lassen zu können.

»Johann Friedrich Constantin von Lossau wurde am 24. Juli 1767 als Sohn eines preußischen Generals der Infanterie in Minden geboren. Bekannt geworden ist er vor allem als Militärhistoriker ...«

Auf dem Weg von der Kapelle zur Grabstelle hatte Gontard einen Mann mittleren Alters vor sich, der ihm irgendwie bekannt vorkam. Er war untersetzt und ging mit leicht schlurfenden Schritten. Mit seinem Nebenmann unterhielt er sich leise in einer Sprache, die Gontard erst für Polnisch, dann für Litauisch hielt, von der er aber kein Wort verstand außer »Lossow«.

»Taip, mūsų draugas buvo labai puikus vyras Lossow, ir dabar mes turime vykdyti jį jo kape ...«

Als sie dann am offenen Grab Aufstellung genommen hatten, um den letzten Worten des Garnisonpredigers zu lauschen und zu warten, bis sie ihre drei Hände Sand auf den inzwischen herabgelassenen Sarg werfen konnten, drehte der andere ihm sein Gesicht zu, und bei Gontard zündete es sofort: Richard von Randersacker, Schießplatz Wahner Heide. Nach Ende der Zeremonie fand er dann Gelegenheit, Randersacker anzusprechen. »Christian Philipp von Gontard, Oberst-Lieutenant und Lehrer an der Vereinigten Artillerie- und Ingenieurschule Unter den Linden. Sie erinnern sich an unsere erste Begegnung?«

In Randersackers breitem und etwas teigigem Gesicht begann es zu arbeiten. »Nein, ich bedauere sehr ...«

Gontard half ihm auf die Sprünge. »Schießplatz Wahner Heide. Das Vergleichsschießen, bei dem die junge Marie Engels ums Leben gekommen ist.«

Randersacker lächelte. »Normalerweise töten ja unsere Granaten nur Männer, und wenn es damals auch einmal eine Frau getroffen hat, dann ist das nur Gottes ausgleichende Gerechtigkeit.«

So viel Zynismus war Gontard nicht gewohnt, und so dauerte es einen Moment, bis er sich gefangen hatte und Randersacker fragte, welche Konsequenzen der Schießunfall für ihn gehabt habe.

»Keine. Weshalb denn auch?«

Gontard war nicht bereit, ein Blatt vor den Mund zu nehmen. »Weil Sie die Schussbahn der Kanonen mit den neuartigen Kolbenverschlüssen falsch berechnet hatten und der verantwortliche Mann auf dem Schießplatz waren.«

Randersacker winkte ab. »Da war vorher nichts abzusehen und zu berechnen, das war alles technisches Neuland. Keiner kann mir in dieser Hinsicht einen Vorwurf machen.«

Gontard schwieg jetzt lieber. Seiner Meinung nach hätte man exakter rechnen können und mehr Vorsicht an den Tag legen müssen. Wäre Randersacker vor ein Gericht gebracht worden und er der Richter gewesen, so hätte er ihn wegen fahrlässiger Tötung zu einer mehrjährigen Zuchthausstrafe verurteilt. Aber Randersacker war nicht angeklagt worden, dazu hatte er viel zu gute Beziehungen zum Hofe und zu einflussreiche Freunde im Kriegsministerium.

»Nichts für ungut«, sagte Gontard, als er sich von Randersacker abwandte.

»Sollten Sie in Ihrer Anstalt etwas von sich geben, das meine Ehre antastet, dann gnade Ihnen Gott!«, zischte Randersacker noch.

Die Wilhelmstraße war nach 1731 auf Geheiß von Friedrich Wilhelm I. bei der Erweiterung der Friedrichstadt angelegt worden. Anfangs hatte sie noch den Namen Husarenstraße getragen. In ihrem nördlichen Teil hatten sich bald darauf Minister und Vertraute des Königs ihre Palais hinstellen lassen, so auch Richard von Randersacker.

Getrieben von Langeweile, streifte der nach dem Frühstück durch die Gänge seines Prunkbaus. Vielleicht traf er auf das neueingestellte Dienstmädchen, diese Auguste Gärtner, und vielleicht ließ die sich für ein paar Thaler kurz von der Arbeit ablenken. Auch eine Küchenmamsell war ihm recht. Die fühlte sich womöglich sogar noch geehrt, wenn er sich herabließ, ihr kurz beizuwohnen. Und wenn sich in dieser Hinsicht nichts ergab, dann wollte er wenigstens auf Menschen treffen, mit denen er sich streiten konnte.

Doch das Glück war ihm hold, denn als er an der Wäschekammer vorbeikam, sah er durch die offenstehende Tür Auguste, wie sie Tischtücher von der Leine nahm und in eine Truhe legte. Dabei beugte sie sich so weit nach unten, dass ihn der Wunsch überkam, hinter sie zu treten und ihr auf der Stelle die Röcke hochzuschieben. Er wollte schon zur Attacke übergehen, da tauchte seine Frau hinter ihm auf.

»Hände weg von dem Mädchen!«, zischte sie. »Nicht, dass ich dir den Spaß nicht gönne, aber Augustes Bräutigam schlägt dir den Schädel ein, wenn er davon erfährt.«

Auguste hatte alles mitbekommen, drehte sich um und lachte. »Ja, det stimmt, gnä' Frau, den Ferdinand Dünnebier ham se wejen mir schon erschlagen.«

Randersacker machte, dass er weiterkam. Als Nächstes lief ihm sein Kammerdiener über den Weg.

»Ist Ihnen nicht wohl, Herr Baron?«, fragte der. »Sie sehen so blass aus.«

Randersacker stöhnte laut. »Jacques, ich brauche unbedingt eine Frau ...«

Der Kammerdiener grinste. »Da trifft es sich ja gut, dass Flora wieder in Berlin ist ...«

»Was, sie ist hier?«

»Ja, ich habe sie vor ein paar Tagen bei Doktor Kußmaul aus der Ordination kommen sehen.« Jacques beugte sich vor, weil er den nächsten Satz nur noch zu flüstern wagte. »Soll ich wieder etwas arrangieren, Herr Baron?«

»Dafür wäre ich dir sehr zu Dank verpflichtet. Und so bald wie möglich!«

Damit machte er sich auf den Weg zu seinem Bureau im Kriegsministerium, das an der Leipziger Straße lag und in den letzten drei Jahren ausgebaut und um ein Stockwerk erhöht worden war. Es war ein großartiges, palastähnliches Gebäude. Die beiden Portale in der Fassade waren mit lebensgroßen Figuren eines Garde-Kürassieres, eines Garde-Infanteristen und eines Husaren geschmückt, die man aus sogenannter Chaussée-Masse gefertigt hatte.

Im Treppenhaus traf er auf seinen Vorgesetzten, den Kriegsminister Ferdinand von Rohr, mit dem er ein wenig über den Krieg zwischen Mexiko und den Vereinigten Staaten von Amerika redete. Der bot in diesen Tagen am meisten Gesprächsstoff.

»Es erreichen uns immer mehr Details«, begann Randersacker seinen Bericht. »Generalmajor Robert Patterson hat mehrere seiner Soldaten wegen begangener Kriegsverbrechen hinrichten lassen.«

»Interessant«, murmelte von Rohr.

»In Huamantla haben Mexikaner einen amerikanischen

Major ermordet, und daraufhin hat der Brigadegeneral Joseph Lane seine fast zweitausend Mann starke Truppe auf die Bevölkerung losgelassen. Sie haben geplündert, die Stadt zerstört, vielfach gemordet und die Frauen geschändet.«

»Fürchterlich! Und undenkbar in Deutschland.«

Randersacker nickte. »Fürwahr! Außerdem wird von vielen Desertionen berichtet. Der Dienst in der amerikanischen Armee ist beschwerlich, nicht hochangesehen und schlecht bezahlt. Es sollen viele Soldaten, insbesondere Katholiken und Neu-Einwanderer, zu den Mexikanern übergelaufen sein.«

Der Minister seufzte. »Das könnte auch für uns ein Problem werden, wenn es zum Krieg zwischen Preußen und Österreich um die Vorherrschaft in Deutschland kommt, was mir unausweichlich erscheint.«

»Nachdem die Amerikaner die nächsten Schlachten gewonnen hatten, haben sie die Rädelsführer der Deserteure hängen oder erschießen lassen. Richtig so!«

»Und wie wird es weitergehen?«, wollte der Kriegsminister wissen.

»Man sitzt jetzt in einem Nest mit dem schönen Namen Guadaloupe beisammen und verhandelt über einen Friedensvertrag. Es heißt, Mexiko werde fast die Hälfte seines Staatsgebietes an die Amerikaner abtreten müssen.«

Ferdinand von Rohr geriet ins Träumen. »Stellen Sie sich einmal vor, Randersacker, wir führten Krieg gegen Österreich, Bayern und Sachsen, gingen daraus als Sieger hervor und hätten dann unser Guadaloupe ...«

Damit verabschiedete er sich von Randersacker. Der verbrachte die nächsten Stunden in Vorfreude auf das erhoffte private Vergnügen. Und wirklich, als er dann nach

Hause kam, konnte Jacques ihm ins Ohr flüstern, dass Flora Morave ihn erwartete.

»Und wo?«

»Im ›König von Portugal‹.«

»Sehr gut.«

Dieses Lob bezog sich darauf, dass besagtes Hotel in der Burgstraße No. 16 zu finden war – und man nur drei Häuser weiter die Kriegsakademie untergebracht hatte, in der Randersacker mehrmals in der Woche preußische Offiziere unterrichtete. Und so konnte er jetzt seiner Magdalene zurufen, dass er schnell noch einmal in die Burgstraße müsse, ohne dabei rot zu werden.

Die Burgstraße zog sich am östlichen Spreeufer entlang und durchquerte das Heilig-Geist- und das Nikolaiviertel. Neben dem »König von Portugal«, dessen Fassade von keinem Geringeren als Karl Friedrich Schinkel gestaltet worden war, und der Kriegsakademie gab es hier noch weitere Glanzpunkte preußischer Baukunst: das alte Posthaus, das Palais des Grafen von Wartenberg und das Palais Itzig. Die Gegend war so belebt, dass Randersacker nicht besonders auffiel.

Bereits erregt ob dessen, was ihn erwartete, betrat er das Hotel. Ein in die Hand gedrücktes Goldstück, ein kurzes Flüstern und schon wies ihm der Portier den Weg. »Dritter Stock, Zimmer 310, mit Spreeblick.«

Randersacker stieg die Treppen so schnell hinauf, wie es ihm in seinem Alter noch möglich war. In der dritten Etage angekommen, verschnaufte er erst einmal ein wenig, um nicht sofort Floras Spott herauszufordern. Er orientierte sich kurz und fand heraus, dass ihr Zimmer am Ende des Ganges gelegen war. Zwanzig Schritte noch ... Er konnte es kaum mehr erwarten und ging noch ein wenig schneller. Da ging vor ihm eine Tür auf, und ein Mann trat ihm entgegen. Maskiert und mit einer Pistole in der Hand.

Der Portier unten in der Empfangshalle hörte einen Schuss und einen Schrei.

Criminal-Commissarius Waldemar Werpel und sein Constabler waren weiterhin nach Kräften bemüht, das Rätsel um den angeblich erschlagenen und dann wieder von den Toten auferstandenen Arbeitsmann Ferdinand Dünnebier zu lösen.

Krause hatte schon eine Idee. »Wir müssen ihn bloß mal fragen, wie det allet jekomm is.«

Werpel fasste sich an den Kopf. »Um ihn zu befragen, müssen wir ihn erst einmal haben, aber er ist und bleibt nun mal verschwunden.«

Der Constabler feixte und zeigte nach oben. »Vielleicht issa doch aufjefahr'n gen Himmel.«

»Dann passen Sie nur auf, dass er nicht wieder runterkommt und Ihnen uff'n Kopp fällt!«

Werpel überlegte, und das ging nicht so schnell, weil es für ihn Schwerstarbeit war. Natürlich war Dünnebier nicht in den Himmel aufgefahren. Es blieben drei Möglichkeiten. Erstens: Der Mörder war zurückgekommen und hatte Dünnebier mitgenommen, um die Spuren seiner Tat zu beseitigen oder um den Arbeitsmann nun endgültig totzuschlagen. Zweitens: Dünnebier war wieder zu sich gekommen und hatte sich, betrunken wie er war, davongemacht. Es konnte ja sein, dass gar niemand versucht hatte, ihn um die Ecke zu bringen, und er in seiner Trunkenheit nur gestürzt und mit dem Kopf auf die Stufen der Kohlenhandlung aufgeschlagen war. Drittens: Es hatte wirklich ein Fremder Dünnebier die Kopfverletzung zugefügt – dass es die wirklich gegeben hatte, war von Kugler und dem Nachtwächter bestätigt worden –, aber der Verletzte war wieder zu sich gekommen und hatte sich davongemacht.

Während Werpel noch all dies gegeneinander abwog, wurde Krause langsam ungeduldig. »Watt is'n nu, Herr Commissarius, wen soll ick'n festnehm?«

»Den Dünnebier.«

»Wieso'n ditte?«

Werpel tat amtlich. »Weil er eine Straftat vorgetäuscht hat.« Das war eine weitere Variante, die ihm eben erst eingefallen war. Dünnebier hatte die Obrigkeit hinters Licht führen wollen.

»Jut, wenn Se mir zeigen, wo a is, nehm ick ihn ooch fest«, erklärte Krause. »Aba wo issa?«

»Wollen Sie mich auf den Arm nehmen, Krause?«

»Gerne, wenn det 'n Befehl is.« Er setzte wirklich an, den Commissarius hochzuheben, und da Werpel sich wehrte, konnten die umstehenden Berliner ein kleines Schauspiel genießen.

Als sich beide wieder voneinander gelöst hatten, machten sie sich auf den Weg zur Nikolaikirchgasse, um mit dem Kohlenhändler Wilhelm Wenzel und seiner Frau zu reden. Aber die konnten ihnen auch nicht mehr berichten, als dass sie in die hinteren Räume gelaufen waren, um Wasser und Verbandszeug zu holen, nachdem ihnen der Nachtwächter und ein Bürger den vermeintlich toten Arbeitsmann auf die Treppen zu ihrem Kohlenladen gelegt hatten.

»Als wa dann wieda vorne waren, da war der Tote verschwunden.«

Unverrichteter Dinge und leise vor sich hin fluchend, kehrten Werpel und Krause nun zur Stadtvogtei am Molkenmarkt zurück. Und wer wartete da auf sie? Ferdinand Dünnebier! Mit einem riesigen Verband um den Kopf.

»Biste nu als Tota hier oda als Lebenda?«, rief Krause.

»Als Sultan«, antwortete Dünnebier und zeigte auf seinen Turban. »Ick dachte ma, ick melde mir nach allet, wat jestern Nacht passiert is.«

Werpel nickte. »Da sind Sie uns in der Tat eine längere Erklärung schuldig.«

»Na, lang isse nich, aber klar wie Kloßbrühe. Ick bin nich jestürzt, et hat mir wirklich eena niederjeschlagn. Ick war wohl ooch 'ne Weile weg. Als ick dann wieda zu mir jekommn bin, da dachte ick, bloß weg von hier, und bin ab zu'm Freund von mir, dem Liepe.«

»Wer ist Liepe?«

»Gottlieb Letschinski.« Mit dem habe er sich neulich um die schöne Auguste geprügelt, Auguste Gärtner, aber man habe sich längst schon wieder versöhnt. »Sie wissen doch, Herr Commissarius: Pack schlägt sich, Pack verträgt sich.«

»Nun ja ...« Werpel mochte dem nicht widersprechen. »Aber was meinen Sie denn nun, wer Sie in der Nikolaikirchgasse niedergeschlagen hat?«

Da war Dünnebier um eine Antwort nicht verlegen. »Ick vamute mal, det det der Auguste ihr Bräutigam jewesen is.«

»Und wer ist das?«

»Der Watzlawiak is det, der Franz. Den finden Se bei Borsig draußen in't Feuerland.«

Fünf

Ein Feuerland gab es 1848 nicht nur am südlichen Ende Südamerikas, sondern auch am nördlichen Rande Berlins, gleich vor dem Oranienburger Thor. Zuerst wurde hier 1804 die Königlich Preußische Eisengießerei in Betrieb genommen, dann hatten sich etliche Fabrikherren mit ihren Eisengießereien und Maschinenbauanstalten niedergelassen, so Franz Anton Egells (1826), August Borsig (1837), Friedrich Adolf Pflug (1839) und Johann Friedrich Ludwig Wöhlert (1842). Inzwischen zählte das Handelsministerium 33 Firmen mit über dreitausend Beschäftigten im Feuerland. Da alle Betriebe für ihre Produktion Eisen schmelzen, gießen oder bis zur Glut erhitzen mussten, brannten überall Feuer und aus unzähligen Schornsteinen stiegen Rauchschwaden in den Himmel, so dass im erfindungsreichen Berliner Volksmund das Areal bald den Namen Feuerland bekam.

Der König vom Feuerland war eindeutig August Borsig, geboren 1804 in Breslau und 1823 nach Berlin gekommen. Begonnen hatte sein Aufstieg mit der Produktion von Kleineisenteilen für den Gleisbau, dann hatte er englische und amerikanische Lokomotiven repariert, und schließlich baute er selbst welche. 1841 hatte die *Borsig 1* auf der Strecke Berlin–Jüterbog eine Wettfahrt gegen eine

Maschine des großen George Stephenson gewonnen, und schon 1846 war Borsigs hundertste Lokomotive aus der Halle gerollt. Wer bei Borsig arbeitete, war stolz darauf und rief gerne aus: »Ich bin kein Proletarier, ich bin Maschinenbauer!«

Einer dieser Maschinenbauer war Franz Watzlawiak. Er bediente eine der Drehbänke, an denen die Pleuelstangen der berühmten Borsig'schen »Schnellläufer«-Lokomotiven entstanden. Ringsum kreischten die Bohrer, dröhnten die Schmiedehämmer, in den Werkstätten nebenan flackerten die Schmelzöfen. Schlagartig aber brachen die Geräusche ab, als einer der Meister »Feierabend!« gerufen hatte. Es war Sonnabend, und ein jeder strebte voller Vorfreude auf das Wochenende seiner Wohnstatt entgegen. Watzlawiak hatte sich bei der Witwe Grimnitz in der Linienstraße eingemietet und eilte nun mit einer Geschwindigkeit durch das Oranienburger Thor, die die Wache denken ließ, hier sei ein Verbrecher auf der Flucht. Ein kleines Stück ging es die Friedrichstraße entlang, dann musste er nach links in die Linienstraße abbiegen. Die zog sich ewig an der nördlichen Berliner Peripherie entlang, erst hinter der Alten Schönhauser Straße war er am Ziel. Nur schnell aus den alten Klamotten raus, die er bei der Arbeit trug, sich waschen, etwas Anständiges anziehen, und dann ab zu Auguste. Er liebte es, sich als ganzer Mann zu geben, und so stand er auch Ende Februar an der Pumpe unten im Innenhof, die vor ein paar Tagen noch eingefroren war, und ließ sich das eiskalte Wasser über den nackten Oberkörper rinnen.

Über ihm wurde das Fenster aufgerissen, und die Witwe Grimnitz oben am Fenster begann zu zetern. »Sie, det is unschickllich!«

Watzlawiak lachte. »Sie müssen ja nicht hingucken. Weg vom Fenster, gleich wasche ich mich in den unteren Regionen!«

Das wagte er natürlich nicht, dennoch kreischte die Grimnitz und drohte wieder einmal, ihm zu kündigen. Er war sich aber sicher, dass sie ihre Drohung nicht wahr machen würde, denn er hatte den Ruf, ein gewalttätiger Mensch zu sein. Und darauf war er auch stolz. Als er mit seiner Wäsche fertig war, nahm er dennoch eine Rose aus Papier, die er bei einem Maskenball erbeutet hatte, und trat an, sich bei ihr zu entschuldigen.

Sie rollte mit den Augen. »Ihnen kann man auf Dauer nich böse sein ...« Seufzend nahm sie die Papierblume entgegen und gestattete ihm sogar, in ihrer *Vossischen* zu blättern und nachzuschauen, was Berlin am 19. Februar 1848 an Amüsements im Angebot hatte. Es war eine Menge.

Im Königlichen Schauspielhaus gab es ein Lustspiel von Gustav zu Putlitz mit dem langweilig klingenden Titel *Ein Hausmittel*. Nein, das war nichts für seine Auguste. Eher wäre sie noch ins Königsstädtische Theater gegangen, wo die *Compagnia Italiana* gastierte, aber da fiel die angekündigte Oper wegen einer Unpässlichkeit der Signora Fodor heute aus. Schade.

Groß waren die Programme der Circusse angekündigt, zum Beispiel:

Circus von Alessandro Guerra
Große Damen-Vorstellung mit neuen Abwechselungen
Zum Schluß: Grand Steeple chase, geritten von 8 Damen der Gesellschaft
Anfang: 7 Uhr abends

Das klang nicht schlecht, aber wie immer war Watzlawiak knapp bei Kasse, und beim Kauf zweier Eintrittskarten hätte er sich wieder etwas von der Witwe Grimnitz borgen müssen. Ausgeschlossen! Weiter im Text. Einige Etablissements priesen Interessantes an. Nicht ganz klug wurde er aus dem, was die Erste Corso-Halle zu bieten hatte: *Fortsetzung der eingeübten fahrenden Bedienung, wobei Prell'sches Bier in neuem Costüm verabreicht wird.* Kamen da die Serviererinnen mit einer Draisine an die Tische? Kroll's Garten kündigte für sieben Uhr abends schon den vorletzten *Bal Masqué* an: *Der Königl. Tänzer Hr. Sergeois leitet die Tanzordnung. Die Herren Noack und Hoffmann werden eine vollständige Maskengarderobe aufgestellt haben.* Angelangt bei Krumhorn's Caffeehaus, bekam er das große Gähnen: *Große Abendunterhaltung mit Gesang. Launige Vorträge von dem jetzt mit vielem Beifall aufgenommenen Herrn von Bergen nebst Kapelle.* Das Maaß'sche Lokal und Sommer's Salon boten auch nichts Aufregendes. So blieben für Auguste und ihn nur noch zwei Attraktionen:

Bude auf dem Alexanderplatz
Die 7 Wunder der Welt in sieben Bildern
5 großartige Gemälde von J. Lera
Die außerordentliche Naturerscheinung, ein 15 Jahr altes, lebendes Mädchen, welchem Theile eines zweiten Kindes angewachsen sind

Eldorado (Thorstraße 12)
Grand Bal masqué et paré
Nach der Pause: Bohnenfest: die Königin des Festes erhält ein werthvolles Geschenk
Anfang: 8 Uhr abends

Mit diesen Programmen im Kopf machte er sich auf den Weg zum Randersacker'schen Palais, um Auguste abzuholen. Es war ein gewaltiger Fußmarsch bis zur Wilhelmstraße, aber um sie in den Armen zu halten, wäre er auch bis ans Ende der Welt gelaufen. Über die Prenzlauer Straße kam er zum Alexanderplatz, dann ging es die Königstraße entlang zum Schloßplatz, weiter über den Werderschen Markt und den Hausvogteiplatz zur Mohrenstraße und schließlich in die Wilhelmstraße. Auch einem Kraftprotz wie ihm ging da die Puste aus.

»Da biste ja endlich!« Auguste hatte schon eine Viertelstunde auf ihn gewartet.

»Tut mir leid.« Er umarmte sie. Dabei streifte sein Blick die Fassade des Palais, und er sah Randersacker am offenen Fenster stehen. »Der lässt dich wohl nicht mehr aus den Augen ...«

»Wer?«

»Na, dein Brötchengeber. Aber wenn er dir zu nahe treten sollte, findet er sich auf'm Friedhof wieda, sag ihm dit!«

Auguste verfluchte die Eifersucht ihres Verlobten einerseits. Andererseits freute sie sich über die Morddrohungen, die er gegenüber allen ausstieß, die als Nebenbuhler in Frage kamen, waren sie doch ein Zeichen dafür, wie heiß und innig er sie liebte.

Paul Quappe, im Dienstgebrauch nur Kaulquappe genannt, teilte das Schicksal der Offiziersburschen, die es wie er nicht bis zum Gefreiten gebracht hatten: Er war Offizieren aller Dienstgrade, Militärärzten und Zahlmeistern zur persönlichen Bedienung zugewiesen. Quappe war im Jahre des Herrn 1828 auf die Welt gekommen.

Wenn er nach seinem Alter gefragt wurde, musste er jedes Mal mühsam nachrechen. Noch größere Probleme als mit Zahlen hatte er jedoch mit dem Schreiben und Lesen. Um das zu verbergen, hatte er eine Reihe von Techniken und Tricks entwickelt – und war dadurch ein recht schlaues Kerlchen geworden, viel schlauer, als ihn alle einschätzten. Schnell hatte er herausgefunden, dass er viel leichter durchs Leben kam, wenn er sich dumm stellte. Schwierige und kraftraubende Arbeiten wurden dann anderen übertragen. Außerdem brauchten die Preußen, insbesondere die Autoritäten, ihren Hofnarren. Wer andere zum Lachen brachte, war beliebt und konnte viele Vergünstigungen erwarten. Hätte Quappe ein paar Jahrzehnte später gelebt, dann hätte man ihn mit dem von Jaroslav Hašek ersonnenen braven Soldaten Schwejk vergleichen können. Mit dem tschechischen Bruder im Geiste hatte er nicht nur die Freude am exzessiven Erzählen von Anekdoten gemein. Sollte sich Schwejk der Einberufung dadurch zu entziehen versuchen, dass er im Rollstuhl zur Musterung erschien, so hatte Quappe den Ärzten einen Epileptiker vorgespielt – allerdings mit demselben Misserfolg wie der brave Soldat.

Quappe hatte zwei linke Hände, und wo er war, da war das Chaos. Dazu kam, dass man ihm als Kind zu viel von Till Eulenspiegel vorgelesen hatte und er seither danach trachtete, es dem großen Schalksnarren gleichzutun. Schon der Ort seiner Geburt war außergewöhnlich, wenigstens dem Namen nach: Schönschornstein. Das war ein Weiler südlich von Erkner, umfangen von der dort mäandernden Spree, die vor Köpenick und dem Zusammenfluss mit der Dahme kaum breiter war als ein Bach.

Abgesehen von der Leidenschaft für Streiche verband

ihn noch ein besonderes Tauferlebnis mit Till Eulenspiegel: Auch seine Amme, die ihn im Anschluss an die Feier nach Hause trug, fiel mit ihm - ein wenig trunken, wie sie war - stracks ins Wasser, als man einen Kahn besteigen wollte. Die Quappes waren nämlich eine alte Schifferfamilie. »Nun ratet mal alle, ob ich damals ertrunken bin oder noch gerettet werden konnte«, sollte Quappe später immer wieder sagen. Mit Spreewasser war Paul Quappe also getauft - und vielleicht hatte der Pfarrer beim Schöpfen des Taufwassers wirklich eine Kaulquappe mit aus dem Fluss geholt, wie man schon in Erkner gespottet hatte, wo Quappe zur Schule gegangen war.

1842 hatte Paul Quappe in Frankfurt an der Oder beim Leib-Grenadier-Regiment König Friedrich Wilhelm III. seine militärische Laufbahn begonnen - und war seitdem weitergereicht worden wie die berühmte heiße Kartoffel. Ende Januar 1848 war er dem preußischen Kriegsminister Ferdinand von Rohr als Bursche zugeteilt worden.

Ferdinand von Rohr saß in seinem Dienstzimmer im preußischen Kriegsministerium, Leipziger Straße No. 5-7, zwischen Wilhelmstraße und Pariser Platz, und quälte sich durch die ihm vorgelegten Akten. Endlos erschien ihm auch dieser Tag. Das Atmen fiel ihm immer schwerer. In der Schlacht bei Bautzen, 1813, hatte er einen Schuss in die Brust bekommen, und seitdem war seine Lunge spürbar geschwächt. Er schloss die Augen und versuchte, Bilder seiner Kindheit herbeizuzaubern. Die Domkirche St. Peter und Paul ... der Roland ... das Baden im Fluss ... Am 17. Mai 1783 war er in Brandenburg an der Havel geboren worden. Mit vierzehn Jahren hatte er den Dienst beim Infanterieregiment Herzog von Braunschweig begonnen. Dann war Napoleon über Preußen hergefallen. Als Grenadieroffizier hatte Ferdinand von Rohr die Schmach von Jena und Auerstedt miterlebt und war danach als Hauptmann in den Stab des Generals von Yorck gekommen. Bei Halle und bei Großgörschen war er in die Schlacht gegen den Franzosenkaiser gezogen, bei Bautzen war dann Schluss gewesen.

Er hörte einen Schuss und fuhr hoch. Nein, die Ordonanz hatte gegen die Tür geklopft, nichts weiter. »Ja, herein!«

Draußen stünde ein entfernter Verwandter von ihm, ein Herr Leopold von Rohr.

»Ja, soll reinkommen.«

Wer eintrat, war sein Cousin Leopold. Sie hatten sich seit Ewigkeiten nicht mehr gesehen, und so gab es mancherlei zu erzählen.

»Ich war erst Regierungsdirektor in Stettin und später Regierungspräsident in Stralsund«, berichtete Leopold von Rohr. »1833 bin ich dann in den Ruhestand getreten und nach Berlin gezogen. Seitdem verfasse ich Gedichte.«

»Ich habe davon gehört«, versicherte der Kriegsminister.

»Und du?«

Ferdinand von Rohr überlegte. »Du wirst wissen, dass ich schon einmal im Kriegsministerium gewesen bin: 1813 als Major und als Leiter der Bekleidungsabteilung. Schrecklich! Ich wollte wieder zurück in die Kaserne. Da war ich dann erst beim Alexander-Regiment hier in Berlin und dann in Glogau, wo ich eine neue Art der Ausbildung ins Leben gerufen habe: keine mechanische Dressur mehr, sondern eine Erziehung mit Verständnis für die Rekruten, auf dass sich alle ihre geistigen und körperlichen Kräfte voll entfalten können.«

»Davon wiederum habe ich gehört«, warf nun auch der Vetter ein.

»Von Glogau bin ich dann nach Breslau gegangen ... Aber da haben meine Kräfte schon erheblich nachgelassen – und ich habe den Antrag gestellt, in den Ruhestand treten zu dürfen. Und was passiert? Man ernennt mich am 7. Oktober letzten Jahres zum Kriegsminister.«

Die Ordonanz klopfte abermals, bat um Entschuldigung und drängte den Minister, ein vorbereitetes Schreiben auf den Weg zu bringen. »Die Sache Randersacker.«

»Ich habe das Schriftstück schon unterschrieben. Der Quappe soll es sofort nehmen und hinbringen.«

»Sehr wohl!«

Paul Quappe eilte mit dem gesiegelten Kuvert zur Wilhelmstraße. Wo das Randersacker'sche Palais zu finden war, wusste er. Weit war es nicht. Nur ein paar Minuten, aber Zeit genug, sich einen jener kleinen Scherze auszudenken, für die er bekannt und gefürchtet war.

Als er am Dienstboteneingang des Palais am Klingelzug riss, öffnete ihm ein Dienstmädchen.

»Ick hab hier wat vom Kriegsminister Herrn von Rohr.« Damit reichte er dem Mädchen das Schreiben aus der Leipziger Straße. »Aba bitte nich den Boten umbringen, der die schlechte Nachricht übabringt!«

»Wat isset denn?«

»Herr von Randersacker is vom Könich rausjeschmissen worn und soll wejen Hochverrat vors Jericht.«

»Det is ja entsetzlich!«

»Ja, mehr als det.«

Sechs

Der Hausvogteiplatz gehörte nicht zu den beliebtesten Orten der preußischen Residenz. Das lag weniger an dem Namen, den er vordem getragen hatte: Schinkenplatz, benannt nach dem hier verkauften Fleisch wie auch den »unehrbaren Frauen«, die an dieser Stelle ihr Quartier hatten, den »Schinken« – ein Begriff, der sich vom jiddischen *Schickse* ableitete. Vielmehr war ein ganz bestimmtes Gebäude an der Ostseite der Grund für die Unbeliebtheit des Platzes: das Hausvogtei-Gefängnis. Dies war die Haftanstalt für Personen, die der Hofgerichtsbarkeit unterstanden, also Bedienstete und Handwerker des königlichen Hofes, für die Bewohner des Stadtteils Friedrichswerder sowie für die Berliner Juden. Besonders in der Zeit der sogenannten Demagogenverfolgung hatten die Berliner einen mächtigen Bammel vor der Hausvogtei und reimten: »Wer die Wahrheit weiß und saget sie frei, / der kommt in Berlin in die Hausvogtei.«

Auch Criminal-Commissarius Werpel liebte diesen Ort nicht besonders, nichtsdestoweniger musste er ihn mehrmals in der Woche aufsuchen, um Delinquenten zu vernehmen. Am späten Abend des 19. Februar 1848 hatte man ihm gemeldet, ein gefährliches Subjekt namens Franz Watzlawiak sei gerade dort eingeliefert worden, arretiert nach einer heftigen Schlägerei auf dem Alexanderplatz.

Werpel arbeitete sich langsam durch die Gänge und Räume. Auf hölzernen Bänken lagen Männer in den seltsamsten Stellungen und schliefen ihren Rausch aus. Einige waren sogar auf den Boden gefallen, ohne es zu bemerken. Andere irrten umher und hatten noch nicht begriffen, wo sie sich befanden. Ein hünenhaft gebauter junger Mann randalierte, sprach von einem Irrtum der Behörden und forderte im Namen Gottes und des Königs seine Freilassung.

Der Aufseher, ein alter Soldat, zog an seiner Pfeife und suchte den Mann zu beruhigen. »Nu schlafen Se endlich! Morjen is ooch noch 'n Tag.«

»Geben Sie mir eine Pistole, ich will mich erschießen!«

»Vorsicht, junger Mann! Wenn eena droht sich umzubringen, kommta inne Zwangsjacke.«

Werpel schob sich zwischen die beiden. »Bist du der Watzlawiak?«

»Ja – warum?«

»Weil du ...« Werpel wurde nun etwas amtlicher. »Watzlawiak, Sie werden gesucht wegen versuchten Totschlags, womöglich sogar wegen Mordes.«

»Det ick nich lache! Wer sagt denn det?«

»Ferdinand Dünnebier. Das ist der Mann, den Sie in der Nikolaikirchgasse ins Jenseits schicken wollten, weil er versucht hat, Ihnen eine gewisse Auguste Gärtner abspenstig zu machen.«

»Det is doch Kokolores, Herr Commissarius! Der Dünnebier, diese Nappsülze, kann doch bei meine Juste nie und nimmer wat ausrichten.«

»Und wenn seine Avancen doch erfolgreich waren?

Sie sehen offenbar sofort rot, wenn jemand Ihrer Braut schöne Augen macht, und schlagen blind auf ihn ein, wie gestern da an der Bude auf dem Alex.«

Je erregter Watzlawiak wurde, desto mehr verfiel er nicht nur ins Berlinische, sondern desto ausfallender wurde er auch. »Det war der Liepe, dieset Arschloch, und der hat der Juste anne Brust jefasst!«

Werpel hatte genug gehört. Er holte seine Kladde heraus und notierte:

Dem Watzlawiak ist eine Bluttat durchaus zuzutrauen. Nicht laufen lassen, unbedingt vors Gericht bringen!

Der Kalender zeigte den 2. März 1848 an, einen Donnerstag. Es war für Christian Philipp von Gontard und seinen Freund Friedrich Kußmaul zum Ritual geworden, sich zur Mittagszeit im Café Stehely zu treffen. Gontard hatte dann seine ersten Vorlesungen hinter sich, Kußmaul die Vormittagssprechstunde, und sie genossen es, sich im Café über Weltpolitisches, Berlinisches und Privates auszutauschen.

»Du kennst doch den Randersacker persönlich«, begann Kußmaul. »Hast du gehört, was dem passiert ist?«

Gontard nickte. »Selbstredend.« In den Zeitungen war zu lesen gewesen, dass sich aus der Waffe Randersackers versehentlich ein Schuss gelöst hatte, als er bei einem geheimen Treffen mit einem portugiesischen General im Hotel »König von Portugal« gewesen sei. Es habe aber keine Verletzten gegeben.

»Man sollte diesem Menschen den Umgang mit Schusswaffen strikt untersagen«, fand Kußmaul, »gleichviel, ob es nun Kanonen oder Pistolen sind.«

»Na, wenigstens hat es diesmal keine Toten gegeben«, stellte Gontard fest, »anders als damals in Altenrath, als die arme Marie Engels starb.«

»Was gibt's ansonsten Neues?«, fragte Kußmaul und blätterte in der *Staats-Zeitung*.

»Gestern haben sie über die Pariser Revolution berichtet«, sagte Gontard. Die war derzeit bei den gebildeten Schichten Preußens das Thema Nummer eins. Am 21. Februar hatte es in Paris die ersten öffentlichen Proteste gegeben, am 23. und am 24. Februar waren Straßen- und Barrikadenkämpfe zwischen den Aufständischen und den königlichen Truppen gefolgt. König Louis Philippe hatte abgedankt und war nach England geflohen, man hatte die Republik ausgerufen. Die Revolutionsregierung hatte dem Volk die Pressefreiheit, das allgemeine Wahlrecht, die Abschaffung der Todesstrafe für politische Delikte und ein Recht auf Arbeit versprochen.

»Diese Rechte würden auch Preußen gut zu Gesicht stehen«, murmelte Gontard, nachdem er sie aufgezählt hatte.

Kußmaul nickte. »Du hast recht. Man munkelt schon, dass unsere Regierung Frankreich den Krieg erklären will, um diese revolutionären Umtriebe zu unterbinden.«

»Psst!«, machte Gontard schnell und legte den Finger auf den Mund, denn soeben war Dr. Joel Jacoby eingetreten, ein Agent des Innenministeriums. Jacoby trat in immer neuen Verkleidungen auf und sollte herausfinden, was man im Volk redete. Seine Berichte gingen direkt an den Polizeipräsidenten Julius von Minutoli.

Gontard und Kußmaul redeten über Unverfängliches, bis Jacoby außer Reichweite war. Dann kam Gontard wieder auf die Französische Revolution und die möglichen

Reaktionen der preußischen Regierung zu sprechen. »Ich bin gespannt, ob ich nachher mehr erfahren kann«, schloss er.

»Bist du etwa zum Abendmahl beim König eingeladen?«, fragte Kußmaul.

»Nein, aber zu einer kleinen Feier bei unserem lieben General von Pfuel. Der König hat ihn zum Gouverneur von Berlin berufen.«

Kußmaul lachte bitter. »Damit hat Friedrich Wilhelm IV. jemanden, der statt seiner die Soldaten auf die Bürger hetzt, wenn sie es wagen sollten, den Franzosen nachzueifern.«

Gontard schüttelte den Kopf. »Ich glaube nicht, dass das so einer ist.«

Die Pfuels waren ein uraltes Adelsgeschlecht aus dem Barnim und dem Kreis Lebus. Es hieß sogar, ihre Vorfahren seien schon nach der Vertreibung der Wenden im Jahr 926 in der Mark ansässig geworden. Der Besitz der Familie vergrößerte sich von Jahr zu Jahr. Unter den Pfuels gab es nicht nur sehr viele Generäle, sondern auch hohe Staatsbeamte, Kurfürstliche Räte, Doktoren der Rechte und Geistliche.

Das wohl bekannteste Mitglied dieser Familie war der 1779 geborene Ernst von Pfuel. Er hatte den preußischen Angriff bei Waterloo geplant und war schließlich Stadtkommandant von Paris sowie preußischer Gouverneur des Schweizer Kantons Neuenburg geworden. Ernst von Pfuel war nicht nur ein Jugendfreund Heinrich von Kleists, sondern verkehrte auch mit Bettina und Achim von Arnim sowie Karl August und Rahel Varnhagen. Theodor Körner, Gerhard von Scharnhorst, August Neidhardt von Gneisenau und der Freiherr vom Stein gehörten ebenso zu seinem Freundeskreis. Im März 1848 wurde Pfuel zum Gouverneur von Berlin ernannt.

Gontard sprach ihm seine Glückwünsche aus. »Berlin kann sich freuen über einen solchen Gouverneur. Ich bin mir sicher, dass man Sie später wegen Ihrer Amtszeit rühmen wird.«

Pfuel lächelte. »Ich hoffe, dass die Berliner dermaleinst wenigstens eine kleine Straße nach mir benennen werden.«

Die nächste politische Größe, mit der Gontard ins Plaudern kam, war der Polizeipräsident Julius Freiherr von Minutoli, der trotz seines exotischen Namens ein angestammter Berliner war. Er war 1804 an der Spree auf die Welt gekommen. Sein Vater Heinrich von Minotuli war vor allem als Altertumsforscher bekannt geworden und hatte es 1810 sogar zum Erzieher des Prinzen Carl gebracht. Seit Heinrich diese Ehre zuteilgeworden war, hatte er mit seiner Familie im königlichen Palast Unter den Linden gewohnt. Sein Sohn Julius hatte als Kind zu den Spielkameraden des Kronprinzen gehört, und so war es nicht verwunderlich, dass Friedrich Wilhelm IV. ihn 1847 in das hohe Amt des Polizeipräsidenten berufen hatte. Vorher hatte Julius von Minutoli sich in der preußischen Provinz Posen als Regierungs- und Landrat sowie als Polizeidirektor seine Meriten erworben. Auf verschiedenen Dienstreisen hatte er halb Europa und sogar Algerien kennengelernt, er war also alles andere als ein bornierter preußischer Kleingeist. Gontard schätzte ihn auch wegen seiner wissenschaftlichen Schriften und seiner kunstvollen Zeichnungen.

»Nun, mein Lieber«, begann Gontard in einem spöttischen Ton, den er sich Minutoli gegenüber durchaus erlauben durfte, »man hört, dass Sie die Polizei erheblich aufstocken wollen – schon im Hinblick darauf, dass Berlin ein zweites Paris werden könnte …?«

Von Minutoli lachte. »Sie meinen, dass die preußische Residenzstadt bald ebenso viele Gäste wird anlocken können?«

»Nein, ich dachte an eine Februarrevolution.«

»Ich bitte Sie, Gontard, wir sind in Preußen! Außerdem ist der Februar längst vorüber. Nein, im Ernst: Gemessen an unseren vierhunderttausend Seelen, hat Berlin viel zu wenig Polizeibeamte, gerade einmal 27 Kommissarien, gut 40 einsetzbare Sergeanten und etatmäßig 110 Gendarmen, von denen mir aber viele wegen Urlaub, Krankheit sowie Ordonanz- und Patrouillendiensten außerhalb der Stadt gar nicht zur Verfügung stehen. Und die berittenen Gendarmen, Gott, die wohnen weit weg von den Stallungen, und ehe die bei Aufläufen oder Gefahren alle auf ihren Gäulen sitzen, vergehen Stunden.«

Gontard schmunzelte. »Das zu hören dürfte alle revolutionär gestimmten Kräften freuen.«

»Da freuen sie sich aber zu früh, denn wenn mir nicht genügend Polizisten zur Verfügung stehen, dann wird der König das Militär marschieren lassen.« Jetzt wechselte von Minutoli doch lieber das Thema. »Doch kommen wir zurück zu unserer viel zu geringen Personalstärke. Die wird glücklicherweise dadurch gemildert, mein lieber Gontard, dass Sie regelmäßig auf Mörderjagd gehen und mir dadurch mindestens drei Kommissare ersetzten. Darf ich wissen, wessen Fährte Sie gerade verfolgen?«

»Minutoli … Pardon, Herr Polizeipräsident, Sie wissen doch selbst am besten, dass im Augenblick kein Fall anliegt, den der wackere Werpel nicht selber lösen könnte.«

»Nun hindert mich mein hohes Amt leider, Ihnen einen spektakulären Fall zu wünschen, aber ... Ich bin gespannt!« Damit verabschiedete er sich von Gontard und wandte sich anderen Gästen zu.

Hinter Gontard stand nun Werpel. »Habe ich nicht eben meinen Namen gehört?«

Gontard gab sich ahnungslos. »Nein, wir haben nur von Goethes *Werther* gesprochen, da müssen Sie sich verhört haben. Aber sagen Sie, was ist denn aus dem Mann geworden, der den Dienstmann Dünnebier ermorden wollte?«

»Sie meinen diesen Franz Watzlawiak? Der hat wegen einer erneuten Gewalttätigkeit auf dem Alexanderplatz eine Nacht in der Hausvogtei zugebracht, ist aber nach einer Intervention des Fabrikherrn Borsig wieder auf freien Fuß gesetzt worden. Wir können also hoffen, Herr von Gontard, dass wir bald etwas zu tun bekommen.«

Gontard verbot sich diesen Gedanken. »Hören Sie auf, Werpel! Das ist zutiefst unchristlich.«

»Unchristlich ist, dass in jedem Menschen eine Bestie steckt!«, rief Werpel. »Das hätte unser Gott auch anders einrichten können.«

Gontard nickte zustimmend. »Also wird es in Berlin tausend weitere Morde geben, bevor dieses Jahrhundert zu Ende geht.«

Von wegen Schönschornstein! Der Schornstein auf dem Häuschen des Schiffers Konrad Quappe war alles andere als schön. Der erste Frühlingssturm hatte ihn weithin zum Einsturz gebracht. Aber es lag kein Geld mehr auf dem Grund des irdenen Topfes, den der alte Quappe als Versteck nutzte. Wo hätte das Geld auch herkommen sollen?

Wenn Flüsse, Seen und Kanäle vom Eis bedeckt waren, ruhte die Schifffahrt. Nun aber, in den ersten Märztagen, konnte man schon mal den Schiffsmakler in Erkner fragen, den Gliesche, ob bald Fracht zu erwarten war.

»Kommste mit?«, fragte Konrad Quappe seinen Sohn Paul.

Paul Quappe erzählte mal wieder von den Streichen, die er und seine Kumpane unliebsamen Vorgesetzten gespielt hatten. »In Frankfurt hatten wa einen Lieutenant, der uns fürchterlich jepiesackt hat, und der hatte sich nu 'n neuet Pferd jekooft, 'n Rappen. Janz stolz war a. Und am nächsten Morjen jeht er in Stall rin – keen Rappe mehr da. Nur 'n Schimmel. Wat war passiert? 'n paar von uns hatten sich weiße Farbe besorjt und det Tier die Nacht üba anjestrichen.«

Sein Vater verzog das Gesicht. Ihm war nicht zum Lachen zumute. Dazu ging es ihm derzeit zu schlecht: keine Arbeit, kein Geld, die Frau im letzten Jahr gestorben. »Los, Paul, ab die Post, machen wir uns auf die Socken!«

Es waren, über den Daumen gepeilt, etwas mehr als drei Kilometer bis zum Schiffsmakler. Das schafften sie locker in einer Dreiviertelstunde. Zuerst ging es auf der Neu Zittauer Straße schnurgerade nach Norden, die ersten hundert Meter dicht an der Spree entlang, dann durch Wiesen und Felder. Rechts kam der Karutzsee zum Vorschein. Kurz danach erreichten sie die Stadtgrenze. Erkner machte sich langsam: An der Friedrichstraße reihte sich ein Neubau an den anderen.

»Unsere Friedrichstraße in Berlin is aba doch wat anderet«, fand Paul Quappe. »Allein schon der Bahnhof.«

»Einen Bahnhof haben wir seit '42 auch«, hielt ihm sein Vater entgegen.

Sie überquerten das Flakenfließ auf einer ansehnlichen steinernen Brücke.

»Hier kommt der ganze Kalk aus Rüdersdorf lang«, erklärte ihm der Vater.

»Ick weeß, Berlin is aus'm Kahn jebaut.«

Sie bogen nun links ab, liefen ein Stückchen am Flakenfließ entlang, das den Dämeritz- mit dem Flaken- und dem Kalksee verband, und kamen dann zu der Villa des dicken Schiffsmaklers Gustav Gliesche. Der stand gerade am Gartenzaun und prüfte, ob an seiner Hecke schon das erste Grün zu entdecken war. Dabei gab er sich alle Mühe, Konrad Quappe und seinen Sohn zu ignorieren.

Konrad Quappe hüstelte. »Entschuldigung, Herr Gliesche ...«

»Es ist keine Geschäftszeit!«, brummte der Schiffsmakler.

»Ich wollte auch nur höflich darum bitten, dass Sie an mich denken, wenn wieder einmal eine Fracht von Rüdersdorf nach Berlin zu bringen ist.«

»Nich, wenn Se mich nich in Ruhe lassen!«, herrschte Gliesche ihn an. »Ich muss außerdem gleich nach Berlin. Dringende Angelegenheit. Auf Wiedersehen!«

Die Quappes traten den Rückzug an. Paul murmelte, dass er dieses fette Schwein am liebsten abstechen würde.

Sein Vater nahm es zwar gelassener, brauchte aber jetzt einen Doppelkorn. »Komm, Paul, ich hab da in der Stadt meine Quelle.«

1842 hatte die Eisenbahn auf der Strecke Berlin–Frankfurt/Oder ihren Betrieb aufgenommen, wobei für Erkner nur eine einfache Haltestelle abgefallen war. Vier Jahre später aber war die Linie bis nach Breslau verlängert worden, und da Erkner inzwischen so wichtig geworden war, hatte man der Stadt einen richtigen Bahnhof nicht länger verwehren können.

Paul Quappe liebte die neumodischen Eisenbahnen, besonders deren Lokomotiven. Von denen konnte er stundenlang schwärmen. »Die 2'A1-Lokomotive von Borsig für die Anhaltische Bahn hab ick mit eijene Oojen fahren jesehn!«, erzählte er mit leuchtenden Augen. »Das war die erste, die se im Feualand jebaut ham. Mit 'nem Stehkessel noch. Und die Wettfahrt mit dem Stephenson seine Maschine nach Jüterbog, die hat der Borsig ooch jewonnen.« Er blickte seinen Vater bittend an. »Du, könn wa nich noch 'nen kleen Abstecha uffn Bahnhof machen?«

Sein Vater zeigte sich von dieser Idee wenig begeistert. »Da bist du doch gestern erst gewesen, bei deiner Ankunft.«

»Ich kann ma nich sattsehen an allet, wat mit da Bahn zu tun hat.«

»Na gut, meinetwegen.«

Paul Quappe umarmte seinen Vater, obwohl dem so viel »Gefühlsduselei« eigentlich zuwider war.

Nach nicht einmal zehn Minuten standen sie auf dem Bahnhof und warteten auf einfahrende Züge. Ihre Blicke gingen in Richtung Berlin wie in Richtung Frankfurt an der Oder. Da näherte sich von Fürstenwalde her eine Eisenbahn. Die Fahrgäste, die auf dem Perron standen und warteten, reckten die Hälse.

»Mensch, da is ja der dicke Gliesche!«, rief Paul Quappe. »Dieser Kotzbrocken!«

»Stimmt, der wollte nach Berlin.«

Der Lokomotivführer pfiff und läutete, was seine Instrumente hergaben, und der Stationsvorsteher forderte die Leute lautstark auf, von der Bahnsteigkante zurückzutreten.

Paul Quappe hoffte, dass nun etwas Unvorhergesehenes passieren würde, das später eine schöne Anekdote ergab. Aber es ging alles glatt. Er sah dem dicken Gliesche hinterher. Vielleicht rutschte der doch noch vom Trittbrett ab und geriet mit den Beinen unter den Zug. Paul Quappe sponn diese Vorstellung in Gedanken zu Ende. Er würde zu Gliesche stürzen und ihn retten. Als Dank könnte der Schiffsmakler dann seinen Vater zu seinem Compagnon machen – und der wäre aller Sorgen ledig.

Doch Gliesche enterte ohne Probleme den letzten Wagen der zweiten Klasse und erwischte in einem ziemlich vollen Abteil noch einen freien Platz.

Da hatte Paul Quappe eine grandiose Idee ... In einem unbeobachteten Augenblick kroch er unter den Zug und löste die Kupplung zwischen dem letzten und dem vorletzten Wagen. Die Technik steckte noch derart in den Kinderschuhen, dass nirgendwo ein Alarm ausgelöst wurde.

Pfiffe ertönten. Der Lokführer zog am Hebel, Dampf schoss in die Zylinder, die Bahn fuhr an und gewann ziemlich schnell an Fahrt. Alles schrie und wedelte mit den Armen, doch der Meister auf der Maschine und sein Heizer nahmen keinerlei Notiz davon.

So blieb der letzte Wagen des Berliner Zuges auf dem Bahnhof Erkner zurück.

Fluchend kletterte der dicke Gliesche aus seinem Abteil.

Paul Quappe und sein Vater waren da schon auf dem Rückweg nach Schönschornstein – zwei harmlose Fußgänger.

Sieben

Manche nannten ihn einen vierschrötigen Menschen. Aber selbst ein Mann wie Richard von Randersacker, der eine sehr robuste Psyche hatte, konnte es nicht so einfach verkraften, dass man auf ihn geschossen und ihm also nach dem Leben getrachtet hatte. Haarscharf war die Kugel an Kopf und Brust vorbeigegangen, und die Szene im »König von Portugal« ließ ihn auch nach vierzehn Tagen noch nicht los. Jede Nacht schreckte er aus Alpträumen hoch, und jeden Tag dachte er darüber nach, wer hinter diesem Attentat stecken konnte. Er hatte sich im Leben zu viele Feinde gemacht, um eine einzelne Person benennen zu können. Das Schlimme aber war, dass er außerhalb des Kriegsministeriums mit niemandem darüber sprechen konnte. Auch seine Frau ahnte nichts von dem Vorfall. Das allerdings schmerzte ihn weniger, denn er wusste nur allzu gut, dass man ihr mit keiner anderen Nachricht eine größere Freude hätte bereiten können als mit der von seinem Ableben.

Am 3. März ließ ihn der Minister zu sich rufen, um mit ihm noch einmal über den Vorfall im »König von Portugal« zu reden. Randersacker mochte Ferdinand von Rohr nicht besonders, was aber wahrscheinlich weniger an dessen Charakter lag als vielmehr an Randersackers

Neigung, generell allen über ihm stehenden Personen die Befähigung für ihr Amt abzusprechen.

Als Randersacker dem Kriegsminister gegenüber Platz genommen hatte, entspann sich ein etwas zäher Dialog.

»Herr von Randersacker, Sie haben noch immer keine Idee, wer auf Sie geschossen haben könnte?«

»Nein, der Mann war maskiert, und auf dem Gang war es ziemlich dunkel.«

Von Rohr blätterte in seinen Papieren. »Unsere Agenten haben auch noch nichts herausfinden können. Weder hier in Berlin noch in Paris oder Wien. Einige von ihnen sind über die wahren Ereignisse im ›König von Portugal‹ informiert und vertreten die Ansicht, dass diese Flora Morave als Lockvogel gedient haben könnte – aber wem?«

Randersacker konnte auch nur mit den Schultern zucken. »Das ist mir alles völlig schleierhaft.«

Der Kriegsminister versuchte zu entziffern, was ihm einer seiner höheren Beamten aufgeschrieben hatte. »Hm, hier gibt es eine Stimme, die nicht ausschließen will, dass Ihre Frau jemanden gedungen hat, Sie zu ermorden, um sich für Ihre eheliche Untreue zu rächen.«

»Nein, ausgeschlossen!« Magdalene zeterte zwar immer, wenn sie von seinen Amouren Kenntnis erhielt, aber eigentlich war sie froh darüber, dass er sie in Ruhe ließ und sich anderswo austobte.

»Dann müssen wir wohl abwarten.«

»... bis es den nächsten Versuch geben wird, mich aus der Welt zu schaffen«, fügte Randersacker mit einigem Sarkasmus hinzu.

Von Rohr hatte eine Idee. »Ob wir unseren Gontard einschalten? Der hat in den letzten Jahren oftmals einen besonderen Spürsinn bewiesen ...«

»Ja, warum nicht! Ich sehe ihn ab und an in der Artillerieschule.«

»Gut, dann können wir uns nun wieder anderen Aufgaben zuwenden ...«

Der Minister war schon dabei sich zu erheben, als Randersacker noch auf ein anderes Thema zu sprechen kam. »Pardon, das ist zwar im Vergleich zum Attentat auf mich nur eine Bagatelle, aber der Scherz Ihres Burschen hat mich immerhin an den Rand eines Herzanfalls gebracht. Kommt er doch zu mir, schwenkt ein Schreiben von Ihnen, verkündet für alle hörbar meine Demission und sagt, dass ich wegen Hochverrats vor ein Gericht käme.«

»Wie? Was?« Der Minister brauchte nur wenige Sekunden, das Ganze zu verstehen. »Mein Bursche, der Quappe, soll sich wieder einmal einen seiner allseits gefürchteten Scherze erlaubt haben?«

»So ist es.«

Von Rohr ließ die Ordonanz rufen. »Schaffen Sie mir den Quappe herbei!«

»Die Kaulquappe, zu Befehl!«

Paul Quappe erschien, salutierte und grinste ergeben in die Runde.

Der Kriegsminister fixierte ihn. »Du weißt, warum ich dich habe rufen lassen?«

»Soll ick 'n Orden kriegen, weil sich wieda mal alle halbtot jelacht haben?«

»So eine Frechheit!«, rief Randersacker. »Ich habe mich über den Scherz dieses Subjektes durchaus nicht köstlich amüsiert!«

»Det is Ihre Schuld«, murmelte Quappe.

»Raus!«

Mochte von Rohr auch innerlich noch so amüsiert sein,

er konnte sich in seiner Stellung einen Spaßmacher und Hofnarren nicht länger erlauben. Quappe brachte ihm fortlaufend nur Ärger ein, denn der Humor gehörte nicht zu den preußischen Tugenden.

»Was mache ich nur mit diesem Quappe?«, murmelte von Rohr. »In meiner Nähe kann er nicht länger bleiben.«

Da hatte Randersacker einen hübschen Einfall. »Schicken Sie ihn doch zu Gontard, der hat nach seiner letzten Beförderung einen Anspruch auf einen Burschen.«

»Superb!«, rief der Kriegsminister.

Damit waren sie am Ende ihrer Unterredung angekommen, und Randersacker verabschiedete sich trotz der Pointe am Schluss ausgesprochen förmlich. Zurück in seinem Bureau, sah er auf die Leipziger Straße hinunter und verspürte dabei den Impuls, auf alles zu schießen, was sich da unten bewegte. Das wäre die einzig wirksame Prävention gewesen! Das Volk musste eingeschüchtert werden, bevor es übermütig wurde. Nicht nur die Ereignisse in Paris ließen Randersacker unruhig werden, auch die Nachrichten aus dem Süden Deutschlands verhießen nichts Gutes. In Mannheim forderte man ganz offen ein deutsches Parlament, Volksbewaffnung und Pressefreiheit. Bald würde man womöglich noch anfangen, Barrikaden zu bauen ... Er sehnte sich zurück nach seinen Ländereien an der Düna. Zu gerne würde er am Ufer des Flusses sitzen und träumen, das Leben noch einmal von vorne beginnen, Pfarrer werden und kein Offizier mehr sein ... Auf Pfarrer schoss man nicht. Doch dann schalt er sich einen Feigling und Deserteur und fing an, die Dokumente auf seinem Schreibtisch zu bearbeiten.

Als er alle Arbeit erledigt hatte, ließ er sich eine Droschke holen und nach Hause fahren. Die wenigen Meter vom

Kriegsministerium zu seinem Palais hätte er auch bequem per pedes zurücklegen können, doch das schickte sich für einen Mann seines Ranges nicht. Außerdem hatte er Angst, der Schütze aus dem »König von Portugal« könnte plötzlich wieder vor ihm stehen und auf ihn feuern – so wie vor vier Jahren Heinrich Ludwig Tschech auf Friedrich Wilhelm IV. geschossen hatte. Aber dann fiel Randersacker ein, dass der König bei diesem Attentat auch in einer Kutsche gesessen hatte. Also schickte er den Kutscher wieder weg und lief nun doch zu Fuß. So kam es, dass er an der Ecke Leipziger und Wilhelmstraße Auguste Gärtner in die Arme lief. »Was machen Sie denn hier auf der Straße?«

»Ick soll für die Gnädige det fertige Kleid von die Schneiderin inna Friedrichstraße abholen.«

»Dann möchte ich Sie gern begleiten, denn das neue Kleid meiner Frau ist so wertvoll, dass wir mit Straßenräubern rechnen müssen.«

Jetzt hatte er eine halbe Stunde Zeit, Auguste zu becircen. Wovon träumten junge Frauen wie sie? Davon, einen kleinen Laden für Kurzwaren oder Hüte zu eröffnen? Oder Wirtin eines Esslokals zu werden, in Richtung Moabit? Ob sie ihm zu Willen sein würde, wenn er ihr so etwas versprach?

Gottlieb Letschinski war eigentlich handwerklich geschickt genug, Kunden mit schönen Möbeln, herrschaftlichen Haus- und Innentüren und dicht schließenden Fenstern zu erfreuen, doch bei Tischlermeister Theodor Qualitz in der Wassergasse war er im Augenblick damit beschäftigt, Särge herzustellen. Aus Kiefer, Tanne, Linde, Nussbaum oder Eiche, je nachdem, was die trauernden Hinterbliebenen zu zahlen bereit waren. Qualitz hatte während der Befreiungskriege große Munitionskisten gezimmert. Als dann aber Särge knapp geworden waren, hatte er den grandiosen Einfall gehabt, die Munitionskisten ein wenig aufzuhübschen und als Behelfssärge zu verkaufen. Dieses Geschäft hatte sich als sehr lukrativ erwiesen und auch im Jahr 1848 war der Verkauf der Totenkisten noch einer der wesentlichen Bestandteile seines Betriebs.

»Gestorben wird immer«, war eine seiner stehenden Redewendungen. »Und wenn man die Toten nicht in Tücher einwickeln und einfach in die Erde legen will, braucht man eben Särge.«

Letschinski arbeitete gerade an einem Sargdeckel und war dabei, ihn mit Schmirgelpapier zu glätten. Immer wieder fuhr er mit den Fingerspitzen so zärtlich über das weiche Kiefernholz, als wäre es der Oberschenkel eines Weibes. Öfter hatte er schon daran gedacht, Holzbildhauer zu werden und Frauen mit üppigen Formen zu schaffen, um sich an ihrem Anblick zu ergötzen. Er geriet ins Träumen ...

»He, Liepe, nicht einschlafen!« Das war Meister Qualitz, der gerade in die Werkstatt geschlurft kam. »Dafür wirste nich bezahlt.«

»Ick hab nich jeschlafen«, entgegnete Letschinski. Wieder einmal hatte er sein freches Mundwerk nicht so recht unter Kontrolle. »Ick hab nur drüber nachjedacht, ob so 'n hochjeachteter Mann wie Sie nich 'n besseren Sarg vadient hätte, Nussbaum statt Kiefer. Und ville zu kleen issa ooch.«

Qualitz fixierte ihn. »Wissen Sie, Letschinski, was der Unterschied zwischen Ihnen und einem Vogel ist?«

»Nee ...«

»Keiner. Auch Sie werden gleich fliegen – nämlich hier raus!«

»Macht nüscht, ick will sowieso Bildhauer werden«, antwortete Letschinski.

Qualitz lachte. »Dann hau mal auf die Bilder, aber bitte nicht auf meine in der guten Stube. Vorher gehst du noch in die Wilhelmstraße ins Randersacker'sche Palais. Da ist ein Bücherregal zusammengebrochen.«

Letschinski verzichtete auf weitere Kommentare und machte sich auf den Weg. Die Wassergasse lag im nördlichen Zipfel der Luisenstadt und nahm ihren Anfang am Ufer der Spree, um dann einen Haken zu schlagen und die Brückenstraße zu kreuzen. Nach einem weiteren Knick am späteren Köllnischen Platz mündete sie in die Köpenicker Straße. Über die Inselbrücke kam Letschinski in die Wallstraße, die er in Richtung Spittelmarkt lief. Nun hatte er noch die lange Leipziger Straße vor sich. Fluchend kam er in der Wilhelmstraße an, doch seine Miene sollte sich schlagartig aufhellen, denn wer ihm am Randersacker'schen Palais die Dienstbotentür öffnete, war keine Geringere als die Auguste Gärtner. Um deren Gunst zu erringen, hatte er sich vor drei Wochen in der Weinmeisterstraße mit Ferdinand Dünnebier heftig geprügelt. Die Szene stand ihm noch deutlich vor Augen – und erst recht das Theater hinterher, als Dünnebier wie tot liegen geblieben war. Der Franz Watzlawiak sollte auch hinter ihr her sein. Von der Auguste sollte er lieber die Finger lassen! Doch wie sie ihn anlächelte ...

»Sie sind wegen mir jekommen?« Sie guckte ihn kokett an.

»Nee, ick soll 'n Bücharegal janz machen, wat zusammenjebrochen is.«

»Na, denn treten Sie mir mal näha!«

Ein paar Minuten später hatte Letschinski Auguste Gärtner überredet, mit ihm in den Circus zu gehen.

Der Thiergarten erhielt seinen Namen von den Hirschen und anderem Wild, von denen ein umzäunter Wald belebt war, welcher sich im 16. Jahrhundert noch bis zur jetzigen Schlossbrücke und zum Dönhofsplatze erstreckte. Im Anfange des 18. Jahrh. liess König Friedrich I. die ersten Alleen und Lustpartien darin anlegen. Andere Verbesserungen erfolgten unter Friedrich II. durch v. Knobelsdorf: der grosse Stern, damals mit Statuen geziert, das Halbrund vor den Zelten u.s.w. wurde geschaffen. Seine jetzigen Reize verdankt der Thiergarten dem Könige Friedrich Wilhelm III., welcher die Veränderungen, die ihn zu einem der schönsten öffentlichen Parke Deutschlands gestalteten, nach den Anordnungen des General-Garten-Director Lenné ausführen liess.

Christian Philipp von Gontard hatte das Buch *Neuester Führer durch Berlin und Potsdam* in der Hand und las seinem Freund Friedrich Kußmaul daraus vor, als sie nach getaner Arbeit einen Spaziergang unternahmen.

»Weißt du eigentlich, warum diese Straße In den Zelten heißt?«, fragte Gontard.

»Nein ...«

»Weil 1745 zwei Refugiés von Friedrich II. die Genehmigung erhielten, im Thiergarten ihre Zelte aufzustellen, um hier Erfrischungen zu verkaufen.«

»Wenn das mal kein Fehler war ...«, sagte Kußmaul. Diese Anspielung bezog sich auf die Angewohnheit der Berliner, zu ihren Demonstrationen gegen die herrschende Ordnung hier In den Zelten zusammenzukommen, da öffentliche Versammlungen in der Residenz streng verboten waren.

»Nun«, Kaußmaul lächelte hintergründig, »Lenné wollte hier einen preußischen Nationalpark zur Erinnerung an die Befreiungskriege errichten. Das wurde ihm aber verboten. Wenn nun ausgerechnet an diesem Ort dafür gefochten wird, dass uns die Freiheiten zurückgegeben werden, die uns dieser dreimal verfluchte Metternich weggenommen hat, dann wäre das eine wunderbare Wendung der deutschen Geschichte.«

Derart plaudernd und politisierend kamen sie an einen Wasserzug, der in den See mündete, in dem die Rousseau-Insel lag.

Kaum war der Name des französischen Philosophen gefallen, begann Kußmaul auch schon, gegen die Devise »Zurück zur Natur« zu polemisieren. »Die Natur ist nicht a priori und per se das Gute. Man denke nur an all die fürchterlichen Krankheiten, die sie uns beschert: Pest, Cholera, Pocken, Syphilis, Typhus, Milzbrand und, und, und.«

»Die verbrecherischen Veranlagungen, die die Menschen haben, nicht zu vergessen«, fügte Gontard hinzu. »In jedem von uns steckt ein Mörder.«

Als hätte die göttliche Regie nur auf dieses Stichwort gewartet, brach plötzlich ein Spaziergänger aus dem Unterholz hervor, der ein Patient von Dr. Kußmaul war und ihn zuvor gesehen haben musste. »Herr Doktor! Hilfe! Da liegt eine Dame im Gebüsch. Mit einer schrecklichen Wunde am Kopf. Ich glaube, sie stirbt! Schnell, mir nach!«

Sie folgten dem Mann zu der Verletzten, die bereits das Bewusstsein verloren hatte. Kußmaul kniete sich neben sie. Ihre Wunde an der rechten Schädelseite blutete schrecklich. Gontard erstarrte, als er die Frau erkannte. Er schrie in den Thiergarten hinaus: »Gott, das ist ja Flora Morave!«

Acht

Der König hat eine Bataille verloren. Jetzt ist Ruhe die erste Bürgerpflicht. Ich fordere die Einwohner Berlins dazu auf. Der König und seine Brüder leben! Berlin, den 17. October 1806. Graf v. d. Schulenburg.

Dieser Aufruf an die Bürger Berlins war zwar schon über vierzig Jahre alt, verfasst nach der verlorenen Schlacht von Jena und Auerstedt, hing aber immer noch im Bureau des Criminal-Commissarius Waldemar Werpel. »Ruhe ist die erste Bürgerpflicht«, so lautete dessen Lebensmotto. Deshalb notierte Werpel sich alles, was er über die Ruhe las, etwa den Sinnspruch Wilhelm von Humboldts: *Die Ruhe ist die natürliche Stimmung eines wohlgeregelten, mit sich einigen Herzens.* Auch die Worte, die Annette von Droste-Hülshoff aus dem Werk Angelus Silesius' übernommen hatte, durften in seiner Sammlung nicht fehlen: *In Ruhe wohnt die Kraft, du musst nur ruhig seyn ...* Er hatte sogar das schriftlich festgehalten, was seine Frau ihm jeden Abend beim Zubettgehen wünschte: *Ruhe sanft uff beede Backen.* Das tat er dann auch stets. Besonders an Sonntagen, denn er liebte es, ausschlafen zu können. Umso erzürnter war er, als heute schon in aller Herrgottsfrühe an seine Tür gebummert wurde.

»Herr Commissarius, Leichenfund in der Grenadierstraße!«

An der Stimme erkannte er Krause, diesen Kretin. »Wollen Sie mich auf den Arm nehmen? Am Ende ist es das Gleiche wie mit diesem Dünnebier: Wenn ich da bin, ist der Tote über alle Berge!«

»Nee, diesmal issa wirklich tot, ick habe selbst an ihm jerüttelt.«

»Warten Sie! Ich muss mich erst einmal ordentlich bekleiden.«

Das tat er dann auch in aller Ruhe. Als er hinaus auf die Straße trat, schlug es vom nahen Turm der Friedrichswerderschen Kirche gerade sieben Uhr. Der lange Marsch von der Oberwall- in die Grenadierstraße stimmte ihn missmutig.

»Krause, bitten Sie gefälligst alle Mörder, nur in unmittelbarer Nähe meines Wohnortes tätig zu werden!«

»Mach ick, wenn Sie mir sagen, wen ick da ansprechen soll.«

Werpel staunte, denn für einen Simpel wie Krause war das eine ungewohnt geistreiche Antwort. Seine Laune wurde aber dadurch auch nicht besser. Zu Hause wartete ein opulentes Frühstück mit Rührei und Schinken auf ihn, in der Grenadierstraße indes ein sicherlich übel zugerichteter Leichnam. Gähnend und mit vor Müdigkeit kleinen Augen folgte er dem Constabler. Der verlief sich prompt, da er die Grenadier- mit der Artilleriestraße verwechselt hatte.

»Tut ma leid, aba det is doch ooch wat Militärischet.«

Von der Artillerie- zur Grenadierstraße mussten sie noch mal ein ganzes Stück laufen, aber schließlich erreichten sie ihr Ziel. An der Ecke Hirtengasse lag der Tote. Ein zartfühlender Nachbar hatte ein Bettlaken über ihn geworfen.

»Icke hab den Mann zujedeckt.« Ein wohlbeleibter Herr war auf Werpel zugekommen und deutete eine kleine Verbeugung an. »Gustav Gusow, ick bin Kutscher beim Pferdeomnibus und kenne ihn gut.«

»Wen?«, fragte Krause. »Den Pferdeomnibus?«

»Nee, den Toten hier. Det is der Tischlergeselle Gottlieb Letschinski.«

Werpel hob das Laken ein wenig hoch, um sich den Leichnam genauer anzusehen. Am Hinterkopf klaffte eine gewaltige Wunde. »Der Mann wurde erschlagen, wahrscheinlich mit ’ner Axt.« Jetzt erst fiel ihm ein, dass er den Namen Letschinski schon einmal gehört hatte. Er fing an, laut zu denken. »Der hatte sich doch mit diesem Dünnebier wegen eines Mädchens eine fürchterliche Schlägerei geliefert ...«

»Wer?«, fragte Krause.

»Na, der Letschinski, Mensch! Und die Kleine hieß ...« Es wollte ihm einfach nicht einfallen. »Gott, wie hieß sie denn gleich?«

»Auguste Gärtner!«, rief der Pferdeomnibuskutscher.

Werpel war verblüfft. »Woher wissen Sie das denn?«

»Der Letschinski hat mir erzählt, dass er mit ihr ausgehen wollte. Abholen hat er sie sogar wollen aus dem Randersacker’schen Palais, da isse in Stellung.«

Der Criminal-Commissarius bedankte sich für den wertvollen Hinweis. Dann schickte er einen herumstehenden Gendarmen zur Charité, die einen Leichenwagen abstellen sollte. Bis der kam, hörte sich Werpel in der Nachbarschaft um, bekam dabei aber keine Hinweise auf den möglichen Täter. Nachdem man Letschinski abtransportiert hatte, marschierte der Commissarius mit Krause unverzüglich in Richtung Wilhelmstraße.

»Wat dit ma wieda an Schuhsohlen kostet!«, maulte Krause. »Eenmal quer durch Berlin durch, und keena bezahlt ma den Schusta.«

»Mir auch nicht«, sagte Werpel. »Aber Sie haben recht, Krause, ich werde mich beim Herrn Polizeipräsidenten dafür einsetzen, dass wir eine Kutsche bekommen, mit der wir zu den Tatorten fahren können.«

»Nehm'n Se doch für jetzt 'n Pferdeomnibus!«, riet ihnen Gusow, der dicht neben ihnen stehengeblieben war, um sich kein Wort ihres Dialoges entgehen zu lassen. »Seit letztet Jahr fahrn wa doch vom Alex zum Thiergarten.«

Werpel bedankte sich für den guten Rat. »Ich fürchte aber, dass wir die Fahrt aus eigener Tasche bezahlen müssen.«

»Det Jeld holn wa uns schon wieda!«, rief Krause. »Und wenn ick unsre Kasse mit uffjepflanztem Bajonett erstürmen muss.«

So kamen sie vergleichsweise mühelos zum Randersacker'schen Palais und verlangten dort, zu der Kammer von Auguste Gärtner geführt zu werden. Auguste brach in Tränen aus, als Werpel ihr erzählte, was in der Nacht geschehen war.

»Hätt ick ihn nur mit raufjenommen bei mir«, schluchzte sie. Aber sie habe Angst gehabt, sich mit ihm einzulassen und dann womöglich schwanger von ihm zu werden. Außerdem sei sie mit dem Franz Watzlawiak so gut wie verlobt. »Und wenn der det mitjekriegt hätte, det ick mit dem Liepe, dann ...«

Werpel nickte. Ja, man kenne ihren Verlobten und dessen Hang zur Gewalttätigkeit.

»Aber der Franz war et nich, det schwöre ick Ihnen! Eher war det dieser Dünnebier!«

»Der Ferdinand Dünnebier? Wieso sollte der Gottlieb Letschinski umgebracht haben?«

»Na, weil der ooch im Circus war, da anne Friedrichstraße der, und dauernd zu mir und Liepe rübergekiekt hat.« Zum Beweis, dass sie wirklich im Circus gewesen war, kramte sie das Billett aus ihrer Handtasche und hielt es Werpel hin.

»Sehr schön …« Werpel gab ihr den Zettel zurück. »Und nach dem Ende der Vorstellung hat Letschinski Sie nach Hause gebracht?«

»Ja. Er wollte auch so jerne noch mit mir nach oben kommen …« Wieder begann Auguste Gärtner zu weinen. »Und nu steht det allet in die Zeitung, und Franz wird ma nich mehr haben wollen.«

Werpel gab nun den großen Charmeur. »Na, so wie Sie gebaut sind, können Sie doch an allen zehn Fingern einen Neuen haben.«

Krause lachte. »Aba nich, wenn sich rumsprechen tut, det alle ihre Kerle abjemurkst wer'n.«

Werpel war sehr betrübt darüber, dass er gegen das Gebot »Du sollst den Sonntag heiligen!« verstoßen musste, aber er wollte sich nicht von seinen Oberen vorwerfen lassen, durch Untätigkeit die Aufdeckung einer Straftat verhindert zu haben. »Los, Krause, lassen Sie uns schnell in die Kronengasse gehen!«, sagte er deshalb zu seinem Constabler, als sie das Gespräch mit Auguste Gärtner beendet hatten und wieder auf dem Gehsteig der Wilhelmstraße standen. »Befragen wir den Dünnebier!«

Krause maulte. »'n dicket Bier wäre mir jetz lieba.«

Die Kronengasse lag unweit des Molkenmarktes zwischen der Jüden- und der Klosterstraße. Werpel verließ sich diesmal nicht auf Krauses Ortskenntnisse, sondern übernahm die Tete. Wieder mussten sie die gesamte Leipziger Straße entlangmarschieren, um dann über den Spittel- zum Molkenmarkt zu gelangen. Ihr ohnehin nicht sehr hohes Tempo wurde noch dadurch vermindert, dass sie in den Straßen ständig auf Bekannte trafen, die zum Plaudern aufgelegt waren. Deshalb kamen sie erst an Dünnebiers Wohnung an, nachdem der sich schon auf den Weg zum sonntäglichen Frühschoppen gemacht hatte.

»Inna Klosterstraße wird a sein«, teilte ihnen die Wirtin mit, bei der Dünnebier eine Stube gemietet hatte. »In die Destille da.«

Sie fanden den Dienstmann tatsächlich in der Destillation E. Weidner, die eingezwängt war zwischen der Liqueur-Fabrik von Hermann Schwinning und der Hebräischen Buchhandlung.

»Ick hab schon jehört, det se den Letschinski umjebracht ham!«, rief Ferdinand Dünnebier dem Criminal-Commissarius entgegen, als er ihn auf sich zukommen sah. »Ick war't aba nich!«

»Streiten Sie auch ab, ihn und Auguste Gärtner im Circus beobachtet zu haben?«

»Nee, det geb ick zu. Aba uff die Aujuste leg ick schon lange keen Wert mehr.«

»Und wo haben Sie die Nacht verbracht?«

Dünnebier lachte. »Bei die Minna im Bette.«

»Und wer ist diese Minna?«

»Die, die könn'n Se jerne ham, wenn Se 'n bisschen Jeld locker machen, die wohnt anne Königsmauer.«

In dieser Gasse waren die Straßenmädchen zu finden, nachdem der Magistrat die Prostitution vor wenigen

Jahren in allen anderen Teilen Berlins verboten hatte und die Bordelle geschlossen worden waren. Auch Verbrecher aller Art nutzten die Königsmauer als Zufluchtsort. Werpel wusste genau, dass genügend von den dort Ansässigen bestätigen würden, dass Ferdinand Dünnebier die ganze Nacht in ihrer Mitte verbracht hatte. Dorthin brauchte der Commissarius also eigentlich gar nicht erst zu gehen. Andererseits würde der Herr Polizeipräsident toben, sollte er ihm mit dieser Begründung kommen. Also machte er sich gemeinsam mit Krause auf den Weg zur Königsmauer, die links von der Königstraße abging und parallel zur Klosterstraße verlief.

Dort gab Minna, nicht anders als erwartet, zu Protokoll, dass Dünnebier die Nacht bei ihr verbracht habe, und mehrere Damen und ihre Beschützer kamen herbei, diese Aussage zu bestätigen.

Am 5. März gab es keine Sonntagszeitung, in der nicht ausführlich über Flora Morave berichtet wurde. Detailliert wurde beschrieben, wie sie von ihrem Pferd abgesessen war, um es kurz zur Tränke zu führen, und dabei von einem Sittenstrolch angefallen worden war. Obwohl er ihr eine schwere Kopfverletzung zugefügt habe, sei es ihr gelungen, sich zur Wehr zur setzen und ihn in die Flucht zu schlagen. Danach sei sie zusammengebrochen und habe geglaubt, sterben zu müssen. Die Artikel wurden oftmals von einem Holzschnitt illustriert, der Flora Morave als Tänzerin zeigte.

Als Henriette in den Raum kam, legte Christian Philipp von Gontard die Zeitung schnell beiseite. Teils wusste, teils ahnte sie zwar von seinen früheren Amouren, aber sie hatten nie über die Damen gesprochen, mit denen er vor ihr das Liebeslager geteilt hatte. Gontard war einerseits glücklich, seine Freiheit genossen zu haben, andererseits war es ihm auch unangenehm. Durfte man sich als Mann in der Jugend auch die Hörner abstoßen, empfand er dies im Nachhinein doch als eine Sünde, zumindest seinem angetrauten Weibe gegenüber. Von daher verfluchte er Floras Rückkehr nach Berlin. Und wenn nun ihr Jean-Paul wirklich von ihm gezeugt worden sein sollte? Dann gute Nacht, Marie!

Henriette sah ihn an. »Schaust du, wohin du uns heute Abend ausführen kannst?«

»Ja ...« Gontard hatte beschlossen, sich an diesem Sonntag ganz seiner Familie zu widmen.

»Was gibt es denn im Angebot?«

Gontard überflog die Anzeigen. »*Königliches Opernhaus: ›Die Danaiden‹. Großes pantomimisches Ballett in zwei Akten von Michel François Hoguet. Musik: Schmidt. Anfang: 7 ½ Uhr abends.*«

Henriette winkte ab. »Nein, danke.«

Gontard kam zu den nächsten Vorschlägen. »*Königliches Schauspielhaus: ›Dorf und Stadt‹. Schauspiel in fünf Akten von Charlotte Birch-Pfeiffer.* Und *Königsstädtisches Theater: ›100 000 Thaler‹. Posse mit Gesang in drei Akten von David Kalisch.*«

»Das Stück von Kalisch kenne ich schon, und die Birch-Pfeiffer mag ich nicht.« Auch ins Theatre Pittoresque wollte Henriette nicht gehen, und die Concerte im Colosseum, im Eldorado, in der Friedrichstädtischen Halle, im Kemper Hof, in Kroll's Garten, im Maaß'schen Lokal und in der Villa Colonna gefielen ihr ebenfalls nicht. »Ist eigentlich dieser wunderbare Reiter aus Sankt Petersburg noch in Berlin?«

Gontard wusste nicht, wen sie meinte. »Wer?«

»Der Alessandro Guerra, der mit seinen Leuten auf dem großen Platz an der Schützenstraße gastiert.«

»Ob der noch in Berlin ist? Ich denke schon. Hier ...« Gontard reichte seiner Frau die Zeitung hinüber.

Circus von Alessandro Guerra
Große Damen-Vorstellung mit neuen Abwechselungen
Dragon, arabisches Pferd, vorgeritten in der höheren Schule von Dlle. Letard
La Gardenobel. Militairische Scene zu Pferde von Dlle. Kremzow
Limon, kleines Ponny, dressirt in mehreren Uebungen von Dlle. Slapazinska
Pas de Manteau auf ungesatteltem Pferde von Dlle. Letard
Zum Schluß: Jocco, der brasilianische Affe. Komische Pantomime
Anfang: 7 Uhr abends

Das gefiel Henriette, und so schien der Tag gerettet. Doch als sie dann mit den Kindern zu einem kleinen Stadtbummel aufbrachen, kam ihnen auf der Straße vor ihrem Haus ein hübscher Junge von vielleicht fünfzehn Jahren entgegen. Floras Sohn! Gontard erstarrte.

Jean-Paul verbeugte sich artig und wandte sich mit einem spitzbübischen Lächeln an Gontard. »Pardon, Herr Oberst-Lieutenant, aber meine Mutter schickt mich mit der Bitte, Sie mögen sie bald an ihrem Krankenbett in der Charité aufsuchen.«

»Ja, natürlich«, brachte Gontard hervor, um sich dann an Henriette zu wenden. »Seine Mutter ist die Tänzerin Flora Morave, die man im Thiergarten zu ermorden versucht hat. Bestimmt hofft sie, dass ich den Täter überführen kann.«

Henriette versuchte, amüsiert zu lächeln. »Einfach so ...«

Gontard breitete die Hände aus. »Was soll ich machen? Es eilt mir eben der Ruf voraus, die Fälle zu lösen, mit denen Werpel überfordert ist.«

»Natürlich! In einer großen Familie hilft man sich eben.«

Gontard schwitzte heftig. Offenbar hatte seine Frau inzwischen feststellen können, wie ähnlich Jean-Paul ihm sah. Er rang nach einer möglichst abgeklärten Entgegnung. »Es gibt Zufälle im Leben ...«

»Lass uns später darüber reden, nicht hier ...« Henriette zeigte auf ihre eigenen Kinder, auf Ferdinand und Luise. »Und nun geh in die Charité und huldige deiner Leidenschaft ... ich meine, der des Detektivspiels.«

Gontard nickte. »Danke.« Dann wandte er sich an Jean-Paul. »Sag bitte deiner Mutter, dass ich sie im Laufe des Nachmittags noch besuchen werde. Ich habe der Charité sowieso einen Besuch abzustatten, um etwas mit Rudolf Virchow zu besprechen.« Der war dort als Prosektor tätig, also als Pathologe.

Nach dem Mittagessen machte sich Gontard auf den Weg zur Charité. Verstimmt trottete er durch die Dorotheen- und die Friedrich-Wilhelm-Stadt. Nachdem er die Spree auf der Marschallbrücke überquert hatte, lief er die Luisenstraße hinauf und sah hinter dem Karlplatz schon die Dächer der Krankenhausgebäude in der Märzsonne funkeln. Angesichts der erneuten Begegnung mit Flora war ihm mulmig zumute. Kußmaul erzählte er später, das Treffen sei sehr beklemmend gewesen. *Und führe mich nicht in Versuchung* ... Wie sollte er reagieren, wenn Flora ihn von Henriette losreißen wollte? Wenn sie ihm gestand, dass

Jean-Paul sein Sohn war, und nun verlangte, dass er sich endlich um ihn kümmerte und auch sie angemessen versorgte?

Er entschloss sich, erst einmal mit Virchow zu reden, den er wegen seiner liberalen Ideen außerordentlich schätzte. So konnte er ein wenig Zeit gewinnen. Doch als er an der Pforte der Charité nach dem Prosektor fragte, hieß es, der habe im Auftrage des Ministers eine Reise nach Oberschlesien angetreten, um eine dort ausgebrochene Typhusepidemie zu bekämpfen.

»Merde!«, entfuhr es Gontard. Es blieb ihm nur, sich ohne Verzug zum Zimmer von Flora Morave durchzufragen. Den Krankensaal der Damen durfte er natürlich nicht betreten. Eine herbe Oberschwester hieß ihn im Besucherzimmer warten. Da saß er dann auf einer harten Bank und wäre am liebsten geflüchtet. Endlich erschien Flora Morave. Sie trug einen Kopfverband von der Größe eines Turbans und sah bejammernswert aus. Gegen den Drang, sie in die Arme zu nehmen und zu trösten, kam er nicht an. »Du Ärmste!«

Sie brach in Tränen aus und presste sich an ihn. Ihr Duft und die Wärme ihres Körpers ließen Erinnerungen an längst vergangene Tage und Nächte in Gontard aufsteigen. Er erschrak und löste sich schnell von ihr. Er wusste ganz genau, dass er Flora hilflos ausgeliefert war, falls er wirklich Jean-Pauls Vater sein sollte. Sie aber setzte sich ein Stückchen entfernt von ihm auf einen Stuhl und berichtete vom Geschehen im Thiergarten. Viel Neues erfuhr Gontard dabei nicht.

»Mein Brutus drängt also zum Wasser, und ich steige ab und führe ihn zur Tränke. Da höre ich hinter mir ein Geräusch – und wache erst wieder auf, als du mich mit deinem Freund zum Kleinen Stern trägst und die Kutsche kommt, mich in die Charité zu bringen.«

»Du hast also das Gesicht des Mannes nicht erkennen können, der dich da ...«

»Nein.«

Gontard seufzte. »Wir werden also wenig Hoffnung haben, ihn zu finden. Ich werde dennoch Nachforschungen anstellen. Vielleicht hat jemand zur fraglichen Zeit einen Verdächtigen gesehen. Auch das Unterholz werde ich absuchen. Manchmal verlieren Täter etwas, das sie verrät ...«

»Ich danke dir, Christian.«

Sie beugte sich zu ihm hinüber, um ihn zu küssen. Und wenn er den Kopf nicht blitzschnell zur Seite gedreht hätte, wären ihre Lippen auf den seinen gelandet. So trafen sie nur seine Wange.

Es gab kaum etwas, das Paul Quappe erschüttert hätte – schon gar nicht die Tatsache, dass man ihn von einem Offizier zum nächsten weiterreichte. Auf diese Weise lernte er wenigstens die Welt kennen. Vielleicht geriet er so im Laufe der Jahre sogar mal an einen Vorgesetzten, dem seine Art gefiel und der ihn womöglich noch adoptierte, falls ihm alle leiblichen Kinder weggestorben waren. So etwas sollte es ja geben.

Im Vorzimmer des Kriegsministers hatte man ihm heute, am 6. März, einen Zettel in die Hand gedrückt, auf dem geschrieben stand, bei wem er sich umgehend zu melden habe. Doch was hieß umgehend? Meinte das, in der nächsten Stunde oder erst morgen oder übermorgen? Er verfiel ins Nachdenken. Was passierte, wenn er sich überhaupt nicht meldete? Würde ihn jemand vermissen, die Feldgendarmerie nach ihm suchen? Vielleicht war mancher sogar froh, wenn er für immer verschwand. Aber wohin sollte er gehen? Er könnte nach Amerika auswandern. Doch das konnte er seinem Vater nicht antun.

Also musste er doch zu Oberst-Lieutenant ... Wie hieß sein neuer Vorgesetzter eigentlich? Den Dienstrang hatte er noch im Ohr, den Namen des Mannes aber nicht mehr. Was stand auf dem Zettel? Mühsam versuchte er es zu entziffern ... von ... Das leuchtete ihm ein, einen Offizier ohne Adelstitel konnte man mit der Lupe suchen. Nach einigen Minuten hatte er eine erste Spur gefunden: *Hard* konnte das eine Wort heißen, ein anderes *Schule*. Da zündete es bei ihm: die Artillerie- und Ingenieurschule! Die kannte er! Die lag Unter den Linden, nahe dem Pariser Platz und dem Brandenburger Thor. Er lief los. Immer die Wilhelmstraße hoch. An etlichen Ministerien und den Ministergärten vorüber. Auf dem Rücken trug er ein Bündel mit seinen wenigen Habseligkeiten. Manch einer musterte ihn voller Misstrauen. War da ein Einbrecher in gestohlener Uniform unterwegs? Er hätte einen anderen Weg nehmen sollen. Aber zum Glück hetzte keiner einen Gendarmen auf ihn. Auf dem Pariser Platz wartete der Thorwagen nach Charlottenburg. Quappe überlegte, ob er sich einen kleinen Ausflug gönnen sollte. Nein, das war zu teuer.

Nachdem er eine Weile die Quadriga bewundert hatte, fiel ihm auf, dass mehr Menschen als sonst durch das Brandenburger Thor liefen und in die Allee einbogen, die zu den Ausflugslokalen In den Zelten führte. Da war bestimmt was los! Diese Gelegenheit wollte sich Quappe nicht entgehen lassen. Er holte zwei Männer ein und fragte sie, wohin die Leute gingen.

»Friedrich Wilhelm IV. hat gerade vor den Vereinigten

Ständischen Ausschüssen die Einheit von König, Volk und Heer beschworen. Jetzt beraten Künstler, Literaten und Gelehrte über eine Adresse an ihn.«

»Üba eene Adresse? Der hat doch schon mindestens zwee'e davon: eene hier in't Stadtschloss, die andere in Potsdam. Oda wolln se'n wie Napoleon uff irgendeene Insel schicken?«

Der eine der Angesprochenen lachte. »In der Tat würden wir ihn gerne verbannen – und zwar mindestens nach Helgoland.«

Der andere belehrte Quappe. »Eine Adresse ist ein Forderungskatalog.«

»Na, det muss doch eem dummen Menschen jesagt wer'n.«

Auf dem freien Platz vor den Zelten hatten sich einige tausend Menschen versammelt. Ein Redner nach dem anderen trat auf das Podest, auf dem ansonsten Musikkapellen spielten. Die Berliner um Quappe herum kannten sie alle mit Namen: Wöninger, Löwinson, Korn.

»Ah, dit is der Afinda des Doppelkorns«, murmelte Quappe.

»Ob die Herrschaft des Volkes wirklich erstrebenswert ist?«, wurde hinter ihm gefragt. »Da kämpfen wir nun für die Freiheit – und dann ...«

Quappe drehte sich – ganz aus Versehen – so schnell um, dass er dabei dem Zweifelnden seinen Beutel an den Kopf klatschte. »Oh, Pardon, Monsieur!«, rief Quappe, konnte sich aber seiner Freude nicht erwehren, gerade eine Art von Backpfeife erfunden zu haben, gegen die ein Gegner nicht gerichtlich vorgehen konnte. So etwas passierte eben im Gedränge.

Als Quappe hörte, dass möglicherweise bald Soldaten

anrückten, verließ er die Versammlung rasch. Er lief zurück zum Brandenburger Thor und trat in die Eingangshalle der Artillerie- und Ingenieurschule, die einen sehr pompösen Eindruck machte. Er wandte sich zur Pförtnerloge und wartete, bis das kleine Fenster geöffnet wurde. »Ick will zu Oberst-Lieutenant von Hard.«

»Von Hard, ham Se jesagt? Ham wa nich, kriegen war ooch nich wieda rin.«

Quappe reichte seinen Zettel hinein. »Steht aba hier druff!«

Der Pförtner nahm das Stück Papier. »Von Gontard heißt det, Mensch! Wo ham Se denn lesen jelernt?«

»Tut ma leid, ick hab meine Brille valor'n. Wat steht denn da noch druff?«

»Oberst-Lieutenant von Gontard, Artillerie- und Ingenieurschule.«

»Und wo jenau find ick'n nu?«, wollte Quappe wissen.

»Hier nich.«

»Wieso, issa vasetzt worn?«

»Nee, der hat heute keenen Untarricht mehr und is schon nach Hause jegangen.«

»Und wo issa zu Hause?«, fragte Quappe.

»Det darf ick nich jedem sajen.«

»Ick bin sein neua Bursche!«, rief Quappe. »Der Kriegsminista selba schickt ma zu ihm, der Herr von Rohr.«

Das machte Eindruck. »Nu jut, weil Sie et sind. Oberst-Lieutenant Christian Philipp von Gontard wohnt in der Dorotheenstraße.«

»Die is lang. Ham Se keene Hausnummer?«

»Nee, hab ick nich. Fangen Se hier oben am Thiergarten an und klappan Se dann allet ab bis zum Kupfergraben runta – da werd'n Se'n schon finden.«

Quappe bedankte sich und verließ das Gebäude. Auf der Straße murmelte er den Namen Gontard mehrmals laut vor sich hin, um ihn ja nicht zu vergessen. Passanten sahen kopfschüttelnd hinter ihm her. Wieder einer, der aus der Irrenanstalt entlaufen war.

Da nur an den wenigsten Häusern der Dorotheenstraße Namen angebracht waren – und er die Schilder ohnehin nicht richtig hätte lesen können – , fragte er einen würdig aussehenden älteren Herrn nach der Adresse, die er suchte. »Entschuldijen Se, Herr Professor, wissen Se zufällich, wo der Herr von Gontard wohnt?«

»Woher wissen Sie, dass ich Professor August Boeckh bin?«

»Det sieht man Ihnen doch an – wer kennt Ihnen nich?«

»Danke!« August Boeckh richtete den Blick gen Himmel. »Der Gontard, der wohnt schon seit knapp neun Jahren da oben.«

Quappe staunte nicht schlecht. »Issa also tot?«

»Ja, er ist am 1. März 1839 hier in Berlin gestorben.« August Boeckh erinnerte sich noch sehr genau an den Verstorbenen. »Carl Friedrich Ludwig von Gontard ist einst aus Bayreuth nach Berlin gekommen und hat lange Zeit die Position eines Platzmajors innegehabt. Er war der Sohn des großen Baumeisters Carl von Gontard, dem wir unter anderem die Türme des Deutschen und des Französischen Domes zu verdanken haben.«

Quappe seufzte. Da hatte sich also dieser von Randersacker gerächt und ihn als Burschen zu einem Toten schicken wollen. Juta Scherz – aba wat nu?

Neun

Paul Quappe hatte es nach vielen Wirren und Umwegen doch noch geschafft, das Haus von Christian Philipp von Gontard zu finden. Voller Tatendrang stand er nun vor dem Eingang und riss am Klingelzug – so kräftig, dass sich der Draht von der Glocke drinnen löste, ihm um die Ohren flog und auf seiner Stirn einen blutenden Striemen hinterließ.

Oben flog das Fenster auf – und gleich zwei Frauen steckten ihren Kopf heraus. Offenbar die Herrin des Hauses und ihre Tochter.

»Keene Bange, ick hab allet im Griff!« Quappe streckte ihnen die abgelösten Teile des Klingelzuges entgegen. »Ick bin der neue Bursche von Herrn Oberst-Lieutenant.«

»Moment! Ich schicke Ihnen meinen Mann.«

Es mochte eine halbe Minute vergangen sein, da erschien Gontard in der Tür.

Quappe salutierte. »Melde ma jehorsamst zum Dienstantritt, Herr Oberst-Lieutenant!«

»Das freut mich. Rühren!«

»Ja, mach ick. Aba wat denn, Kuchenteig oder Rühreier?«

Gontard zog die Augenbrauen hoch. »Haben sie dich vom Circus E. Renz geschickt?«

»Nee, vom Kriegsministerium. Sie ham een Recht uff eenen wie mir.«

»Na schön!« Gontard deutete auf die Wunde an seiner Stirn. »Und wer hat auf dich geschossen?«

»Keena. Det war Ihr Klingelzuch. Und det war keen schöna Zuch von ihm.«

»Dann komm mal rein! Du bist der ...«

»Paule.«

»Einen Nachnamen hast du nicht?«

»Doch, Quappe. Aber imma wenn ick Paul Quappe saje, vastehn die Leute Kaulquappe und wolln ma in't Wassa setzen.«

»Na, besser als in die Nesseln!«

»Da setz ick ma schon selba rin.«

Gontard nickte. »Das will ich dir gerne glauben.«

Quappe fand Gontard auf den ersten Blick sympathisch. Hochjewachsen issa, dachte er, scharf jeschnittene Jesichtszüje, intellijent siehta aus und is nich so blödborniert wie die meisten von die höh'ren Charjen.

»Dein künftiges Zimmer hier im Haus ist leider noch nicht fertig«, erklärte ihm Gontard. »Darin werden zurzeit Reparaturen vorgenommen – wegen eines Dachschadens.«

»Oh«, Quappe bemühte sich, viel Mitgefühl erkennen zu lassen, »eena von Ihre Familie – hatta allet vawüstet?«

»Nein, es hat nur durchgeregnet.«

»Na, denn bin ick ja beruhicht.«

»Wenn du uns beim Renovieren hilfst«, fuhr Gontard fort, »haben wir es bald geschafft. Inzwischen musst du mit dem Pferdestall vorliebnehmen.«

Um sein Einverständnis zu bekunden, wieherte Quappe mehrmals.

»Seit wann wiehern Kaulquappen?«, fragte Gontard.

Quappe überlegte. »Da ham Se recht, Herr Oberst-

Lieutenant. Aba wat jehm Kaulquappen überhaupt für Jeräusche von sich?«

»Sie murmeln andauernd: Lasst mich ein Frosch werden, lasst mich ein Frosch werden.«

»Am besten een Froschkönich«, ergänzte Quappe.

»Ja ...«

»Wenn ick 'n Frosch jeworden bin, darf ick denn ooch in det Bett von Ihra Tochta?«

»Untersteh dich!«

»Na, aber wenn die mir denn an die Wand werfen tut und ick 'n Prinz bin, dann jeh ick ooch zum König und se' zu, det Sie Kriegsminista wer'n.«

Gontard lachte. »Abgemacht!«

Seit der Vorfall mit dem Arbeitsmann Ferdinand Dünnebier publik geworden war, hatte Criminal-Commissarius Waldemar Werpel sehr unter dem Spott seiner Mitmenschen zu leiden. »Wenn der Werpel ufftaucht, loofen sojar die Toten weg«, hieß es. Deshalb war er heute in den Obduktionssaal der Charité geeilt, um sich davon zu überzeugen, dass Gottlieb Letschinski wirklich tot war. Außerdem hoffte er, vom Pathologen einen Hinweis zu bekommen, der ihn auf die Spur des Mörders bringen würde.

1811 war für die Charité das erste offizielle Berliner Leichenschauhaus für gerichtsmedizinische Zwecke gebaut worden. Aber erst seit 1839 standen in der Charité selbst Räume für die Gerichtsmedizin zur Verfügung. Zudem gab es seit 1810 an der Friedrich-Wilhelms-Universität einen Lehrstuhl für Staatsarzneikunde, dessen Ordinarius im Jahr 1848 Johann Ludwig Casper war. Der nun empfing Werpel und führte ihn zum Leichnam von Gottlieb Letschinski.

Werpel war sich nicht sicher, wie ernst er diesen Casper nehmen sollte, denn es war bekannt geworden, dass der Mediziner auch einer recht fachfremden Leidenschaft frönte: In jungen Jahren hatte er nicht nur Libretti zu den ersten vier Opern von Felix Mendelssohn Bartholdy geschrieben, sondern auch ein romantisches Trauerspiel mit dem Titel *Die Karfunkel-Weihe* verfasst. Werpel hatte zuerst *Die Karbunkel-Weihe* verstanden und mächtig gestaunt, denn ein Karbunkel war bekanntermaßen eine tiefe und sehr schmerzhafte Eiterbeule. Er selbst hatte einen am Gesäß gehabt. Was ein Karfunkel war, wusste er nicht, aber vielleicht konnte der Stadtphysikus ihm das erklären.

Casper lachte. »Ein Karfunkel ist ein roter Edelstein, aber die Berliner meinen damit eigentlich einen Karbunkel – wohl wegen der Farbe.«

»Ich konnte meinen nur mit Hilfe eines Spiegels sehen«, verriet ihm Werpel.

»Aber Sie sind nicht wegen Ihres Karbunkels hier, sondern wegen dieses Tischlergesellen, oder?«

Werpel nickte. »Gottlieb Letschinski, ja. Ich nehme an, dass er mit einer Axt erschlagen wurde.«

Casper klatschte Beifall. »Bravo, Herr Commissarius, da haben Sie direkt ins Schwarze getroffen! Obwohl es auch ein Beil gewesen sein könnte, das ihm jemand in den Schädel gehauen hat.«

»Aber tot ist er wirklich?« Werpel erschrak, als er begriff, dass er diese Frage tatsächlich gestellt hatte. »Pardon, aber ...« Er erzählte dem Stadtphysikus die Geschichte vom wiederauferstandenen Dienstmann Dünnebier.

»Da kann ich Sie beruhigen. Kommen Sie!« Er führte Werpel zum Tisch, auf dem das Mordopfer lag.

»Danke!«, würgte Criminal-Commissarius Werpel tonlos hervor, als er Gottlieb Letschinkis zertrümmerten Schädel gesehen hatte.

Christian Philipp von Gontard liebte Lehrveranstaltungen an Montagvormittagen nicht besonders. Seine Schüler waren zu dieser Zeit gedanklich noch vollauf mit den Erlebnissen des letzten Wochenendes beschäftigt. Wer nicht länger als eine halbe Tagesreise zu den Eltern brauchte, hatte sich in eine Kutsche oder auf ein Pferd gesetzt, wenn nicht gar in einen Eisenbahnwaggon. Und diejenigen, die in Berlin geblieben waren, hatte sich mit der derzeitigen Liebsten die Zeit vertrieben. Auch Gontard selbst war an diesem Morgen nicht ganz bei der Sache, als er den Lieutenants von einer Schlacht des Siebenjährigen Krieges berichten wollte. Zu sehr spukte Flora Morave in seinem Kopf herum. Zwei Fragen galt es zu klären. Erstens: Wer hatte sie umzubringen versucht? Zweitens: War Jean-Paul sein Sohn? Gontard suchte sich zu konzentrieren. Als er zu sprechen anfing, kam er sich vor wie ein Schauspieler, der auf der Bühne stand und seinen Text herunterrasselte, ohne ihn so recht zu durchdringen. »Also ... Nach Zorndorf, das hatten wir beim letzten Mal, kommen wir heute zur Schlacht von Hochkirch. Die hat am 14. Oktober 1758 stattgefunden. Weiß jeder, wo Hochkirch liegt?«

»Na, neben Niederkirch«, rief einer.

»Ich muss doch bitten!«, entrüstete sich Gontard. »Wir sind hier nicht im Königsstädtischen Theater!«

»Schade ...«, kam es aus den hinteren Reihen.

Der erste Rufer verteidigte sich. »Ich bin durch die Schlacht bei Großgörschen von 1813 darauf gekommen, da liegt nämlich Kleingörschen ganz in der Nähe.«

Um nicht noch weitere unsachliche Zwischenrufe zu provozieren, verriet Gontard seinen Zuhörern, dass Hochkirch in der Nähe von Bautzen und Görlitz lag. »Das für den Kampf entscheidende Gebiet bei Hochkirch war der Steinberg, der von den Österreichern besetzt war. Friedrich der Große gab General Wolf Friedrich von Retzow den Befehl, den Berg zu erobern. Und wie reagierte von Retzow? Er verweigerte den Angriff mit den Worten: ›Ich lege meinen Kopf zu des Königs Füßen, dessen Befehle mir heilig sind, aber noch heiliger ist mir mein Gewissen, und ich kann es vor Gott und der Welt nicht verantworten, ohne den mindesten Nutzen so viele brave Menschen aufzuopfern. Ich kann nicht angreifen und überlasse alles Übrige dem Willen Seiner Majestät.‹« Über diese Worte wollte Gontard mit seinen Schülern diskutieren. »Was ist Ihre Meinung dazu, meine Herren?«

Mit seiner Frage entfachte er eine hitzige Debatte. Die meisten hätten von Retzow vor ein Kriegsgericht gestellt und hinrichten lassen, denn nicht zuletzt seines Verhaltens wegen hatte Preußen die Schlacht bei Hochkirch verloren.

»Wie ist die Geschichte denn nun wirklich ausgegangen?«, wollten die Lieutenants wissen.

»Leider, wenn man so will, ohne großen Theaterdonner: Friedrich hat von Retzow nur den Degen abnehmen und wegsperren lassen. Weiteres ist nicht überliefert, außer dass von Retzow kurz danach verstorben ist.«

Gontard war froh, als die Unterrichtsstunde endlich vorüber war. Jetzt konnte er seine Befragungen zu dem Überfall auf Flora Morave beginnen und dabei in Erfahrung bringen, ob jemandem am vergangenen Freitag im Thiergarten etwas Verdächtiges aufgefallen war. Doch wer könnte etwas gesehen haben? Er ging in Gedanken diejenigen Personen durch, die öfter im Thiergarten anzutreffen waren. Zuerst fiel ihm der Tierarzt Friedrich Ludwig Urban ein. Persönlich mochte er ihn nicht sonderlich, aber immerhin war er als Kellerhalsredner mit liberalen Gedanken hervorgetreten. Alle, die durch den Thiergarten ritten, suchten Urban als »Tierarzt I. Classe« auf, wenn ihre Pferde krank waren. Also beschloss Gontard, zur Königlichen Tierarzneischule zu gehen, die mitten in der Friedrich-Wilhelm-Stadt gelegen war, östlich der Charité. Von der Artillerie- und Ingenieurschule bis zu Urbans Wirkungsstätte war es nur ein Katzensprung: die Wilhelmstraße hinauf, auf der Marschallbrücke über die Spree hinweg und die Luisenstraße nordwärts.

Als er Urban die Hand drückte, kam er sich trotz seines Gardemaßes fast klein und schmächtig vor. Dem Tierarzt war anzusehen, dass er aus einer Familie von Schmieden kam und dieses Handwerk ursprünglich selbst erlernt hatte. Als Fahnenschmied war er auch in die Armee eingetreten. Während seines anschließenden Dienstes beim Regiment Garde du Corps erhielt er die Weisung, an die Königliche Tierarzneischule zu wechseln. Mit seiner kräftigen Gestalt, seinem langen Haar und seinem dichten Bart war er eine imposante Erscheinung. Das Reden hatte er bei den sogenannten Lichtfreunden erlernt, einer freireligiösen protestantischen Bewegung, die gegen die Amtskirche polemisierte. Gontard wusste auch, dass Urban ein Buch mit dem Titel *Welt und Geist oder die Beziehung des äußern zum innern Menschen* geschrieben hatte, aber es interessierte ihn herzlich wenig.

Ohne lange Vorrede erzählte Gontard von seinem Anliegen. »Die Tänzerin Flora Morave hat von meinen kriminalistischen Fähigkeiten erfahren und mich gebeten, nach dem Mann zu suchen, der sie am letzten Freitag im Thiergarten überfallen und schwer verletzt hat. Sind Ihnen Informationen zu Ohren gekommen, die mich auf der Suche nach dem Täter weiterbringen könnten?«

»Nein, bedauere, ich habe nichts über den Mordversuch gehört. Vielleicht fragen Sie am besten den Buchdrucker Berends, der hat sich am Freitagnachmittag ein Pferd bei mir ausgeliehen, um durch den Thiergarten zu reiten.«

»Vielen Dank für den Hinweis!«

Julius Berends gehörte zu den freisinnigen Stadtverordneten, und Gontard schätzte ihn allein schon wegen seiner außergewöhnlichen Vita. Berends war am 30. April 1817 in Kyritz geboren worden und hatte Theologie studiert. Die Arbeit als Geistlicher sollte ihm allerdings verwehrt bleiben, da das Konsistorium seine Probepredigt über *Jesus bei den Zöllnern und Sündern* als kommunistisches Machwerk verurteilte. Daraufhin war Berends Lehrer im Handwerkerverein von Berlin geworden und hatte außerdem den Beruf des Buchdruckers erlernt. Seit 1845 war er mit Eduard Krause zusammen Eigentümer einer kleinen Buchdruckerei. Da Gontard deren genaue Adresse nicht kannte, beschloss er, erst einmal bei Stehely am Gensdarmen-Markt nach Berends Ausschau zu halten.

Gontard hatte verfolgt, wie sich der Charakter dieser legendären Gaststätte in den letzten Jahren verändert hatte. 1832 hatte Friedrich Steinmann in seinen *Briefen aus Berlin* geschrieben:

Stehely's Conditorei-Lesekabinet mit seinen hundert Journalen und Blättern ist das Eldorado der Pflastertreter Berlins, das Paradies der Novitätenkrämer der Residenz, die hohe Schule der

Gardeofficiers und Beamten, die größte, besuchteste Bildungsanstalt der Hauptstadt Preussens, welche von Jung und Alt, Arm und Reich, Gelehrten und Dummköpfen frequentirt wird.

Damals, so Gontards Beobachtung, hatten sich nicht nur Dichter, Schriftsteller und Zeitungsschreiber wie Willibald Alexis, Adolf Glaßbrenner und Ludwig Rellstab hier ein Stelldichein gegeben, sondern auch Garde-Offiziere, Kaufleute, Professoren und Doctores aller Fakultäten sowie Künstler und Lehrer. Mit dieser Vielfalt schien es aber nun vorbei zu sein. Das Stehely war nicht mehr unbedingt das *Asyl aller Partheien*, wie es das *Morgenblatt für gebildete Stände* einmal formuliert hatte. Jetzt dominierten im Roten Salon, dem berühmt-berüchtigten Hinterzimmer, die radikalen Liberalen und die hegelianischen Linken. Es war also kein Wunder, dass es angesichts dieser Gäste von Spitzeln der Politischen Polizei im Café Stehely nur so wimmelte. Gontard musste fürchten, dass ihm allein der Besuch bei Stehely disziplinarische Schwierigkeiten einbrachte. Trotzdem ging er immer wieder in dieses Etablissement.

Seine Vermutung war richtig gewesen: Berends saß im Roten Salon und studierte ausländische Blätter.

»Na, wie lauten die neuesten Wasserstandsmeldungen?«, fragte Gontard ihn, nachdem er neben dessen Stuhl getreten war.

Berends verstand sofort, was gemeint war. »Die Flutwelle nähert sich Deutschland, unaufhaltsam! Wenn nicht alles täuscht, wird sie in spätestens zwei Wochen auch Berlin erreicht haben.«

Gontard setzte sich auf den freien Stuhl neben Berends. »Und – werden die Deiche halten?«

Berends lächelte. »Wir sollten jetzt nicht mehr von Deichen, sondern eher von Barrikaden reden. Aber psst!« Er legte den Finger auf den Mund, denn eben war Dr. Joel Jacoby eingetreten, Berlins bekanntester Spitzel, diesmal getarnt als ein Beamter der Berlin-Stettiner Eisenbahn-Gesellschaft.

»Gut, reden wir von etwas anderem!« Gontard beugte sich vor und fragte Berends, ob ihm am vergangenen Freitag bei seinem Ausritt im Thiergarten etwas aufgefallen sei. »Vielleicht ein Mann, der sich in der Nähe von Flora Morave aufgehalten hat?«

Berends grinste. »Ich verstehe ...«

Gontard winkte ab. »Nein, es geht nicht um Eifersucht. Sie hat mich lediglich gebeten, ihren Beinahe-Mörder ausfindig zu machen. Offenbar traut sie das unserem wackeren Criminal-Commissarius Werpel nicht zu.«

»Sie hat einfach so Kontakt zu Ihnen aufgenommen?«

»Nun gut, ich kenne Flora von früher«, gab Gontard zu.

»Da will ich dann nicht weiter nachfragen ...« Berends schloss die Augen, um sich besser konzentrieren zu können. »Am späten Freitagnachmittag ... ja, da bin ich ihr auf Höhe des Großen Stern begegnet. Aber da war sie allein ... Halt! Ein Stückchen weiter ist mir dieser Franz Joseph von Mannersdorf begegnet.«

Gontard horchte auf. »Ist das einer der österreichischen Diplomaten?«

»So ist es.« Berends fing nun an, laut zu denken. »Flora könnte ihre Gunst durchaus auch Männern geschenkt haben, die am preußischen Hofe und im Kriegsministerium wichtige Positionen innehaben. Es ist nicht auszuschließen, dass sie von den Österreichern gezielt auf sie angesetzt wurde. Ich gehe davon aus, dass ein Krieg zwischen Österreich und Preußen um die Vorherrschaft in Deutschland nicht unwahrscheinlich ist. Flora Morave könnte ein Spitzel sein!«

Gontard schüttelte den Kopf. »Ich kann Ihrer Vermutung über einen baldigen bewaffneten Konflikt durchaus zustimmen. Aber falls Flora Morave wirklich im Dienst der Habsburger steht – warum sollte von Mannersdorf versucht haben, sie umzubringen?«

»Da haben Sie natürlich recht«, musste Berends zugeben. »Vielleicht hat sie etwas herausgefunden, das die Wiener unbedingt geheim halten wollten. Sie könnte gedroht haben, es den Preußen zu verraten.«

»Ein interessanter Gedanke ...«

Gontard lud Berends noch zu einer Tasse Kaffee und einem Stück Torte ein, dann machte er sich auf den Heimweg, denn am Abend war er mit Henriette zusammen in den literarischen Salon der Bettina von Arnim eingeladen. Die wohnte In den Zelten No. 5, sie hätten also eigentlich von der Dorotheenstraße aus mit der Droschke in wenigen Minuten dort sein können. An diesem Tag aber waren die Straßen um den Thiergarten herum überlaufen.

Gontard staunte. »Sind etwa alle diese Menschen auf dem Weg zu einer Volksversammlung?«

Henriette lachte. »Bestimmt nicht. Heute ist Rosenmontag, und die Leute gehen wahrscheinlich zum Maskenball in Kroll's Etablissement.«

»Daran habe ich gar nicht gedacht.« Er war ein wenig enttäuscht.

Sie trafen ein wenig verspätet bei Bettina von Arnim ein, das war ihnen jedoch schnell verziehen. Ihre Gastgeberin war jetzt 63 Jahre alt, also schon in einem Alter, in dem man in Berlin als Mütterchen bezeichnet wurde – zumal wenn man so klein war wie sie. Mit ihren kastanienbraunen Locken und den eindrücklichen braunen Augen war sie aber immer noch eine faszinierende Frau. Man sprach davon, dass ihr Gesicht an eine Zigeunerin erinnere, und Gontard fand das durchaus zutreffend. Sie war 1831 Witwe geworden und erst danach so recht in das Bewusstsein der Öffentlichkeit gerückt. Als im August 1831 in Berlin eine Choleraepidemie ausgebrochen war, hatte sie nicht nur Hilfe für die Armen arrangiert, sondern den Betroffenen auch höchstpersönlich am Krankenbett beigestanden. In ihrer Schrift *Dies Buch gehört dem König* prangerte sie 1843 sogar soziale Missstände an.

Während die Gesellschaft in Bettina von Arnims Räumlichkeiten auf die Nachzügler unter den Gästen wartete, öffnete die Schriftstellerin die Tür und zeigte über die Straße hinweg auf eines der Lokale. »Da haben sich heute einige Männer versammelt, um eine Adresse an den König zu formulieren. Sie fordern Presse-, Rede- und Versammlungsfreiheit in Preußen sowie die politische Gleichberechtigung aller Bürger.«

»Bei diesem Treffen wäre ich auch gern dabei gewesen«, entfuhr es Gontard.

»Was hat Sie davon abgehalten?«, fragte Bettina von Arnim.

»Als Königlich Preußischer Oberst-Lieutenant habe ich mich solcher Aktivitäten zu enthalten.«

Zehn

Die Buchdruckerei von Eduard Krause und Julius Berends war in der Neuen Orangenstraße No. 74 gegründet worden, zur Jahreswende 1847/48 aber in die Lindenstraße No. 81 umgezogen. Da die beiden Inhaber die politische Entwicklung sehr interessiert verfolgten, spürten sie, dass Deutschland am Vorabend einer bürgerlichen Revolution stand und man in nächster Zeit einen großen Bedarf an bedruckten Aufrufen und Programmen haben würde. Deshalb hatten sie sich bereits eine neue Schnellpresse angeschafft.

An deren Pressbengel stand nun Heinrich Carrenzien und war damit beschäftigt, das *Liederbuch des Berliner Handwerker-Vereins* zu drucken. Eduard Krause war Vorstandsmitglied dieser Vereinigung, die 1844 in der Johannisstraße No. 4 gegründet worden war. Ohne die Aufträge des Handwerker-Vereins hätte der Betrieb von Berends und Krause kaum existieren können. Sie druckten die in der Johannisstraße gehaltenen Vorträge, die lyrischen Schöpfungen des vereinseigenen Poetenzirkels und die Jahresberichte.

Nicht nur Berends galt der Politischen Polizei als »untragbarer Wühler«, auch Krause verdächtigte man, liberalen und damit aufrührerischen Ideen anzuhängen. Der Spitzel Dr. Joel Jacoby hatte herausgefunden, dass Krause sich unter anderem eine Weile in New York, London und Paris aufgehalten hatte, also in Städten, in denen sich die Republik oder zumindest die konstitutionelle Monarchie durchgesetzt hatten – Staatsformen, die Preußen keineswegs einzuführen gedachte. Außerdem war Krause als Jude geboren und erst 1842 zum Christentum übergetreten. Kein Wunder, dass in der Druckerei, wie Dr. Jacoby dem Polizeipräsidenten berichtet hatte, auch Subjekte wie Heinrich Carrenzien beschäftigt waren. »C. hängt den anarchistischen Ideen Max Stirners an.«

Julius Berends hatte von dieser geistigen Haltung seines Mitarbeiters gehört und sprach mit Eduard Krause darüber, als sie am Vormittag des 7. März im Comptoir ungestört waren.

»Ich kann mir nicht vorstellen, dass ein so verschlossener Mensch wie unser Carrenzien laut den Anarchismus vertritt.«

Da konnte Berends nur lachen. »Weißt du etwa nicht, dass er einer der besten Kellerhalsredner ist, die wir haben? Er spricht sogar noch besser als der Tierarzt Urban! Gestern hat er an der Versammlung teilgenommen, die In den Zelten die Adresse an den König diskutiert hat.«

»So kann man sich in einem Menschen täuschen!«

Heute war Fastnacht, und Criminal-Commissarius Waldemar Werpel freute sich schon am frühen Morgen auf den Abend, denn dann würde er mit seiner Frau in Krumhorn's Caffeehaus gehen, wo für Pfannkuchen und Punsch immer bestens gesorgt war. Bis dahin hatte er aber noch einen langen Arbeitstag hinter sich zu bringen.

»Krause, auf zur Wassergasse!«, rief er dem Constabler zu, als der eingetreten war.

»Wat wolln Se da, de Ratten zähln?«

»Nein, ich nicht, das machen Sie! Ich möchte mich in der Tischlerei umhören.«

Krause staunte. »Brauchen Se neue Möbel?«

»Nein, da war der Letschinski Geselle.«

Sie setzten sich in Marsch. Vom Molkenmarkt bis zur Tischlerei in der Wassergasse war es nicht weit, sie mussten nur die Stralauer Straße stadtauswärts gehen und die Spree auf der Jannowitzbrücke überqueren. Von der Brückenstraße gelangten sie dann in die Wassergasse. Unterwegs kamen ihnen einige schwankende Gestalten entgegen, die in der letzten Nacht zu tief ins Glas geschaut hatten.

»Schämen Sie sich nicht?«, rief Werpel einem Kürschnermeister zu.

»Nee«, lallte der. »Ick will dir sagen, lieber Bruda, ick drinke eijentlich nie kenen nich, und des is ooch mein erster Jrund. Zweetens drink ick nu heute gar keenen nich, weil meine Mutta jrade jestorm is, un drittens hab ick erst eben eenen bei Eulner inne Königstraße jetrunken.«

Ein Töpfermeister torkelte an ihnen vorüber und sang dabei gröhlend. »Freu dir scheener Töpperjunge, morjen schmiern wir 'n Ofen aus. Dir rejiert 'n Donnawetta, fällt mir eene Kachel raus!«

Ein paar Knaben, die offensichtlich die Schule schwänzten, ärgerten die Kutscher, indem sie dicht vor ihren Gäulen über die Straße liefen und dabei ein schauriges Hundegebell imitierten. Krause wollte sie festhalten, doch sie waren zu schnell. Werpel war erhaben über solch geringe Verstöße gegen die öffentliche Ordnung.

Als sie die Tischlerei von Theodor Qualitz betreten hatten, blieb der Commissarius erst einmal stehen, zog die

Luft durch die Nase ein und geriet ins Schwärmen. »Ich liebe diesen Geruch von frischem Holz!«

»Ick nich!«, entgegnete Krause. »Der kommt von die neuen Särge hier. Da wird sich der Letschinski schon selba een jebaut ham.«

»Krause, das ist pietätlos!«, verwies ihn Werpel.

Meister Qualitz kam herbei. »Die Herren wünschen?«

»Wir möchten nichts kaufen, wir brauchen nur ein paar Auskünfte von Ihnen.« Werpel stellte sich und den Constabler vor.

»Ah, wegen dem Liepe sind Se hier!« Qualitz bat sie in den hinteren Raum, wo die fertigen Särge standen. »Nehmen Sie Platz!«

»Uffn Sarg sitzen, na schön«, sagte Krause, »aba rinlegen tu ick mir nich!«

Werpel sah sich um und entdeckte auf einem der Särge einen Zettel, auf dem mit etwas ungelenker Handschrift geschrieben stand: *Dem Letschinski seiner! In die Scharitee schaffen!*

Qualitz waren die Blicke des Commissarius nicht entgangen. »Traurig, ja, aber den Sarg hat er sich selbst getischlert.«

»Manche graben sich ja ooch ihr eignet Grab«, kommentierte Krause.

Werpel überlegte einen Augenblick, sah aber keinen Zusammenhang zwischen den beiden Aussagen. »Nun gut ... Herr Qualitz, wir sind hier, weil wir uns von Ihren ... äh ... Wahrnehmungen und Hinweise auf den Täter erhoffen. Hat sich Letschinski in letzter Zeit anders benommen als sonst?«

Qualitz dachte einen Moment nach. »Nee, außer det er mit seine Jedanken oft nich bei der Arbeit war.«

Offenbar musste man Qualitz die Wörter einzeln aus der Nase ziehen. »Haben Sie eine Vermutung, woran das gelegen haben könnte?«, hakte Werpel nach.

»Woran kann das gelegen haben ...«, wiederholte Qualitz und verfiel erneut in angestrengtes Nachdenken. »Wahrscheinlich daran, dass er uff Freiersfüßen war.«

»Er hat also eine Braut gesucht?«

»Ja, und ob! Und wo die Liebe hinfällt ...« Qualitz kratzte sich ausgiebig am Kopf.

»Wo ist sie denn bei Letschinski hingefallen?«

»Na, uff die Auguste!«

»Ach nee!«, entfuhr es Werpel. »Gab es Nebenbuhler?«

Qualitz grinste. »Viele.«

Werpel wurde langsam ungeduldig. »Geht es etwas genauer?«

»Na, von zween hat er erzählt. Der eene is bei Borsig beschäftigt, der andere 'n Dienstmann.«

Werpel seufzte. Das war für ihn so neu wie die Mitteilung, dass sie gerade das Jahr 1848 hatten.

Zwei Fragen beschäftigten Christian Philipp von Gontard in diesen Tagen. Eine private: War Jean-Paul Morave sein Sohn? Und eine politische: Wann fegte der Sturm der Revolution über Preußen hinweg? Beide wühlten ihn innerlich so auf, dass er an diesem Tage Mühe hatte, seine Gedanken während der Lehrveranstaltung nicht abschweifen zu lassen.

»Unser großes Thema lautet: Der Siebenjährige Krieg, 1756 bis 1763 ... Herr von Tangendorf-Hohnevier, wenn Sie bitte einmal rekapitulieren würden ...« Das war immer eine gute Methode, um nicht selbst reden zu müssen.

Der junge Lieutenant sprang auf und trug vor, was

er gelernt hatte. »Der Siebenjährige Krieg, auch Dritter Schlesischer Krieg genannt, zeichnete sich dadurch aus, dass mit Preußen und Großbritannien/Kurhannover auf der einen Seite sowie Österreich, Frankreich und Russland auf der anderen alle europäischen Großmächte involviert waren. Preußen, Habsburg und Russland wollten die beherrschende Rolle in Mitteleuropa einnehmen, wohingegen sich Großbritannien und Frankreich auch die Vorrangstellung in Nordamerika und Indien zu sichern gedachten.«

»Sehr schön!« Gontard hatte sich inzwischen so weit gesammelt, dass er selbst referieren konnte. »Wir hatten uns zuletzt mit den Schlachten bei Zorndorf und Hochkirch beschäftigt. Kommen wir heute zu der bei Kunersdorf.« Ein Aufstöhnen ging durch den Hörsaal. »Ich kann Ihre Reaktion verstehen, meine Herren, aber auch Niederlagen sind wichtig. Wir können unsere Lehren aus ihnen ziehen. Zuallererst muss man lernen, sie hinzunehmen, ohne sich gleich die Pistole an den Kopf setzen zu wollen.« Nach diesem Ausflug ins Philosophische ging er zum historischen Teil über. »Kunersdorf liegt jenseits der Oder, sechs Kilometer östlich von Frankfurt. Wir schreiben den 12. August 1759 ...« Gontard schilderte Details zur Schlacht bei Kunersdorf, und es dauerte fast bis zum Ende der Stunde, ehe er Preußens Niederlage verkünden musste. »Friedrich ist nach der Schlacht so niedergeschlagen, dass er mit dem Gedanken spielt, sich umzubringen. *Mein Unglück ist, dass ich noch lebe*, schreibt er seinem Staatsminister Finkenstein. Das Kommando der Armee hat nun nach Anordnung des Königs Friedrich Wilhelm IV. General Finck inne, der Bruder des Königs ist Generalissimus. Es scheint keine Lösung zu geben, da geschieht das, was Preußens König *das Mirakel des Hauses Brandenburg* nannte. Davon erzähle ich Ihnen aber erst beim nächsten Mal.«

So gerne Gontard auch im Hörsaal stand und dozierte, insbesondere über Kriegsgeschichte, so sehr genoss er es, nach getaner Arbeit die Vereinigte Artillerie- und Ingenieurschule verlassen zu dürfen. Am Ausgang traf er auf Professor Heinrich Gustav Magnus, einen der berühmtesten Physiker und Chemiker seiner Zeit, der unter anderem aerodynamische Phänomene erforschte. Deshalb hatte ihn Gontard früher einmal aufgesucht, als er sich über die Flugbahnen neuartiger Geschosse informieren wollte.

Magnus grinste, nachdem sie sich begrüßt hatten. »Nun, mein Lieber, was lese ich im Intelligenzblatt? Ein Mord und ein Mordversuch, die beide noch nicht aufgeklärt sind! Vernachlässigen Sie etwa Ihre Leidenschaft für das Jagen von Mördern?«

»Nein, aber … Bei Letschinski, dem erschlagenen Tischlergesellen, kommt Werpel leider nicht voran. Ich weiß auch nur so viel, dass es zwei Verdächtige gibt: den Dienstmann Ferdinand Dünnebier und den Maschinenbauer Franz Watzlawiak. Beiden konnte aber bisher nichts Konkretes nachgewiesen werden. Flora Morave habe ich versprochen, nach dem Mann zu suchen, der sie beinahe getötet hätte – doch bisher ohne Erfolg.«

»Im Fall Morave sind eine Menge Gerüchte in Umlauf. Haben Sie sich die Liste all ihrer Liebhaber angesehen?«

Gontard konnte nicht verhindern, ein wenig zu erröten. »Nein, aber …« Er wusste, dass er ohne dieses Wissen nicht weiterkommen würde. Dennoch schmerzte es ihn zu sehr, die Liste all derer vor sich zu haben, mit denen Flora nach ihm das Liebeslager geteilt hatte.

Um dieses Thema zu vergessen, ging er am Abend mit

Henriette ins Königliche Opernhaus, wo *Martha* gegeben wurde, eine *romantisch-komische Oper in 4 Akten mit der Musik von Friedrich von Flotow*, wie im Programmheft zu lesen war.

Als sich der Vorhang hob, konnte Gontard ein Gähnen kaum unterdrücken. Musik war nicht seine große Leidenschaft, und das Libretto fand er ziemlich albern. Lady Harriet Durham, Edelfräulein der englischen Königin, langweilte sich ebenso wie Nancy, ihre Vertraute, und so beschlossen sie, sich als Mägde zu verkleiden und zum Markt von Richmond zu ziehen. Gontard überlegte, ob das nicht ein Wink des Schicksals war und er sich als Arbeiter verkleiden sollte, um Letschinskis Mörder zu finden. Oder als Prinz des Hauses Sachsen-Coburg-Gotha, um sich in Floras Kreisen umhören zu können. Obwohl alle sehr schön sangen – *Ich kann nähen, ich kann mähen, ich kann säen, Faden drehen* und *Ist das Handgeld angenommen, kann der Magd kein Weigern frommen* –, schlief Gontard ein. Pünktlich zur Pause war er aber wieder wach. Mit Henriette schlenderte er durch die Flure und Gänge.

Dabei fiel seiner Frau auf, dass man sie beobachtete. »Der Grauhaarige da mit dem Sektglas in der Hand lässt dich nicht aus den Augen.«

Gontard tat so, als würde er nach einem Bekannten Ausschau halten, und streifte dabei mit seinen Blicken das Gesicht des Mannes, auf den Henriette ihn hingewiesen hatte. »Ich habe ihn nie gesehen ...«

Dann aber traf er auf Ludwig Rellstab, den wohl bekanntesten Musikkritiker der Preußenresidenz, und sprach ihn auf den Unbekannten an.

»Das ist Franz Joseph von Mannersdorf, ein Diplomat aus Wien.«

Elf

Christian Philipp von Gontard war nicht nur ständiger Gast im Café Stehely, sondern auch im Restaurant Zeitungs-Halle, das an der Ecke Jäger- und Oberwallstraße lag. Das Lokal war sozusagen ein Anhängsel des Verlages von Gustav Hempel, in dem der »Centralausschuss der Demokraten Deutschlands« seine Schriften veröffentlichte. Die Zeitungs-Halle lag gegenüber der Preußischen Staatsbank und war der zweite große Treffpunkt liberal gesinnter Berliner Bürger. Als Gontard am 8. März die Zeitungs-Halle betrat, traf er auf Theodor Fontane. Der war in der Jung'schen Apotheke Zum Schwarzen Adler an der Ecke Neue Königstraße und Große Georgenkirch-Gasse angestellt, seitdem er vor einem Jahr seine Approbation als Apotheker I. Classe erhalten hatte. Fontane hatte einige recht radikale Texte in der *Berliner Zeitungs-Halle* veröffentlicht, einer Zeitschrift, die Gustav Hempel ebenfalls verlegte.

»Nun, Herr Fontane, wie ist das werte Wohlbefinden?«, erkundigte sich Gontard, nachdem er neben dem Neuruppiner Platz genommen hatte.

»Danke für die gütige Nachfrage!« Fontane stieß einen weithin zu hörenden Seufzer aus. »Ich bin den lieben langen Tag damit beschäftigt, Lebertran in Flaschen zu füllen. Die Armenärzte verschreiben ihn den Kindern des

Proletariats als Allheilmittel. Aber was machen die armen Leute damit? Sie geben ihn nicht ihren mehr oder minder skrofulösen Kindern, sondern benutzen ihn als Brennmaterial für ihre Lampen!«

Nun seufzte auch Gontard. »Eine umfassende Umwälzung der gesellschaftlichen Verhältnisse tut not!«

Fontane winkte ab. »Ich bin da skeptisch. Die Menschen versammeln sich zwar überall, stecken die Köpfe zusammen und warten gespannt auf das nächste Ereignis, aber keiner hat den Mut, von sich aus tätig zu werden. Alle hoffen nur darauf, dass ein anderer für sie die Kastanien aus dem Feuer holt. Die Welt besteht nun mal nicht aus lauter Helden, und die bürgerliche Welt erst recht nicht.«

Gontard und Fontane diskutierten auch über die Folgen, die die *Berliner Zeitungs-Halle* mit ihrem Artikel vom 4. März ausgelöst hatte. Die Zeitschrift hatte die vierzehn *Forderungen des Volkes* abgedruckt, die man in Paris in einer öffentlichen Versammlung erhoben hatte. Drei Tage später waren diese von den Berlinern In den Zelten diskutiert worden. Die Verfasser des Berliner Forderungskatalogs, der »Adresse an den König« genannt wurde, saßen nun in der Zeitungs-Halle und besprachen das Vorgehen.

Das musste man dem Polizeipräsidenten Julius von Minutoli hinterbracht haben, denn der stand plötzlich in der Tür des Restaurants und donnerte los: »Meine Herren, ich warne Sie! Wir werden es mit allen Mitteln staatlicher Gewalt zu verhindern wissen, dass eine Delegation von Ihnen den König aufsucht und ihm Ihre Adresse überbringt!«

Die Intervention des Polizeipräsidenten war das erste Thema, über das Gontard mit Friedrich Kußmaul sprach, als sie sich zum Mittagessen im »König von Portugal« trafen. Dr. Kußmaul musste in dem Hotel ohnehin einen Patienten aufsuchen und wollte seine berufliche Pflicht mit einem kulinarischen Genuss verbinden. Deshalb hatte er Gontard rasch ein Billett zukommen lassen: *Hast Du nicht Lust, mit mir im »König von Portugal« zu speisen?* Dieser Vorschlag gefiel Gontard sofort. Er weilte gern in dem Hotel, war es doch Schauplatz von Lessings *Minna von Barnhelm*, Hauffs Novelle *Die Sängerin* und einiger Novellen von E. T. A. Hoffmann. Nicht zu vergessen Franz Grillparzer. In dessen *Tagebuch auf der Reise nach Deutschland* aus dem Jahre 1826 hatte Gontard kurz vor seinem Aufbruch noch einmal geblättert und manch hübsche Passage gefunden, so die folgende:

Endlich die Türme von Berlin. Der erste Anblick imponiert kaum weniger als der von Dresden. Durchs Thor eingefahren. Schön! Die Gebäude schöner, als ich sie in solcher Menge beisammen je gesehen. Die Straßen breit. Königlich. (...) Im Gasthause zum Könige von Portugal abgestiegen. Alles besetzt, schlechte Stube. (...) Im Könige von Portugal zu Nacht gegessen, wo die Speisekarte aus zwei warmen und drei kalten Speisen bestand. In Wien ist man mit zwanzig Nummern kaum zufrieden. Ländlich, sittlich. Zu jeder warmen Speise erhält man unaufgefordert gesottene Kartoffeln. (...) Die Menschen habe ich hier angenehmer gefunden, als ich sie mir vorstellte. (...) Die Unterhaltung übrigens ist hier ungleich geistreicher als bei uns. (...) Die Stadt gefällt mir immer besser, je länger ich mich darin aufhalte ...

Kußmaul lud ihn zum Berliner Bollenfleisch ein. »Hauptsache, es gibt gesottene Kartoffeln dazu!«, sagte Gontard. Dann fasste er zusammen, was er in Grillparzers Tagebuch gelesen hatte.

»Grillparzer ...« Kußmaul ließ sich das Wort geradezu auf der Zunge zergehen. »Da fällt mir natürlich gleich *König Ottokars Glück und Ende ein*, und ich frage mich, wer wohl ein Stück über ›König Friedrich Wilhelms Glück und Ende‹ auf die Bühne bringen könnte.«

»Da wüsste ich keinen, dem ich das zutrauen würde – außer vielleicht Grillparzer selbst. Aber der ist Österreicher und noch dazu den Herrschenden loyal verbunden, also scheidet er wohl aus.«

»Das heißt, unser König wird alle Stürme überdauern«, hielt Kußmaul fest. »Ich verstehe nicht, wie ein Staat, in dem es so viel Unterdrückung, Ungerechtigkeit und Elend gibt wie bei uns in Preußen, auf Dauer bestehen kann.«

Gontard lachte und zitierte ... Grillparzer: *»Es ist der erste Beweis, dass ein junger Mensch klüger geworden ist, wenn er anfängt, Dinge, die ihm immer ganz begreiflich und natürlich vorkamen, nicht zu verstehen.«*

»Das bringt uns auch nicht weiter«, brummte Kußmaul.

»Was bringt uns eigentlich weiter?«, fragte Gontard und zog das *Kommunistische Manifest* von Karl Marx und Friedrich Engels aus seiner Rocktasche. »Hier ...« Er begann zu zitieren:

Die Kommunisten verschmähen es, ihre Ansichten und Absichten zu verheimlichen. Sie erklären es offen, dass ihre Zwecke nur erreicht werden können durch den gewaltsamen Umsturz aller bisherigen Gesellschaftsordnung. Mögen die herrschenden Klassen vor einer kommunistischen Revolution zittern. Die Proletarier haben nichts in ihr zu verlieren als ihre Ketten. Sie haben eine Welt zu gewinnen. Proletarier aller Länder, vereinigt euch!

Sie konnten dieses Thema nicht vertiefen, da ihre Mahlzeiten inzwischen vor ihnen standen und die Gaumenfreude ein weniger anspruchsvolles Thema erforderte. Sie begannen bei Neuigkeiten in ihren Familien und tauschten sich darüber aus, welches von ihren Kindern gerade erkrankt war und welches in der Schule reüssierte. Danach kamen sie zu den wechselnden Stimmungslagen ihrer Ehefrauen Henriette und Luise, um schließlich beim Wohlergehen Flora Moraves zu landen.

»Durch den Mordversuch im Thiergarten ist sie wieder in den Mittelpunkt des Interesses gerückt«, stellte Kußmaul fest. »Und das, obwohl sie nun auch schon über die dreißig hinaus ist. Die Zahl ihrer Verehrer scheint dennoch nicht geringer zu werden. Nicht mal ihr Sohn, der stets in ihrer Nähe ist, lässt die Herren davor zurückschrecken, ihr Glück bei ihr zu versuchen.«

»Jean-Paul, ja ...«, murmelte Gontard. »... ein bildhübscher Junge ...«

Kußmaul erschrak ein wenig. »Manchmal denke ich, dass das gar nicht dein Sohn ist, sondern dass du es wie die alten Griechen treibst und einen Knaben liebst.«

Gontard wehrte ab. »Nun werde ich auch noch des Inzests verdächtigt! Geh zu Flora und lass dir von ihr bestätigen, dass wir vor fünfzehn Jahren eine heftige Affäre miteinander hatten! Jean Paul sieht mir wirklich auffallend ähnlich.«

Kußmaul nickte zustimmend. »In der Tat. Und wer immer sein Vater ist, er ist um diesen Jungen wirklich zu beneiden. Wenn wir hier nicht in einem Gasthof wären, dann würde ich jetzt aufspringen, dich umarmen und dir meine Glückwünsche aussprechen.«

»Wohl eher Beileidsbekundungen ...«

»Wegen deiner Frau, verstehe. Du hast Henriette gegenüber noch immer kein Geständnis abgelegt?«

»Nein. Und das mit Flora war ja auch lange, bevor ich Henriette kennengelernt habe.«

»Trotzdem!« Kußmaul seufzte. »Wenn das herauskommt ...«

»Ja, du hast recht! Alle meine Feinde werden ausrufen, dass ich zur Erziehung edler junger Preußen nicht mehr geeignet bin, und ich werde meine Karriere als Pferdezüchter auf Gut Wutike beenden können.«

»Jean-Paul von Gontard, geborener Morave ...« Der Arzt versuchte, heiter zu klingen und damit die Verzweiflung des Freundes zu mindern. »Wahrscheinlich reagiert Henriette gefasster, wenn du dein Geständnis in meiner Gegenwart ablegst. Aber du solltest so schnell wie möglich mit ihr über alles reden.«

»Ich habe immer noch die Hoffnung, Flora kann mir glaubhaft versichern, Jean-Pauls Vater sei ein anderer Mann ...«

»Wer weiß, welches Spielchen sie da treibt ...« Kußmaul brach ab, weil der Ober nahte, um Wein nachzuschenken. Der Doktor nutzte die kleine Pause in ihrem Gespräch, um den Abort aufzusuchen.

Kaum war er außer Hörweite, beugte sich der Ober zu Gontard hinunter. »Ich weiß, wer Sie sind. Sie suchen den Mann, der Flora Morave im Thiergarten angegriffen hat ...«

»Ja - und?« Gontard war diese Annäherung unangenehm, und er rückte mit seinem Stuhl ein wenig zur Seite, um Abstand zu gewinnen. Der Kerl mochte an die dreißig sein, und Gontard fand ihn wenig vertrauenerweckend. »Wenn Sie mich bitte in Ruhe lassen würden!«

Doch der Ober ließ sich nicht abwimmeln. »Ich an Ihrer Stelle würde durchaus etwas Geld lockermachen, wenn ich dafür einen wertvollen Hinweis bekäme ...«

Gontard sträubte sich innerlich dagegen, auf das Angebot des Mannes einzugehen. Andererseits ... Vielleicht wusste er wirklich etwas, das ihn weiterbringen konnte. Also zog er einen Thaler aus der Rocktasche. »Hier ... Aber sollten Sie mich reinlegen wollen, dann gnade Ihnen Gott!«

Was der Ober ihm dann ins Ohr flüsterte, war wirklich sensationell. »Flora Morave hatte sich hier im Hotel ein Zimmer genommen, um Herrn von Randersacker aus dem Kriegsministerium zu empfangen. Den angeblichen Unfall mit seiner Waffe gab es nicht. Auf ihn ist geschossen worden!«

Paul Quappe war mit Feuereifer dabei, die Dielen seines kleinen Zimmers im Gontard'schen Haus zu streichen. Je eher er fertig wurde und die Farbe getrocknet war, desto schneller konnte er vom Pferdestall ins Wohnhaus ziehen. Hier unterm Dach würde er sich richtig wohl fühlen. Und wenn Gontard ihn rief, konnte er blitzschnell zur Stelle sein.

Die Fußbodenfarbe glich der von Schokolade. Gontards Gattin hätte ein schönes Rotbraun besser gefallen, doch der Malermeister in der Krausenstraße hatte keine andere Farbe auf Lager gehabt. »Kackbraun is jut«, hatte Quappe daraufhin gesagt. »Denn sieht man det nich so, wenn ick mal nehm dem Eima ziele.«

Quappe war fast fertig mit seinen Malerarbeiten, da merkte er, dass er am falschen Ende begonnen hatte und die Tür nicht mehr erreichen konnte, ohne auf die frisch gestrichenen Dielen zu treten. Um das Zimmer zu verlassen, war es unvermeidlich, über die frische Farbe zu laufen, hässliche Abdrücke zu hinterlassen und anschließend das ganze Haus zu verdrecken. Man musste kein Prophet sein, um zu ahnen, was dann passierte: Henriette von Gontard würde ihren Mann drängen, ihn umgehend auf die Straße zu setzen. Das aber musste Quappe auf alle Fälle verhindern, hatte er doch erst vor wenigen Minuten gemurmelt: »Ick hänge an dem Gontard jetzt schon so wie 'n Hund an sei'm Herrchen.«

Doch welchen Weg sollte er nun nehmen? Quappe richtete sich auf und überlegte. Im Grunde gab es nur eine einzige Lösung für sein Problem: Er musste aus dem Fenster klettern! Wenn er das aber wirklich wagte, blieb im Zimmer unter dem Fenster ein Stück nicht gestrichener Dielen. Um das zu vermeiden, stellte er seinen Farbtopf auf das Fensterbrett, schwang sich selbst hinauf und bedeckte dann mit nach unten geneigtem Oberkörper auch das letzte Stück Fußboden mit schokoladenbrauner Farbe.

Endlich hatte er es geschafft! Blieb ihm nur noch der Weg nach unten. Auf die Straße zu springen, wagte er nicht, er hätte sich alle Knochen brechen können. Also musste er wohl oder übel klettern. Aber wohin? Nach unten auf den Fußweg oder nach oben aufs Dach? Er stellte sich aufs Fensterbrett und streckte die Arme gen Himmel, um sich an der Dachrinne festzuhalten. Doch dann verharrte er und überlegte. Nein, sich an der Dachrinne hochzuziehen und aufs Ziegeldach zu schwingen, schaffte er nicht, obwohl er ziemlich kräftig war. Mit seinem Gewicht riss er die Dachrinne sicherlich aus ihrer Verankerung. Also musste er doch an der Fassade nach unten klettern. Er blickte in die Tiefe. Ja, das konnte klappen, denn überall gab es Simse und Verzierungen. Er musste es wagen. Nur Mut! Schließlich war er Preuße und Soldat!

Quappe setzte an, sich mit beiden Händen innen am Fensterbrett festzukrallen und sich dann hinauszuschwingen. Diese erste Etappe gelang ihm mit Bravour – und wäre noch besser geglückt, wenn er beim Nachfassen nicht den Farbtopf umgekippt hätte, so dass eine Ladung brauner Farbe auf Kopf, Gesicht und Brust landete. So kam es, dass er beim Herabklettern und -rutschen die maisgelb gestrichene Fassade des Gontard'schen Hauses mit hochinteressanten Mustern versah.

Als die herbeigeeilte Henriette von Gontard sah, was geschehen war, stieß sie mehrere Entsetzensschreie aus. Auch ihr Mann, der gerade dabei gewesen war, seine nächsten Vorlesungen vorzubereiten, kam aus dem Haus gelaufen und besah sich das Malheur, schaffte es aber, die Contenance zu wahren.

»Lieber Paul, so wie du aussiehst, kann ich nur ausrufen: Schiller!«

»Wie? Ick schillere doch ja nich.«

Gontard ließ sich nicht aus der Ruhe bringen. »*Der Mohr hat seine Arbeit getan, der Mohr kann gehen*. Nimm dein Bündel – und melde dich im Kriegsministerium zur anderweitigen Verwendung!«

Da bekam Quappe feuchte Augen und setzte sein letztes und zugleich wirksamstes Mittel ein, andere Menschen milde zu stimmen: seinen Dackelblick. »Bitte, bitte, Herr Oberst-Lieutenant, ick möchte doch so jerne noch länger bei Ihn'n bleiben! Sie sind doch der edelste Mensch, den ick kenne – und Sie stürzen mir in't Elend, wenn ick jehn muss!«

Das wirkte. Gontard seufzte tief. »Na schön, aber Strafe muss sein! Johann, unser Hausdiener, hat eine kranke Schulter – und darum wirst du jetzt bis auf weiteres regelmäßig die Straße kehren.«

Der zuständige Polizei-Commissarius achtete streng darauf, dass dies zweimal in der Woche geschah, und regte sich – kleiner König, der er war – immer mächtig auf, wenn die Hauswirte den Hundekot und die Pferdeäppel vor ihrem Grundstück nicht gänzlich fortschafften, sondern nur in den Rinnstein fegten. Der war ohnehin stets voller Fäkalien, stinkender Schlachtabfälle und toter Tiere, die in die Spree geleitet werden sollten.

Die Vorfälle im Gontard'schen Hause rissen nicht ab. Dr. Präßnick in der Mauerstraße hatte Luise eine Warze von der Innenfläche der linken Hand entfernt, war dabei aber offensichtlich so ungeschickt und fahrlässig vorgegangen, dass sich die Wunde entzündet und die Zwölfjährige nun starke Schmerzen hatte.

»Warum seid ihr nicht zu mir gekommen?«, rief Dr. Kußmaul, nachdem er sich die Hand angesehen hatte.

»Du bist kein Chirurgus, und außerdem warst du – was wesentlicher ist – gerade nicht im Lande.«

»Wir müssen Luise in die Charité bringen!«

Dort war man sehr besorgt, und Gontard hörte die Ärzte sogar flüstern, dass man wegen der schlimmen Sepsis die Hand möglicherweise amputieren müsse. Das war – Gott sei es gedankt! – nicht nötig, dennoch war der Zorn der Familie auf Dr. Präßnick riesig, zumal der gar nicht daran dachte, seinen Fehler zuzugeben und sich zu entschuldigen. Er habe nach ärztlichem Wissen und Gewissen sein Bestes getan, das andere sei höhere Gewalt.

»So ein Kurpfuscher!« Das war noch das Mildeste, was

sie im Hause Gontard über Dr. Präßnick äußerten. Ihn zu verklagen schien Gontard und Kußmaul wenig erfolgversprechend zu sein. Und Rachegelüste gehörten sich für gute Christen schließlich nicht.

Paul Quappe sah das anders. Die Idee zu seiner Tat kam ihm, als er am späten Abend nach einem Kneipenbesuch in der oberen Friedrichstraße nach Hause lief und in der Dorotheenstraße die Latrinen-Emmas sah, die die gefüllten Fäkalieneimer abholten. Paul Quappe schnappte sich nun den vollen Eimer der Familie von Gontard und trug ihn zum Wohnhaus des Dr. Präßnick. Die Berliner Straßen waren so schlecht beleuchtet, dass er keinerlei Risiko einging erkannt zu werden. Niemand sah ihn. Auch dann nicht, als er bei Dr. Präßnick das nur angelehnte Fenster aufdrückte und den vollen Inhalt seines Fäkaleimers ins Schlafzimmer entleerte. Die Wirkung war gewaltig.

Als der Hausdiener am nächsten Morgen die Sauerei zu beseitigen hatte, entdeckte er inmitten des Unrats einen Briefbogen. Wie der wohl in die Latrine geraten war? So durchweicht und gebräunt das Papier auch war, der Briefkopf ließ sich noch entziffern: *Oberst-Lieutenant Christian Philipp von Gontard.*

Zwölf

Lasst uns beten zu Gott, von dem wir das Leben haben und zu dem wir ein Leben lang unterwegs sind. Insbesondere beten wir heute für Marie Engels, mit der wir ein Stück unserer eigenen Lebensgeschichte geteilt haben und die jetzt in diesem Grab vor uns ruht.

Der Pfarrer von St. Georg sprach die Fürbitte. Das Jahrzeitlicht flackerte im Wind, der von der Wahner Heide herüberwehte. Auf dem Friedhof in Altenrath hatten sich am Vormittag des 9. März 1848 die Hinterbliebenen von Marie Engels zum Anniversar zusammengefunden. Heute vor zehn Jahren hatte das fehlgeleitete Geschoss vom nahen Schießplatz ihrem Leben ein Ende gesetzt.

Als fromme Katholiken glaubten die Angehörigen daran, dass die Gebete für die Seele der Verstorbenen deren Leidenszeit im Fegefeuer verkürzten und sie so eher in den Himmel gelangte. Die Umstehenden nahmen die Jahrzeit als Ritual, das zum Leben dazugehörte. Vor allem interessierte sie, warum Drickes, Maries damaliger Verlobter, nicht gekommen war.

»Hat der Drickes jetzt 'ne andere?«, wurde Maries Mutter gefragt.

»Nein, er hat einen langen Brief geschrieben und darin erklärt, dass er noch immer an unserem Mariechen hängt und sie weiterhin sein Ein und Alles ist. Den Kranz hier hat er schicken lassen.« *Unvergessen* stand auf der Schleife.

Es wurden viele Tränen vergossen, dann ging man zur Bäckerei Engels, die längst wiederaufgebaut war, und setzte sich bei Kaffee und Kuchen zusammen, um Erinnerungen an Mariechen aufleben zu lassen.

Der Hinweis des Obers im »König von Portugal« ließ Christian Philipp von Gontard nicht mehr ruhig schlafen. Wusste Flora, wer auf Randersacker geschossen hatte? War sie es womöglich selbst gewesen? Oder gar ihr Sohn? Hatte sie den Lockvogel gespielt? Und wenn ja, für wen? So viele Fragen gingen Gontard durch den Kopf – und er hatte keine Antworten. Sollte er zu Randersacker gehen und ihn direkt ansprechen? Nein, der war die graue Eminenz im Kriegsministerium, und dort würde man nie zugeben, dass man etwas vertuscht hatte. Es blieb ihm also nur der Gang zu Flora Morave. Doch als Gontard in der Charité angekommen war und eine der Schwestern nach ihr fragte, zuckte die nur mit den Schultern und zeigte einen Gesichtsausdruck, den er als »mein tiefempfundenes Beileid« deutete.

Gontard war zutiefst erschrocken, spürte zugleich aber auch ein gewisses Gefühl der Erleichterung, was ihn auf nie gekannte Weise beschämte und verwirrte. »Ist sie verstorben?«

»Ja, heute Morgen.«

Gontard eilte zur Oberschwester, um Näheres über Floras Ableben zu erfahren, doch die lächelte nur, als sie seine Frage hörte. »Da muss ein Irrtum vorliegen, Herr von Gontard. Frau Morave ist nicht tot, sie wurde heute Morgen entlassen.«

»Oh ...« Mehr brachte Gontard nicht heraus. »Und wohin ist sie ...«

»Das wissen wir nicht, tut mir leid.«

Gontard bedankte sich, verließ das Krankenhaus auf dem schnellsten Wege und stand einen Moment ratlos unten auf der Straße. Wie konnte er herausfinden, wo Flora mit Jean-Paul Quartier genommen hatte? Bis er alle Hotels, Pensionen und privaten Vermieter aufgesucht hätte, wäre es Ostern geworden. Sein Blick fiel auf die Droschken, die sich zur Schumannstraße hin in langer Reihe aufgestellt hatten. Vielleicht konnte sich einer der Kutscher daran erinnern, sie gefahren zu haben. Er sprach einen nach dem anderen darauf an – und hatte Glück!

»Ick weeß, wen Se meinen.«

»Und wohin haben Sie sie gefahren?«

»Damit mir det wieda einfällt, müsste ick erst 'n Schluck trinken. Aba dafür fehlt mir det Jeld.«

Gontard stieg ein. »Gut. Fahren Sie mich zu ihr – und ein gutes Trinkgeld ist Ihnen gewiss!«

Sie hielten vor dem Hause Spittelmarkt No. 5, wo sich Flora Morave bei der Witwe Neumann eingemietet hatte. Sie in ihren eigenen Wohnräumen aufzusuchen, hätte er nicht gewagt, des Geredes wie der Versuchung wegen. Sie aber unter den strengen Augen einer Vermieterin zu befragen mochte wohl angehen. Trotzdem war er befangen, als ihn die Witwe Neumann zu Floras Zimmertür geleitete und dort anklopfte.

»Ein Herr von Gontard wünscht Ihnen zu sprechen – darf er eintreten?«

»Ja, nur herein mit ihm!«

Er fand sie auf einem Canapé liegend, Jean-Paul saß daneben auf einem Stuhl und las ihr etwas vor.

»Es freut mich, dass du der Pathologie entgangen bist!«, rief Gontard und beugte sich zu ihr hinunter, um sie auf die linke Wange zu küssen.

»Danke! Und welch herrlicher Strauß!«

»Ach, die Blumen ...« Gontard hatte nicht vergessen, welche zu kaufen, sondern es absichtlich unterlassen, um keine Missverständnisse aufkommen zu lassen. »Aber ich bin dienstlich hier, als dein privater Criminal-Commissarius sozusagen.«

Sie lächelte. »Und – was hast du bereits herausgefunden?«

»Eine Menge.« Gontard zögerte fortzufahren und blickte auf Jean-Paul.

Sie verstand diesen Blick. »Er weiß alles und darf auch in dieser Angelegenheit alles erfahren.«

»Gut.« In knappen Worten berichtete Gontard, ohne dabei seine Quelle zu nennen, was ihm der Ober im Hotel »König von Portugal« verraten hatte.

Flora nickte. »Das mit Randersacker stimmt, sollte aber als ein Staatsgeheimnis gehütet werden. Ich bin ihm schon seit einigen Jahren eng verbunden.«

»Und du hast keine Ahnung, wer auf ihn geschossen haben könnte?«

»Nein.«

Gontard musste das so hinnehmen. Blieb noch eine Frage. »Kennst du zufällig einen Herrn Franz Joseph von Mannersdorf?«

»Nein.«

Gontard warf einen schnellen Blick auf Jean-Paul, um zu sehen, ob dessen Gesichtsausdruck etwas verriet. Nein, über den Wiener Diplomaten wusste der Junge wohl nichts, aber er starrte ihn so intensiv an, als ahnte er, dass ihn mit dem Bekannten seiner Mutter sehr viel mehr verband ...

Gontard sprang auf und verabschiedete sich ziemlich hastig von Flora und Jean-Paul.

Criminal-Commissarius Waldemar Werpel ging gern zu Beerdigungen. Es war immer ein schönes Gefühl, dass es andere getroffen hatte und man selbst noch lebte. Am 9. März stand er dienstlich auf einem der Friedhöfe vor dem Halleschen Thor, dem Friedhof III der Jerusalems- und Neuen Kirchengemeinde, denn heute wurde der Tischlergeselle Gottlieb Letschinski zu Grabe getragen. Werpel hing der Überzeugung an, dass ein Mörder immer an den Ort der Tat zurückkehrte – oder aber bei der Beerdigung zugegen war. Die einen sagten, der Täter wolle so herausfinden, ob die Polizei bereits gegen ihn ermittelte. Die anderen meinten, dass ihn Schuldgefühl und Reue dazu brachten.

Da die Büsche noch kein frisches Grün angesetzt hatten, blieb Werpel nichts anderes übrig, als hinter einem monumentalen Grabstein in Deckung zu gehen. Er entschied sich schließlich für den von E. T. A. Hoffmann, der seit 1822 auf diesem Friedhof ruhte, nicht weit entfernt von Adelbert von Chamisso. Werpel stellte sich vor, dass die Gräber der beiden durch eine unterirdische Röhre miteinander verbunden wären und sich die Schriftsteller lange Briefe zukommen ließen. Der Hoffmann war derart versponnen gewesen, dass man ihm so etwas durchaus zutrauen konnte. Dann aber glaubte Werpel, selbst nicht richtig im Koppe zu sein, als er inmitten der Trauergemeinde ein ganz besonderes Trio einträchtig nebeneinanderher schreiten sah: Ferdinand Dünnebier, Auguste Gärtner und Franz Watzlawiak! Mehr als »Pack schlägt sich, Pack verträgt sich« fiel ihm dazu in diesem Moment nicht ein. Als die Trauermusik einsetzte und sich alle in die Friedhofskapelle begaben, änderte er seine Taktik, gab die Deckung auf und suchte sich einen Platz links außen auf der letzten Bank. Wenn ihn Letschinskis Mörder wahrnahm, umso besser, dann wusste er wenigstens, dass ihm die Behörden auf der Spur waren.

»Herr, unser Gott, ausgelöscht wurde hier ein Leben von fremder Hand – durch furchtbare Gewalt. Herr, wir sind fassungslos und können nicht begreifen, was Menschen dazu bringt, einen von ihresgleichen zu töten.«

Immer, wenn er Predigten hörte, wurde Werpel nach den ersten Sätzen müde. Auch heute gab er sich bald einem wohligen Schlummer hin. Er schreckte erst auf, als sein Name fiel. Der Pfarrer gab seiner Hoffnung Ausdruck, dass der Criminal-Commissarius Waldemar Werpel den Täter mit Gottes Hilfe bald finden werde.

Als man hinter Letschinskis Sarg zur ausgehobenen Grube schritt, reihte sich Werpel neben Auguste Gärtner in die Schlange der Trauergäste ein. Er fragte sie flüsternd, aus welchem Grund nicht nur sie, sondern auch Dünnebier und Watzlawiak vors Hallesche Thor gekommen waren.

»Janz einfach, Herr Kummßarius, wir kommen alle aussa selben Jegend, aus'm Scheunenviertel, wie det heeßt, da, wo der Armenfriedhof is.«

Werpel ließ sich nun etwas zurückfallen, um sich ein neues Versteck zu suchen. Er wollte die Gesichter der Trauergäste im Blick haben, wenn sie ihre drei Hände Sand auf den Sarg hinunterwarfen. Befand sich der Mörder unter ihnen, so seine Theorie, dann würde sein Gesicht zur Maske erstarren, wenn er vor dem offenen Grab stand.

Ein maskenhaft starres Gesicht hatte in dieser Viertelstunde nur einer – und das war zu Werpels großer Überraschung der Tischlermeister Qualitz.

Am 9. März war das Wetter in Berlin alles andere als frühlingshaft. Es hatte Nachtfrost gegeben, und der ganze Tag war trübe. Gontard und Kußmaul saßen am späten Nachmittag auf der Tribüne der Stadtverordnetenversammlung im alten Cöllnischen Rathaus an der Breite Straße. Zuvor hatten sie an einer Versammlung In den Zelten teilgenommen, wo von etwa viertausend Berlinern beschlossen worden war, die Stadtverordneten um die Übergabe der Adresse an den König zu bitten. Nun warteten sie gespannt auf deren Reaktion.

»Ich lehne dieses Ansinnen ab!«, rief ein Stadtverordneter, den sie nicht kannten. »Wir lassen uns nicht zum Briefträger eines Volkshaufens herabwürdigen, der zum überwiegenden Teil aus Bürgern besteht, die nicht einmal wahlberechtigt sind!«

Ein anderer pflichtete ihm bei. »Keine Macht dem Pöbel!«

Auf der Tribüne kam Unruhe auf, man schrie nach unten, dass sich die Stadtverordneten schämen sollten. »Ihr seid Vertreter der ganzen Einwohnerschaft und nicht die Büttel einiger weniger, die an den Fleischtöpfen sitzen!«

»Da haben sie recht!«, rief Julius Berends, der zur Fraktion der Freisinnigen gehörte.

Es gab tumultartige Szenen, weshalb die Stadtverordnetenversammlung vorzeitig geschlossen wurde.

»Das wird böse enden«, orakelte Gontard. »Wenn sich die Stimmung weiter aufheizt, werden sich die Leute in den nächsten Tagen noch die Schädel einschlagen.«

Dreizehn

Noch drehte sich das Rad der Geschichte ziemlich langsam. Am 11. März nahm die Stadtverordnetenversammlung die zwei Tage zuvor verworfene Adresse an den König mit all ihren liberalen Grundforderungen nun doch mehrheitlich an. Es sollten jedoch noch einmal zwei Tage vergehen, bis eine Delegation der Stadtverordneten und des Magistrats im Schloss erschien, um König Friedrich Wilhelm IV. die besagte Bittschrift persönlich zu überreichen. Man versprach den Überbringern eine Audienz – aber erst für den nächsten Tag.

Private und geschäftliche Angelegenheiten rückten in diesen Tagen in den Hintergrund. Zwar unterrichte Christian Philipp von Gontard am Vormittag des 13. März in der Artillerie- und Ingenieurschule, und Dr. Friedrich Kußmaul hielt seine Sprechstunde ab, danach aber eilten sie sofort in den Thiergarten, um den Ausbruch der Revolution in Berlin nicht zu verpassen. Vielleicht konnten sie selbst jenes besagte Rad der Geschichte antreiben, damit es sich ein wenig schneller drehte.

Sie hatten sich auf dem Pariser Platz verabredet und diskutierten nun, ob sie zu den Zelten fahren oder laufen sollten.

»Ich möchte fahren«, sagte Gontard. »Ich bin bei der Artillerie und nicht bei der Infanterie.«

»Und ich möchte laufen«, verlautbarte Kußmaul. »Ich bin bei der Medizin und weiß, dass der Mensch ein Lauftier ist.«

»Dann losen wir es aus.«

Eine Münze wurde geworfen, und die entschied zugunsten Gontards. Sie stiegen in eine der Droschken, die wartend am Brandenburger Thor standen. Als sie an dem freien Platz vor den Zelten ankamen, erinnerte alles an ein großes Volksfest. Die Männer tranken Weißbier und sangen, die Frauen strickten und häkelten, die Kinder wuselten zwischen den Tischen herum und spielten Einkriegezeck. Mit Mühe fanden Gontard und Kußmaul zwei freie Stühle. Kaum hatten sie Platz genommen, begann die Versammlung. Einige der Redner, die nacheinander die Bühne betraten, kannten sie, wie den Juristen und Schriftsteller Dr. August Theodor Wöninger sowie den Fabrikanten und Kaufmann Louis Löwinson. Sonderlich Originelles hatten sie alle nicht zu verkünden.

»Was veranlasst die Leute bloß, sich hier als Volksredner zu versuchen?«, wunderte sich Gontard. »Die Sorge um die Zukunft Preußens oder ihr eigenes Geltungsbedürfnis?«

»Wahrscheinlich beides«, glaubte Kußmaul.

Interessanter als die Reden waren die übrigen Zuhörer, die Gontard und Kußmaul nun beobachteten. Adolph Menzel stand mit seinem Skizzenblock neben der Bühne, dicht neben ihm hatte sich Eduard Gaertner postiert.

»Alle warten sie auf den großen historischen Moment«, sagte Kußmaul, »die Sternstunde Preußens. Hoffentlich nicht vergebens ...«

»Bei Gaertner steht es finanziell nicht zum Besten«, wusste Gontard zu berichten. »Friedrich Wilhelm III.

hatte die Berliner Architekturmaler alle mächtig gefördert und mehr als zwanzig Gemälde Gaertners gekauft, aber der neue König bevorzugt den griechischen und italienischen Stil.«

Sie trafen auf einige Bekannte. Man begrüßte sich kurz und wechselte ein paar Worte miteinander, unter anderem mit dem Tierarzt Ludwig Urban, dem Schriftsteller Karl Gutzkow und dem jungen Apotheker Theodor Fontane. Rudolf Virchow ließ sich schließlich bei ihnen nieder.

Rudolf Ludwig Karl Virchow war am 13. Oktober 1821 im pommerschen Schivelbein zur Welt gekommen. Er studierte Medizin und verfasste seine Doktorarbeit mit dem Titel *De rheumate praesertim cornea* an der Friedrich-Wilhelms-Universität in Berlin. Als Pathologe der Charité erforschte er den Krankheitsverlauf der Thrombose sowie der Leukämie und machte sich damit in der Fachwelt einen Namen. Gemeinsam mit seinem Freund Benno Reinhardt war er ab 1874 Herausgeber der Reihe *Archiv für pathologische Anatomie und Physiologie und für klinische Medicin*. Über seine medizinische Leidenschaft hinaus war Virchow ein Mensch, den soziale Missstände sehr bewegten. Das stellten auch Gontard und Kußmaul fest, als der Mediziner von seiner Reise nach Schlesien berichtete, die er unternommen hatte, um die dort grassierende Typhusepidemie zu untersuchen.

»Wodurch erkrankt man an Typhus? Durch verunreinigte Nahrungsmittel oder verschmutztes Wasser, lautet die vordergründige Antwort. Aber wodurch kommt es dazu?«

»Durch die obwaltenden sozialen Verhältnisse«, stellte Gontard fest. »Durch das allgemeine Elend des Volkes, das auch Bettina von Arnim beschrieben hat.«

Virchow nickte. »Richtig! In Schlesien hatten die Menschen zu alledem auch noch unter einer nie gekannten Hungersnot zu leiden – bedingt durch die Kartoffel-Missernte.«

»Die Regierung hat doch aber täglich Mehl und Salz verteilt«, wandte Kußmaul ein. »So hört man jedenfalls.«

Virchow lächelte. »Ganz recht, Herr Kollege, aber die Frauen wussten nicht so recht, was sie mit dem Mehl anfangen sollten, die kannten sich nur mit ihren Kartoffeln aus. Für die sogenannte Kwass-Suppe haben sie das Mehl durch Gärung säuern lassen – und daran haben sich alle den Magen verdorben. Ebenso an dem Brot, das steinhart war, weil ihnen niemand gesagt hatte, wie man den Teig zubereiten musste. Wenn ich einigen Kranken Linderung von ihren Leiden verschaffen konnte, dann waren sie so voller Dankbarkeit, dass sie vor mir auf die Knie gefallen sind und mir die Hände küssen wollten.«

»Das erhoffte ich mir auch von meinen Patienten«, murmelte Kußmaul.

»Nein«, wehrte Virchow ab, »die Schlesier sollten uns wahrlich kein Vorbild sein, denn wo zur preußischen Bürokratie noch die katholische Kirche kommt, wird das Volk zur geknechteten Masse.«

»In Berlin aber scheint sich das Volk nun zu erheben«, nahm Gontard diese Aussage auf. »Angesichts dieser Versammlung hier kann man fast mit Theodor Körner ausrufen: *Das Volk steht auf, der Sturm bricht los. Wer legt noch die Hände feig in den Schoß?*«

Der Abend des 13. März 1848 brach an. Franz Watzlawiak säuberte seine Drehbank und wartete auf die Sirene, die das Ende eines langen Arbeitstages verkündete. Auch unter den Maschinenbauern im Feuerland rumorte es. Hatte man bei Borsig 1846 noch zweitausend Arbeiter gezählt, waren es nunmehr sechshundert, und auch die fürchteten um ihre Arbeitsplätze. Es musste sich Grundsätzliches ändern, darüber war man sich einig, aber heute ging man noch friedlich nach Hause, als die Werkssirene endlich ertönte. Nur einige wenige Arbeiter, unter ihnen Franz Watzlawiak, zog es zu Orten in der Innenstadt, an denen Tumulte zu erwarten waren. An seiner Seite lief sein Bruder Ludwig, der als Waffenmeister im Zeughaus beschäftigt war und Mühe hatte, mit ihm Schritt zu halten.

»Du kannst wohl gar nicht erwarten, dass es losgeht?«, keuchte Ludwig.

»Nein«, brummte Franz.

»Du bist in letzter Zeit so seltsam ...«

»Lass mich doch seltsam sein!«

Ludwig bohrte weiter. »Ist was mit Auguste? Hat sie was mit einem anderen?«

»Weiß ich doch nicht!« Franz wurde immer mürrischer.

»Hast du eine Laune heute!«

Nach diesem Ausruf schwiegen sie erst einmal, bis sie die Ecke Friedrichstraße und Unter den Linden erreichten.

»Sollen wir zum Schloss oder zum Brandenburger Thor laufen?«, wollte Ludwig wissen. Seit er denken konnte, hatte der ältere Bruder gesagt, wo es langgehen sollte.

Franz Watzlawiak überlegte einen Augenblick. »Erst mal Richtung Brandenburger Thor, ich will sehen, was bei den Zelten los ist.«

Dass dort die Volksversammlung schon beendet war, erfuhren sie von den Bürgern, die ihnen auf dem Pariser Platz entgegenkamen. Man stand noch unschlüssig herum, als ein Dienstmann angelaufen kam und berichtete, was sich auf dem Schloßplatz zugetragen hatte. »Da is Attlerie anjerückt mit vier Jeschütze! Und Protzen ham se mit scharfe Munitzjon beladen und in die Kasernen jebracht, nach det Oranienburjer Thor hin. Leute, jetz jeht et los!«

Das wollte zunächst niemand glauben, doch man wurde eines Besseren belehrt, als der Generalmajor von Möllendorff seinen Soldaten befahl, die Menge auseinanderzutreiben.

»Alle nach Hause! Hier in der Stadt darf sich keiner versammeln!«, brüllte einer der Offiziere.

Als die Bürger nicht sofort das Weite suchten, sondern erbost zischten und pfiffen, griffen die Soldaten zum Säbel und begannen, mit der flachen Seite auf die Leute einzuhauen. Daraufhin schlug ihnen blanker Hass entgegen.

»Ihr Schweine, ihr!«

»Aufhängen sollte man euch alle!«

»Alles Militär raus aus Berlin!«

Franz Watzlawiak nahm einen Stein, der bei Pflasterarbeiten liegen geblieben war, und warf ihn in Richtung des Offiziers, der eben durch sein Gebrüll aufgefallen war.

»Bist du verrückt geworden?« Sein Bruder riss ihn zurück. »Sie werden dich noch erschießen!«

»Besser so, als ...«

»Als was?« fragte Ludwig.

»Ach, nichts ...«

Dass die Garde-Infanterie am Brandenburger Thor gewaltsam gegen die Menge vorgegangen war, obwohl diese sich friedlich verhalten hatte, sprach sich in Windeseile herum und sorgte überall für Empörung.

Heinrich Carrenzien aus der Buchdruckerei von Eduard Krause und Julius Berends vernahm es in einer Destille in der Wallstraße und sprang sofort auf einen Stuhl. »Brüder, jetzt ist die Stunde gekommen, jetzt gilt es zu kämpfen! Wir müssen uns bewaffnen. Mir nach!«

Sie liefen zur Eisenwarenhandlung von Jacob Ravené, um sich in dessen Lagern in der Wallstraße No. 92–93 und der Grünstraße No. 16 mit Waffen zu versorgen. An die dreißig Mann waren es. Schnell hatte man die Fensterscheiben eingeworfen und war in die Geschäftsräume eingedrungen. Wenig später hatten Carrenzien und seine Leute an der Ecke Wall- und Grünstraße eine Barrikade errichtet.

Sobald bei einem Auflauf von Seiten des kommandierenden Offiziers die Aufforderung an die Versammlungen ergangen, auseinander zu gehen, oder dieser Zuruf durch dreimaligen Trommelschlag erfolgt ist, verfallen Diejenigen, welcher dieser Aufforderung nicht augenblicklich Folge leisten, schon deshalb in eine Freiheitsstrafe bis zu sechsmonatiger Gefängnis- oder Strafarbeit nach § 8 der Verordnung vom 30. Dez. 1798 bzw. § 5 der Verordnung vom 17. Aug. 1835. Zugleich wird den Hauswirten in Erinnerung gebracht, bei entsprechendem Auflaufe ihre Häuser zu verschließen. An Eltern, Schullehrer und Herrschaften ergeht die Aufforderung, ihre Kinder, Zöglinge oder Gesinde zurückzuhalten und ihnen unter keinerlei Vorwand zu gestatten, die Volksmenge durch ihr Hinzutreten zu vergrößern. Die Inhaber von Fabriken und die Gewerksmeister sind verpflichtet, solche Vorkehrungen zu treffen, dass ihre Arbeiter, Gesellen und Lehrlinge verhindert werden, sich aus den Werkstätten und Wohnungen zu entfernen.

Dieses Plakat hatte der Polizeipräsident Julius von Minutoli drucken und heute, am 14. März, an die Hauswände, insbesondere an den Straßenecken, und an die öffentlichen Brunnen kleben lassen. Richard von Randersacker las es an der Ecke Wilhelm- und Anhaltische Straße, als er in seinem Landauer zum König fahren wollte. Da kam ihm sein Weinlieferant aus der Neuen Friedrichstraße entgegengeeilt. Der wusste, dass Randersacker beim König auch Julius von Minutoli treffen würde, und gab ihm einen Brief an den Polizeipräsidenten mit auf den Weg. Randersacker überflog ihn, als der Kutscher den Pferden die Zügel freigegeben hatte.

Das Comptoir, in dem ich arbeite, wird zahlreich von den ersten Bürgern besucht. Ein Schuss, Herr Präsident, und kein Bürger gehört des Königs Sache mehr an. Ich bitte Sie, Herr Präsident, ich weiß es, Sie sind ein Ehrenmann und verachten des Geringsten Rat nicht: Wenden Sie allen Ihren Einfluss dazu an, dass sich das Militär zurückhält. Keine Soldaten, und es wird Ruhe sein.

Nachdenklich faltete Randersacker das Blatt zusammen. Er unterstützte die Haltung des Königs gegenüber einer modernen Repräsentativverfassung. Am 27. April 1847 hatte Friedrich Wilhelm IV. vor der Berliner Stadtverordnetenversammlung ganz klar Stellung bezogen: Die gute alte deutsche Ordnung dürfe nicht unbeachtet bleiben, auch die Gliederung der Stände sei deutsch, und wer dagegen anstrebe, der setze sich Gefahren aus, die durch ein Herüberschwappen des französischen Parlamentarismus auf Preußen und Deutschland eskalieren würden. Für sich selbst formulierte es Randersacker etwas deutlicher: Das Volk an sich war dumm, und Preußen musste schön dämlich sein, wenn es sein Schicksal in die Hände von Dummköpfen legte. Das wäre das Ende! Nein, es war der Wille Gottes, dass ein König, von den klügsten Köpfen des Landes beraten, die Geschicke lenkte – basta! Und wer nicht hören wollte, der musste eben fühlen – und damit rechnen, dass ihn der Säbel traf.

Im Schlosshof angekommen, erfuhr Randersacker, dass der König an diesem Tage in Potsdam weilte. Er möge sich ins Schwarze Adlerzimmer begeben, wo Prinz Wilhelm die Lagebesprechung leiten werde. Doch der hatte nicht viel Zeit, denn »die Strelitzens«, wie Wilhelm seine Verwandtschaft aus Mecklenburg-Strelitz nannte, waren gerade zu Gast: der Großherzog Georg, seine Frau Marie, die eine Prinzessin aus dem Hause Hessen-Kassel war, und zwei ihrer vier Kinder. Randersacker hielt nicht viel von Großherzog Georg, denn der galt als ausgesprochener Liebhaber der Literatur- und Kunstwelt und hielt engen Kontakt zu deren berühmtesten Vertretern. Außerdem hatte er als junger Mann liberale Ideen vertreten, galt aber inzwischen als geheilt.

»Die Forderungen der Berliner an den König werde ich bei mir in Strelitz nie und nimmer umsetzen!«, rief der Großherzog denn auch, als sie bei Prinz Wilhelm beisammensaßen. »Keine Pressefreiheit, keine Redefreiheit, kein freies Versammlungs- und Vereinigungsrecht, keine allgemeine deutsche Volksvertretung! Solche Hirngespinste verwirren die Menschen nur und stürzen sie ins Elend.«

»Ganz meiner Meinung!«, rief Randersacker.

Auch der Prinz von Preußen nickte beifällig. »Mein Bruder und einige seiner Minister sind mir viel zu milde. Was gestern Abend hier in Berlin vorgefallen ist, hätte nie passieren dürfen! Keiner ist eingeschritten, als bei den Zelten die Handwerker zusammenkamen und von dahergelaufenen liberalen Literaten angefeuert wurden, sich gegen die Gesetze zu wenden. Diese Untätigkeit ist der eigentliche Skandal! Aber stellen Sie sich vor, unverschamterweise schreiben mir die Bürger nun sogar Briefe, in denen sie sich über das Ausrücken der Truppen beklagen. Unschuldige hätten Säbelhiebe erhalten – mein Gott! Als hätte jeder Gardekürassier beim Einhauen erst fragen müssen, ob einer schuldig oder unschuldig sei. Kretins allesamt! Und was macht unser Minister des Innern? Er will eine Untersuchung gegen alle Soldaten einleiten, die Unschuldige blessiert hätten! Ich werde den König bitten, diesen Bodelschwingh zum Teufel zu jagen!«

Der Polizeipräsident Julius von Minutoli gestattete sich die Frage, wie er sich zu verhalten habe, wenn es auch an diesem Abend wieder zu Unruhen käme. Auch bat er um Auskunft, wo Wilhelm zu erreichen sei.

Der Prinz von Preußen, zweitältester Sohn der legendären Königin Luise, lachte nur. »Im Königlichen Opernhaus. Ich will mir mit meinen Gästen *Martha* ansehen.«

Julius von Minutoli war von dieser Mitteilung so überrascht, dass er in einem Anfall von Ironie das ausrief, was sie in dieser Oper von Friedrich von Flotow ganz am Schluss sangen: »*Zum Heile, zum Glücke das Dasein uns ruft!*«

Das preußische Pflichtgefühl war Christian Philipp von Gontard so selbstverständlich, dass er auch am 14. März keinen Augenblick zögerte, zu seiner Lehrveranstaltung in die Vereinigte Artillerie- und Ingenieurschule zu eilen. Sollte wirklich ein einiges Deutschland mit einer liberalen Verfassung entstehen, so dachte er überdies, dann brauchte auch dieser neue Staat ein stehendes Heer mit einer tüchtigen Artillerie. Eine Frage hatte ihm dennoch eine schlaflose Nacht bereitet: Wie sollte er sich verhalten, wenn man ihm und seinen Lieutenants befahl, sich den ausrückenden Truppen anzuschließen und womöglich sogar auf freiheitsliebende Berliner zu schießen? Obwohl er kein sonderlich gläubiger Mensch war, betete er, dass dieser Fall nicht eintreten möge. Wenn doch, dann ... Er fürchtete, dass er sein Herz entscheiden lassen würde und nicht seinen Kopf. Aber vielleicht lief alles auch ganz glimpflich ab. In den nächsten Stunden jedenfalls galt es, sich an die Anordnung des Berliner Gouverneurs Friedrich Wilhelm von der Schulenburg vom Oktober 1806 zu halten: »Ruhe ist die erste Bürgerpflicht!« Gontard lief also von der Dorotheenstraße zum Brandenburger Thor, um pünktlich im Hörsaal zu sein. Er nahm sich vor, dort Normalität vorzutäuschen. Außerdem wollte er die Geschichte des Siebenjährigen Krieges zu Ende bringen, bevor möglicherweise chaotische Tage anbrachen.

»Wir beschäftigen uns mit dem 3. November 1760«, begann er, »und widmen uns der letzten großen Schlacht des Siebenjährigen Krieges, der bei Torgau westlich der Elbe. Friedrich der Große auf preußischer Seite hat 58 500 Mann und 256 Geschütze zur Verfügung, Feldmarschall Daun von den Habsburgern 52 000 Mann und 275 Geschütze. Man ist also in etwa gleich stark, allerdings warten die Österreicher noch auf den Zusammenschluss mit der Reichsarmee, die nicht mehr weit entfernt ist. Zudem haben sie insofern einen strategischen Vorteil, als sie sich auf den Süptitzer Höhen festgesetzt haben und die Preußen jeden Angriff aufgrund der örtlichen Gegebenheiten mit hohen Verlusten bezahlen würden. Gleichviel, Friedrich muss handeln, denn er kann auf das von den Österreichern besetzte Sachsen nicht länger verzichten. Der preußische König entschließt sich zu einem geradezu genialen Schachzug. General Hans Joachim von Zieten soll die Österreicher mit dem vierten Korps von Süden her angreifen, während er selbst den Hauptteil seiner Truppen zu einem Umgehungsmarsch in Bewegung setzt, um die Österreicher aus nördlicher Richtung zu überraschen.« Gontard griff zur Kreide, um die Stellungen der Truppen an der Tafel zu veranschaulichen. »Nun, zuerst scheint die Taktik des Königs gründlich zu misslingen, denn Zieten startet seinen Angriff zu früh, so dass Friedrich gezwungen ist nachzuziehen, obwohl der Großteil seiner Männer sich noch auf dem Marsch zu den Süptitzer Höhen befindet. Die österreichischen Kanonen kosten fünftausend seiner Grenadiere das Leben, anschließend wird seine Hauptkolonne auch noch von der gegnerische Kavallerie in die Wälder zurückgedrängt. Viele der preußischen Soldaten weigern sich weiterzukämpfen. Überliefert ist, dass der König daraufhin wie ein Rasender auf sie zujagt, den Stock hebt und mit bebender Stimme ruft: ›Racker, wollt ihr denn ewig leben? Betrüger!‹ Die Soldaten reimen folgende Antwort: ›Fritze, nichts da mit Betrug, für fünfzehn Pfennig ist's heute genug.‹ Wie auch immer: Es wird Abend, eine österreichische Siegesdepesche ist schon auf dem Weg zu Maria Theresia nach Wien, da greift Zieten noch einmal an und leitet damit den Sieg der preußischen Armee ein.«

Die Lieutenants im Hörsaal klatschten Beifall und bedachten den alten Zieten mit Hochrufen.

Um nun jeglicher Diskussion über aktuelle politische

Ereignisse vorzubeugen, bei denen sich nicht nur er um Kopf und Kragen reden konnte, wandte sich Gontard auch noch der Schlacht bei Freiberg zu. »Steht Torgau für die letzte große Schlacht des Siebenjährigen Krieges, so mündeten die Kämpfe bei Freiberg in dessen letztes Gefecht. Ich erwähne Freiberg, weil wir zwar eben von Zieten gesprochen haben, ich Ihnen aber auch noch den anderen großen Reitergeneral aus Friedrichs Zeit vorstellen möchte, den ich persönlich noch mehr schätze als Zieten, nämlich Friedrich Wilhelm von Seydlitz.« Nachdem er eine Weile über den General aus Kalkar gesprochen hatte, fiel ihm ein, dass der Ruhm des Sieges bei Freiberg vor allem Prinz Heinrich zukam, dem Bruder des Königs. Deshalb zitierte er aus dem Dankesbrief des Königs Friedrich an seinen Bruder Heinrich:

Durch diesen Sieg werden Sie den Ruhm für sich in Anspruch nehmen können, der österreichischen Hartnäckigkeit den letzten Stoß versetzt zu haben.

Damit war die Stunde um, Gott sei Dank, und Gontard konnte den Hörsaal verlassen, ohne dass es zu einem Eklat gekommen war. Draußen auf der Straße blieb er unschlüssig stehen. Sollte er nach Hause gehen und einfach abwarten, was an diesem Tage noch geschah? Sollte er Dr. Kußmaul aufsuchen und sich dort die Zeit vertreiben, bis der seine Sprechstunde beendet hatte, um dann mit ihm gemeinsam durch die Stadt zu streifen? Er hätte auch alleine durch die Straßen gehen können, doch mit einem Gesprächspartner an seiner Seite war es unterhaltsamer. Außerdem konnte es nicht schaden, einen Arzt bei sich zu haben, wenn des Königs Soldaten auch an diesem Abend ihre Säbel auf die Köpfe unwilliger Berliner Bürger niedersausen ließen. Also gut, er entschied sich dafür, seinen Freund Kußmaul zu besuchen.

Gerade hatte er sich in Marsch gesetzt, da wurde er von hinten angesprochen. »Herr Oberst-Lieutenant, einen Augenblick bitte!«

Er fuhr herum und erkannte Jean-Paul. »Du hier?«

Der Jüngling konnte nicht verhindern, ein wenig zu erröten. »Ja, Pardon, aber bei meiner Mutter in dem kleinen Zimmer ist es so langweilig, dass ich es nicht mehr ausgehalten habe. Wenn man in Berlin Geschichte schreibt, dann will ich dabei sein!«

Gontard lachte. »Ja, was ein richtiger Schlachtenbummler ist, der darf nicht hinterm Ofen hocken bleiben.«

»Da missverstehen Sie mich«, widersprach ihm Jean-Paul. »Ich will nicht irgendwo am Straßenrand stehen und zusehen, wie sich das Volk seine Rechte erkämpft. Ich will selbst dafür fechten!«

Gontard verzog das Gesicht. »In Preußen läuft man schon Gefahr verurteilt und eingesperrt zu werden, wenn man nur mit geistigen Waffen kämpft. Mit richtigen Waffen aber könnte man statt auf einer Festung auf dem Friedhof landen.«

»Was in den Befreiungskriegen gegen Napoleon Anerkennung genoss, das muss auch jetzt noch Geltung haben!«, rief Jean-Paul Morave und zitierte keinen Geringeren als Theodor Körner. »*Und der kühne, gräßliche Sprung gelingt, / Ihn beschützen höh're Gewalten.*«

»Da wäre ich ein wenig skeptisch«, war Gontards Kommentar. »Aber im Prinzip muss ich dir recht geben.« Fast hätte er hinzugefügt, dass er in einer solchen Haltung seinen Sohn erkannte. »Nun gut, aber bedenke, lieber Jean-

Paul, dass ich dann als Königlicher Oberst-Lieutenant womöglich auf dich schießen müsste.«

Jean-Paul lächelte spitzbübisch. »Dann werfen Sie doch Ihren Rock in die Ecke, kleiden Sie sich als Dienstmann, und kämpfen Sie auf Seiten des Volkes!«

»Wo denkst du hin? Ich habe Frau und Kinder ...«

»Gerade für Ihre Kinder sollten Sie's tun, damit die es einmal besser haben.«

Was blieb Gontard da, als einen Seufzer auszustoßen? »Warten wir ab, was die Nacht noch bringt. Vorerst gehen wir zu meinem Freund Doktor Kußmaul!«

Jean-Paul wollte den Weg über die Markgrafenstraße nehmen, weil er es liebte, über den Gensdarmen-Markt zu schlendern. »Hier kann Berlin es durchaus mit Paris und Wien aufnehmen, wie ich finde.«

Gontard musterte ihn ein wenig spöttisch. »Du bist ja schon viel herumgekommen ...«

Jean-Paul antwortete ihm im selben Ton. »Bei *der* Mutter – was ist mir da anderes übriggeblieben?«

Gontard war entzückt von diesem jungen Menschen und wünschte sich plötzlich nichts sehnlicher als Floras Geständnis, dass kein anderer als er Jean-Pauls Vater sei. Henriette hatte ein großes Herz und würde alles verstehen und ihm verzeihen – hoffentlich.

Auf ihrem Weg zum Löben'schen Haus wurden sie gewahr, wie angespannt die Lage war. Das Zeughaus und andere öffentliche Gebäude waren mit Militär besetzt, und Unter den Linden standen Militärpiquets. Sie hörten, dass Prinz Wilhelm die Truppen in ihren Kasernen besucht habe. »Bestimmt nicht, um sie dort einzuschließen«, hieß es.

»Das kann ja noch heiter werden!«, befand Friedrich

Kußmaul, als er seinen letzten Patienten nach Hause geschickt hatte und zum Abendessen in die Privaträume kam.

Seine Frau Luise tischte die Bratenreste vom Sonntag auf, und Kußmaul ließ den Hausdiener frisches Weißbier aus der nächstgelegenen Destille holen, so dass es ein gemütliches Beisammensein wurde.

»Da bekommt man direkt ein schlechtes Gewissen«, stellte Gontard fest. »Zwischen Brandenburger Thor und Schloßplatz gibt es womöglich schwere Kämpfe, und wir sitzen hier und lassen es uns gutgehen.«

»Nimm es als Geschenk«, empfahl ihm Luise Kußmaul, »und freue dich, dass du gesund und munter bist ...«

»... und nicht der erste Tote der ersten Revolution auf deutschem Boden«, fügte ihr Mann hinzu.

Jean-Paul, der eine Weile in London gelebt hatte und fließend Englisch sprach, überraschte sie mit einem Satz des englischen Dichters John Donne: »*Any man's death diminishes me, because I am involved in mankind; and therefore never send to know for whom the bell tolls ...*«

Gontard war der englischen Sprache einigermaßen mächtig, so dass er sich mit englischen Offizieren, waren sie in Berlin zu Gast, unterhalten konnte, aber die Bedeutung des Verbes *diminish* erschloss sich ihm nicht. »Gut, niemand begehre zu wissen, wann ihm die Stunde schlägt – aber warum vermindert mich der Tod eines jedweden Menschen?«

»Vermutlich, weil es Sie an Ihre eigene Sterblichkeit erinnert, wenn neben Ihnen ein Mensch entseelt niedersinkt«, erklärte ihm Jean-Paul.

Kußmaul nickte. »Ja, recht eigentlich können wir nur ein glückliches Leben führen, wenn wir von unserer Unsterblichkeit überzeugt sind. Doch stirbt neben uns jemand, dann erschüttert uns das in unseren Grundfesten und vermindert damit unsere Lebenskraft.«

Sie diskutierten noch eine Weile, bis Jean-Paul drängte, endlich loszuziehen. Das taten sie dann auch, von allen guten Wünschen Luises begleitet.

»Und seht euch vor!«, rief sie ihnen noch vom Fenster aus hinterher.

»Wenn wir sehen wollen, was passiert, dann müssen wir zum Schloßplatz«, sagte Gontard und ging voran Richtung Spittelmarkt. Nachdem sie den westlichen Arm der Spree auf der Gertraudenbrücke überquert hatten, kamen sie zur Petrikirche und vernahmen von der Brüderstraße her einigen Lärm. Von Umstehenden erfuhren sie, dass der Hauptmann Friedrich Wilhelm von Cosel von der 12. Kompanie des 2. Garderegiments Kaiser Franz angetreten war, die in der Brüderstraße versammelte Menge zu zerstreuen.

»Ich kenne seinen Vater«, erklärte Gontard. »Vielleicht kann ich ihn zur Mäßigung bewegen. Also gehen wir!«

Kußmaul versuchte noch, ihn zurückzuhalten. »Ich weiß nicht …«

Beim Einbiegen in die Brüderstraße konnte es Gontard nicht unterlassen, sein stadthistorisches Wissen unter Beweis zu stellen. »Der Name Brüderstraße geht auf die Dominikaner zurück, die an diesem Ort 1297 ein Kloster entstehen ließen. Vor ein bis zwei Jahrhunderten lebten in der Straße viele Leute mit großem Namen, zum Beispiel der Buchhändler und Schriftsteller Friedrich Nicolai. Wunderbare Weine gibt es bei ›Maurers Erben‹, und die Dame von Welt kleidet sich in der ›Italiener Waaren-Handlung‹.«

Jean-Paul lachte. »Die kenne ich von meiner Mutter.«

Gontard ließ sich nicht beirren. »Hier in der Brüderstraße Numero 13, im sogenannten Nicolaihaus, war einmal Graf Mirabeau zu Gast«, fuhr er fort. »Das Haus Numero 10 wird Galgenhaus genannt, weil hier eine Dienstmagd gehängt wurde. Irrtümlicherweise, wie sich später herausstellte, denn den von ihr angeblich gestohlenen silbernen Löffel hat man später auf der Ziegenweide wiedergefunden.«

Er hätte noch mehr zu erzählen gewusst, doch in diesem Augenblick fingen einige Bürger in den Eckhäusern an der Neumannsgasse an, aus den aufgerissenen Fenstern Steine auf die unten postierten Soldaten zu werfen. Als die ersten der Männer getroffen worden waren und blutend zu Boden sanken, befahl Cosel, auf die Steinewerfer zu schießen. Die Schreie, die nun durch die enge Straße hallten, zeigten Gontard an, dass es wohl in den Wohnhäusern die ersten Toten gegeben hatte. Er stürzte nach vorn, um Cosel in die Arme zu greifen und dazu zu bringen, den Schießbefehl zu widerrufen. Jean-Paul hielt sich an seiner Seite und war sogar schneller als er. Ein Kürassier versperrte ihnen den Weg.

»Weg da!«, rief Gontard und vertraute auf die Wirkung seiner Uniform. »Im Namen des Königs!«

Doch schon war der Säbel hochgerissen, um auf Jean-Pauls Kopf niederzusausen.

»Lassen Sie ab von meinem Sohn!«, schrie Gontard und sprang nach vorn.

Die Klinge krachte ihm auf den Schädel. Gontard stürzte zu Boden. Erst war alles ringsum in ein gleißendes Licht getaucht, dann rollte eine schwarze Woge heran, um ihn zu verschlingen.

Vierzehn

Rudolf Virchow hatte am Morgen des 15. März mehr zu tun, als ihm lieb war. Die bevorstehende Arbeit empörte ihn auch noch über alle Maßen, denn auf seinem Seziertisch lagen zwei junge Männer, die am Vorabend in der Brüderstraße von den Kugeln des 2. Garderegiments Kaiser Franz getroffen und dann in die Charité eingeliefert worden waren. Im Krankenhaus waren sie ihren schweren Verletzungen erlegen. Es handelte sich, wie man ihm gesagt hatte, um den neunzehnjährigen Kupferschmiedelehrling Karl August Wagner aus der Großen Frankfurter Straße und den achtzehnjährigen Malergehilfen Eduard Goldmann aus der Spreegasse.

Neben Virchow stand Benno Ernst Heinrich Reinhardt, sein Freund und engster Kollege auf dem Gebiet der pathologisch-anatomischen Untersuchungen. Der war zwar derzeit Assistent beim Sanitätsrath Carl Mayer, hielt sich aber oft im Leichenhaus der Charité auf. Virchow hatte nichts gegen Mayer einzuwenden, gedachte er doch, dessen Tochter zu ehelichen.

Der Pathologe seufzte. »Ach Benno, was ist das für ein Elend, wenn junge Deutsche andere junge Deutsche erschießen! Ich dachte immer, unsere Soldaten haben die Aufgabe, uns vor unseren Feinden zu schützen, vor Franzosen und Österreichern, aber nun wird offenbar, dass sie sich nicht dem deutschen Volk verpflichtet fühlen, sondern nur dem König und seiner Adelsclique.«

»Das gilt aber nicht für alle«, wandte Reinhardt ein. »Als ich heute in der Jung'schen Apotheke war, hat mir Fontane erzählt, dass es in der Brüderstraße auch den Oberst-Lieutenant von Gontard erwischt hat.«

Virchow ließ seinen Blick durch die Leichenhalle schweifen. »Hier liegt er noch nicht. Aber wenn man auf jeden schießt, der eine fortschrittlich-liberale Gesinnung hat, müssen wir jederzeit mit seiner Einlieferung rechnen. Doch ich werde es wohl nicht mehr sein, der ihn aufschneiden muss ...«

»Wieso denn das?«

»Weil ich dann vielleicht schon selber zu den Toten zählen werde.«

Reinhardt war entsetzt. »Rudolf, du bist ja ...«

»Ich bin mir nur selber treu. Du kennst doch meine Worte: Die Medicin ist eine soziale Wissenschaft, und die Politik ist nichts weiter als Medicin im Großen. Deshalb zieht es mich in die Politik. Ich will für meine Ideale kämpfen – und sei es auf den Barrikaden!«

Christian Philipp von Gontard lag auf dem Bett und kühlte die riesige Beule auf seiner Stirn mit einem Eisbeutel. Henriette hatte Paul Quappe in die Artillerie- und Ingenieurschule geschickt und ausrichten lassen, dass der Unterricht ihres Mannes wegen heftiger Kopfschmerzen an diesem Tage leider ausfallen müsse, auch fiebere er. Die erhöhte Temperatur rührte allerdings daher, dass Gontard vor Wut regelrecht kochte.

»Henriette, das passiert *mir*!«

Seine Frau strich ihm zärtlich übers Haar. »Du Armer! Aber du hast dich selbst in Gefahr begeben ...«

»Ich habe nur Jean-Paul beschützen wollen.« Dass er deswegen »Lassen Sie ab von meinem Sohn!« gerufen hatte, verschwieg er lieber. Er hatte gehofft, dass man den Jüngling der Uniform des angeblichen Vaters wegen verschonen würde. Nun, Jean-Paul saß in der Tat unverletzt am Bett seiner Mutter, während sie ihm, dem Retter, fast den Schädel eingeschlagen hätten – trotz seiner Uniform.

Während Gontard im Bett lag, dachte er über seine persönliche Lage nach. Er musste sich entscheiden. Wenn der Königliche Oberst-Lieutenant Christian Philipp von Gontard mit den freiheitlich gestimmten Arbeitern und Bürgern gegen das alte Regime kämpfte – diesmal mit richtigen und nicht nur mit geistigen Waffen, dann blieben nur zwei Möglichkeiten. Siegten sie, und wurde ein deutsches Parlament gegründet, war es durchaus möglich, dass er als Barrikadenkämpfer in einer neuen Regierung zum Minister gewählt wurde – ob nun innerhalb einer konstitutionellen Monarchie oder einer Republik. Scheiterte aber die Revolution, wurde er entweder hingerichtet oder zu langer Festungshaft verurteilt. Es war eine unendlich schwere Entscheidung. Ein freiheitliches Deutschland, das über dreißig Königreiche, Herzogtümer, Kleinstaaten und Stadtstaaten vereinte, war eine Utopie, für die es sich zu sterben lohnte – aber Henriette und die Kinder hatten keine Zukunft mehr, wenn er bei den Kämpfen erschossen oder später hingerichtet wurde.

Kaum hatte er an sie gedacht, stand seine Frau auch schon im Zimmer, und er musste seine Überlegungen jäh beenden. Henriette kam wegen Paul Quappe.

»Ich will dich damit nicht unnötig behelligen, aber dein neuer Bursche hält die Köchin und den Hausdiener vom Arbeiten ab und die Kinder von den Schularbeiten. Andauernd erzählt er von seinen Abenteuern und den Lebensgeschichten anderer Militärs, denen er in irgendeiner Garnison einmal begegnet ist.«

Gontard musste schmunzeln. »Ich kenne seine Redseligkeit. Aber ich bin froh, dass er nicht schon wieder etwas angestellt hat, das uns eine Menge Geld kostet oder uns sogar vor Gericht bringen könnte. Denk nur an die Verschmutzung der Fassade oder die Attacke auf Doktor Präßnick.«

»Kannst du ihn nicht loswerden, Christian?«

Gontard überlegte. »Ja, schon, aber ... trotz allem habe ich ihn ins Herz geschlossen. Er ist ein Unikum und erspart einem den Besuch jedes Volkstheaters. Und wenn er mit Ferdinand spielt, ist er wie ein großer Bruder für ihn, und den hat sich unser Sohn doch immer so sehr gewünscht.«

Henriette lachte spöttisch. »Einen Hanswurst wie Kaulquappe als Vorbild – mein Gott!«

»Vielleicht hat dein Gott uns diesen Paul Quappe geschickt – warum auch immer.«

»Das ist doch nicht dein Ernst?«

»Nein, natürlich nicht.« Oder doch? Vielleicht war Paul Quappe bei ihnen aufgetaucht, um zu verhindern, dass er zu den Barrikadenkämpfern stieß. Der Bursche klebte ständig an ihm, so dass er es ganz sicher bemerkte, wenn Gontard seine Uniform auszog und sich den Aufständischen anschloss. Quappe musste also aus Berlin verschwinden.

»Worüber denkst du nach?«, wollte Henriette wissen.

»Darüber, dass ich eigentlich nach Wutike müsste«, schwindelte er ein wenig. »Ich habe dort die Unterlagen vergessen, die ich für meine nächsten Seminare und die geplante Monographie dringend brauche. *Die wesentlichen Schlachten des Dreißigjährigen Krieges* soll sie heißen. Pilsen, Weißer Berg, Dessau, Nördlingen, Wittstock ... An die dreißig dürften es gewesen sein.«

»Jedes Jahr eine – das ist ja nicht viel«, merkte Henriette so lakonisch wie selten an.

Gontard reagierte mit einer gewissen Empörung. »Man schätzt, dass es drei bis vier Millionen Tote gegeben hat. Dazu kommen die schrecklichen Verwüstungen. Hunderte von Dörfern sind zerstört worden.«

Seine Frau fixierte ihn. »Solltest du nicht bald von der Artillerie- und Ingenieurschule Abschied nehmen und einen Lehrstuhl als Historiker annehmen?«

Gontard sah sie zweifelnd an. Wollte sie ihn verspotten – oder ihn ermutigen, seinem Lebensweg eine entscheidende Wendung zu geben? Er vermochte es nicht zu sagen. Wahrscheinlich wusste sie es selbst nicht so genau.

»Zurück zu Quappe«, sagte er deshalb. »Was hältst du von der Idee, ihn nach Wutike zu schicken, um meine Unterlagen dort zu holen?«

»Dein Vorschlag ist glänzend!«, rief Henriette. »Und wenn er schon mal dort ist, kann er auch gleich ein paar Tage bleiben, um nach dem Rechten zu sehen und Ordnung zu schaffen.«

Gontard hätte gern lauter gelacht, als es seine Beule am Kopf erlaubte. »Der und Ordnung schaffen!«

Henriette fügte hinzu, dass das ortsansässige Personal Quappe bestimmt in den Griff bekommen würde.

»Gut, dann ist es also abgemacht. Würdest du bitte

Quappe holen, damit ich ihn von seiner bevorstehenden Reise unterrichten kann?«

Henriette eilte hinaus und kam nach kurzer Zeit mit dem Burschen zurück.

»Wutike!«, rief er. »Da bin aba volla Wut icke.«

»Wieso'n das?«

»Weil ick Sonntach inna Hasenheide 'n Mädchen jetroffen habe, die Miezi, und nu ...«

»Eine kurze Trennung kann die Liebe regelrecht erblühen lassen«, versicherte Gontard.

Henriette nahm die Hand ihres Mannes. »Wir sind das beste Beispiel dafür – denn wie oft war mein Mann hier in Berlin und ich mit den Kindern in Wutike ...«

»Und wenn's ernst werden sollte mit deiner Miezi, dann richte ich dir die Hochzeit aus«, versprach Gontard.

»Na jut, dann setze ick mir morjen in'n Zuch. Ick erwarte nur noch Ihre Interpunktionen.«

»Was?«

»Na, Weisungen.«

»Instruktionen, ja, die kriegst du noch.«

Henriette und Quappe verließen das Zimmer, und Gontard fiel in einen leichten Schlaf.

Am späten Vormittag kam Dr. Kußmaul, um sich die Blessur seines Freundes anzusehen. Die Schwellung machte ihm keine Sorgen. »Eine *Commotio cerebri* scheint mir zum Glück nicht vorzuliegen.«

»Eine was?«

»Eine Gehirnerschütterung.«

»Danke. Aber wohl dem, bei dem etwas zu erschüttern ist«, stellte Gontard fest. »Bei einigen unserer Militärs und Hofschranzen scheint mir das nicht unbedingt der Fall zu sein.«

»Vorsicht«, mahnte Kußmaul, »auf Nestbeschmutzung steht Festungshaft.«

»Ich weiß. Was gibt es Neues in Berlin? Du hörst doch immer alles von deinen Patienten.«

»Minister Bodelschwingh lenkt ein und hat versprochen, die Übergriffe des Militärs in der Brüderstraße untersuchen zu lassen. Er will die Schuldigen sogar bestrafen. Auch Minutoli zeigt sich im Moment nicht ganz so hart und setzt seine Beamten nur ein, um die Leute vom Schloss fernzuhalten. Sogar General von Pfuel will vermeiden, dass die Gewehre sprechen. Nur Prinz Wilhelm sattelt den Kriegselefanten. Seit zehn Uhr morgens lässt er Kavalleriepatrouillen durch die Straßen reiten, die jede Volksversammlung sofort auflösen. Der König weilt weiterhin in Potsdam, und von seinen Männern sagt der eine hü und der andere hott, aber Eingeweihte sind überzeugt, dass sich Prinz Wilhelm letztendlich als der Stärkere erweisen wird.«

»Wenn ich nicht schon Kopfschmerzen hätte, bekäme ich jetzt ganz sicher welche.«

»Kopfschmerzen hast du ...« Kußmaul hatte aufgehorcht. »Also handelt es sich vielleicht doch um eine Gehirnerschütterung.«

»Bestimmt nicht«, beharrte Gontard. »Ich will wieder hinaus auf die Straße und sehen, was am Schloßplatz passiert!«

Der Freund nahm das zur Kenntnis, ließ aber nicht davon ab, mit seiner Anamnese fortzufahren. »Erzähl mir doch bitte noch einmal ganz genau, was gestern Abend in der Brüderstraße geschehen ist.«

Gontard konnte sich an alles erinnern, auch noch daran, dass er versucht hatte, sich schützend vor Jean-Paul zu stellen.

Kußmaul grinste. »Wenn du das nicht verschweigst, hat dein Gehirn sicherlich keinen Schaden genommen. Verspürst du Kopf- und Nackenschmerzen, starke Müdigkeit, Schwindel oder Übelkeit?«

»Nichts von alledem, Herr Doktor.«

»Funktioniert dein Geschmacks- und Geruchssinn wie gewohnt?«

»Zu Befehl, ja!«

»Kannst du helles Licht und starke Geräusche vertragen?«

»Die Märzensonne macht mir nichts aus, und auch nicht der Lärm, den die Kinder beim Spielen auf dem Speicher verursachen. Nur bei Kanonendonner würde ich ...«

Kußmaul verzog das Gesicht. »Beschreie es nicht!«

»Kann ich mich also wieder unters Volk mischen?«, wollte Gontard wissen.

»Ja, aber nur unter meiner ärztlichen Aufsicht. Ich nehme Verbände mit, falls du auf den Barrikaden neben mir getroffen werden solltest.«

»Jetzt wirst du aber makaber«, merkte Gontard an.

»Wieso?«, fragte Kußmaul. »Deine Henriette hat mir unten im Hausflur voller Besorgnis erzählt, dass du bei Ausbruch der Revolution deine Uniform ausziehen und als Dienstmann verkleidet auf die Barrikaden klettern willst ...«

»Ja, das will ich, genau wie Virchow!«, rief Gontard.

»Gut, siegen die Aufständischen, seid ihr die Helden. Behalten aber Prinz Wilhelm und seine Gefolgsleute die Oberhand, werdet ihr an die Wand gestellt oder verschwindet jahrelang in den Katakomben unserer Festungen.«

»Da bleibt mir nur, mit Martin Luther auszurufen: *Hier stehe ich, ich kann nicht anders, Gott helfe mir, Amen!*«

Kußmaul klatschte anhaltend Beifall. »Bravo! Dann lass uns erst einmal zur Brüderstraße gehen, damit sie dir auf der linken Seite auch noch eine Beule verpassen, und du dann wie der Teufel persönlich aussiehst.«

»Erneut zur Brüderstraße?« Begeistert war Gontard von diesem Vorschlag nicht.

»Ja, da soll es am Vormittag eine große Protestversammlung im Hause des Justizraths Bergling gegeben haben. Ich will hören, was dabei herausgekommen ist.«

Obwohl der 15. März ein Mittwoch war und eigentlich alle ihren Beschäftigungen nachzugehen hatten, waren Tausende in die Brüderstraße geeilt, um die Blutspuren vom vergangenen Abend mit eigenen Augen zu sehen.

»Vielleicht wird das hier einmal ein Wallfahrtsort, und die Brüderstraße ersetzt das Wunderblut von Wilsnack«, spottete Kußmaul.

Gontard konnte nicht darüber lachen, zu groß war sein Schrecken noch. »Lass du dich mal von einem Säbel treffen!«, entgegnete er deshalb.

Jemand tippte ihm von hinten auf die Schulter. Als er herumfuhr, erkannte Gontard den Criminal-Commissarius Waldemar Werpel.

»Ah!«, rief Gontard und zeigte auf die Beule an seiner Stirn. »Sie sind dabei zu untersuchen, wer mich gestern Abend umbringen wollte, nicht wahr?«

Werpel gab sich alle Mühe, Gontards Frage zu verstehen. »Wie, sind Sie auch …«

»Ja, ich bin auch getroffen worden, aber zum Glück nur von einem Säbel und nicht von einer Kugel.« Gontard erzählte ihm, was vorgefallen war.

Werpel winkte ab. »Das soll der Minister von Bodelschwingh von seinen Leuten untersuchen lassen, das fällt nicht in meinen Zuständigkeitsbereich.«

Gontard lachte. »Und wie sieht es in Ihrem Zuständigkeitsbereich aus? Haben Sie den Mörder von Gottlieb Letschinski schon gefunden?«

»Nein. Haben Sie herausbekommen, wer Flora Morave umbringen wollte?«

Gontard war verblüfft. Dass Werpel so schlagfertig sein konnte, hatte er nicht erwartet, und so geriet er bei seiner Antwort ein wenig ins Stammeln. »Die Flora ... im Thiergarten ... Aber sie ist nicht ermordet worden wie Ihr Letschinski, sondern nur ... Also, sie lebt noch.«

»Trotzdem«, beharrte Werpel.

»Aber letztendlich ist die Morave doch Ihr Fall und nicht meiner!«, rief Gontard.

Sie konnten ihren Dialog nicht fortsetzen, denn in diesem Augenblick verschaffte sich der Schriftsteller Dr. Wöninger Gehör und berichtete den Umstehenden, was die Delegation aus der Brüderstraße mit ihrem Besuch beim Bürgermeister Krausnick und beim Vorsteher der Stadtverordnetenversammlung erreicht hatte: »Minister Bodelschwingh lässt die Vorkommnisse untersuchen.«

Daraufhin brach die Menge in Jubel aus und zerstreute sich in alle Richtungen.

Gontard konnte es nicht fassen. »Mit dem deutschen Volk kann man alles machen, nur keine Revolution.«

Franz Watzlawiak kam es mehr als gelegen, dass es in Berlin so heftig brodelte und womöglich eine Revolution ins Haus stand. Die Suche nach Letschinskis Mörder geriet damit zur Nebensache. Und es würde so viele Tote geben, dass es auf einen mehr oder weniger nicht mehr ankam. Große Gewissensbisse hatte er nicht. Letschinski war schließlich selber schuld, dass es so gekommen war, er hätte Auguste doch einfach in Ruhe lassen können. Jedes männliche Tier ging auf ein anderes los, wenn dieses ihm sein Weibchen abspenstig machen wollte. Er hatte im Affekt getötet, ein Mörder war er beileibe nicht. Watzlawiak war also mit sich im Reinen, und auch das Jüngste Gericht hatte er nicht zu fürchten, denn er glaubte nicht an Gott und hielt jede Religion für groben Unfug.

Bei Borsig vor dem Oranienburger Thor wurde zwar noch gearbeitet, aber längst nicht mehr so diszipliniert wie noch zu Wochenbeginn, denn die Ereignisse in der Brüderstraße und der Tod zweier junger Handwerker durch Soldatenhand hatten viele Arbeiter dazu gebracht, dem Feuerland fernzubleiben und in Erwartung großer Ereignisse durch die Straßen zu ziehen. Sie mussten ihrer Wut Luft machen. Watzlawiak hatte zwar mehrere Stunden an seiner Drehbank verbracht, warf aber gegen drei Uhr nachmittags sein Werkzeug beiseite, um die Arbeitsstätte zu verlassen und am Randersacker'schen Palais Auguste abzuholen. Die Zeit war reif, bei deren Vater um ihre Hand anzuhalten. Auch wenn dem alten Gärtner ein Schlächter als Schwiegersohn lieber gewesen wäre, denn er hatte nur Töchter und somit noch keinen Nachfolger für seinen Laden in der Münzstraße.

Überall in der Stadt sah Watzlawiak Menschenansammlungen, die Minutolis Gendarmen nur mit Mühe auflösen konnten. »Weitergehen! Alle Versammlungen sind verboten!«

Watzlawiak brauchte doppelt so viel Zeit wie sonst, um in die Wilhelmstraße zu gelangen. Dort war es ruhiger als gewöhnlich, so dass er Auguste schon von weitem sah. Sie stand mit einem Mann an der Ecke Behrenstraße und scherzte mit ihm. Beim Näherkommen erkannte ihn Watzlawiak. Es war Richard von Randersacker. Watzlawiak packte die Eifersucht. Wäre er im Besitz eines Gewehres gewesen, hätte er den Königlichen Wirklichen Geheimen Kriegsrath auf der Stelle niedergestreckt. So aber blieb ihm nur, insgeheim finstere Verwünschungen auszustoßen. »Dieses blaublütige Schwein hat sich bestimmt schon über Auguste hergemacht! Na warte, auf einen mehr oder weniger kommt's mir nun auch nicht mehr an!«

Noch konnte er sich beherrschen und Randersacker in Richtung seines Palais davonziehen lassen. Jetzt kam ihm Auguste entgegen. Er wusste, dass er sich von seinem Hass auf den Kriegsrath nichts anmerken lassen durfte. So begrüßte er Auguste mit einem langen Kuss und fragte sie, ob sie Einkäufe für die Hausherrin zu erledigen habe oder man sie heute eher in den Feierabend geschickt habe.

»Die Gnädige hat mich schon gehen lassen, weil ... Es sollte heute Abend ein großes Fest geben. Aber nun muss Herr von Randersacker zu Besprechungen ins Ministerium und ins Schloss.«

»Gut. Dann begleite ich dich heute zu deinem Vater, um etwas ganz Entscheidendes mit ihm zu besprechen.«

Sie lachte. »Willst du etwa um meine Hand anhalten?«

»Ja, das will ich.«

Richard von Randersacker stand neben dem Polizeipräsidenten Julius von Minutoli am offenen Fenster und sah auf den Schloßplatz hinunter, auf dem sich von Minute zu Minute mehr Menschen versammelten. Das Volk erfreute sich an den jungen Burschen, die die Soldaten am Schlossportal nach Kräften beschimpften. Jetzt rissen sie sogar das Straßenpflaster auf und begannen, mit Steinen nach den Uniformierten zu werfen.

Randersacker wurde immer ungehaltener. »General von Pfuel scheint das alles auch noch zu amüsieren! Gestern hat er wenigstens Order gegeben, den Pöbel in die Breite Straße zurückzudrängen, heute lässt er ihn einfach gewähren. Und diese sogenannten Schutzbürger, die angeblich als Friedensstifter dienen sollen, stehen nur herum und glotzen blöd.«

Minutoli beugte sich weit nach vorn. »Bei den Soldaten sehe ich schon die ersten Blessuren. Jetzt schlagen einige die Gewehre an …«

»… und Pfuel gibt keinen Befehl, sie wieder abzusetzen.«

Die Katastrophe schien unaufhaltsam, doch die Truppe hatte so viel Disziplin, dass keiner einen Schuss abfeuerte.

Randersacker zuckte zusammen, denn in diesem Augenblick hatte er in der Menge ein bekanntes Gesicht entdeckt: den Oberst-Lieutenant Christian Philipp von Gontard.

»Das ist ja unfassbar!«, rief er. »Einer von uns, der unseren besten Soldaten als Vorbild dienen soll, macht sich mit dem Volk gemein und fördert die Revolution! Ich werde mich beim König höchstpersönlich dafür einsetzen, dass man ihn aus der Artillerieschule entfernt.«

Fünfzehn

In Österreich hatten die unteren Bevölkerungsschichten unter dem Hungerwinter 1847/48 am stärksten zu leiden, und die Arbeiter empfanden sich immer mehr als Sklaven der Fabrikherren. Am 13. März 1848 war es so weit: Das Ständehaus wurde gestürmt. Alle Bürger, die Studenten an der Spitze, sangen in Wien das Lied der Revolution und forderten die Abschaffung der Zensur sowie eine konstitutionelle Monarchie mit einer modernen Staatsverfassung. Dem Staatskanzler Fürst Metternich, der verhassten Symbolfigur der Restauration, blieb nichts anderes übrig, als nach England zu fliehen.

Als die aufsässigen Berliner am 16. März von den Ereignissen in Wien erfuhren, brachen sie in lauten Jubel aus, fühlten sich in ihrem Streben bestätigt und kümmerten sich noch weniger als vorher um das vom Polizeipräsidenten verhängte Versammlungsverbot.

»Jetzt erst recht!«, rief Christian Philipp von Gontard. »Was in Wien möglich ist, sollte in Berlin schon lange möglich sein. Auf in den Kampf gegen unsere Metterniche!«

Sein Freund Friedrich Kußmaul rang die Hände. »Mein Gott, Christian, du kannst doch nicht in der Uniform eines Oberst-Lieutenants auf die Barrikaden klettern und gegen deinen König kämpfen!«

Gontard musste ihm recht geben. »Jean-Paul hat mir geraten, mich als Dienstmann zu verkleiden, wenn es ernst werden sollte. Aber ich kann doch nicht einfach jemandem seine Kleidungsstücke abkaufen.«

»Nein, tu das lieber nicht, zumal Flöhe darin stecken könnten. Aber ich habe eine Idee: Einer meiner Patienten verwaltet den Fundus im Königsstädtischen Theater, die haben bestimmt etwas Passendes für dich.«

Sie zogen los in die Alexanderstraße. Gontard hatte die Stücke im Kopf, die dort zuletzt gespielt wurden: *Pantoffeln und Degen*, ein Lustspiel von Franz Ignaz von Holbein, *Herr Caroline*, ein Vaudeville von David Kalisch, und als größten Erfolg *100 000 Thaler*, eine Posse mit Gesang, ebenfalls von Kalisch. Davor hatten *Der Glöckner von Notre Dame* von Charlotte Birch-Pfeiffer, *Leonore* von Karl von Holtei und *Das Fest der Handwerker* von Louis Angely auf dem Programm gestanden.

Als Gontard alle Bühnenwerke aufgezählt hatte, die ihm spontan eingefallen waren, spottete Kußmaul, als Glöckner von Notre Dame würde er sich am besten machen. »Für den Buckel leihe ich dir gern mein Sofakissen aus.«

Im Fundus entdeckten sie einiges, was Gontard gut passte. Er entschied sich schließlich für die Kluft eines Totengräbers.

»Wennschon – dennschon! Denk nur an die Symbolik: Ich trage die alte Zeit zu Grabe.«

Kußmaul biss sich auf die Zunge, sonst hätte er ausgerufen: Vorsicht! Wer anderen eine Grube gräbt ...

Paul Quappe genoss seine Mission. Noch nie hatte ihm einer seiner Vorgesetzten so etwas zugetraut: eine Reise in die Ferne, um wertvolle Dokumente nach Berlin zu bringen. Das hob ungemein. Dazu kam, dass er die Eisenbahn liebte. Und nun durfte er von Berlin nach Kyritz fahren – und das auf Kosten Gontards! So glücklich wie in diesen Märztagen war er lange nicht gewesen. Eigentlich noch nie.

Als er die Invalidenstraße erreicht hatte und den Hamburger Bahnhof vor sich sah, schlug sein Herz so schnell, dass er die rechte Hand auf die Brust pressen musste. Welch Anblick! Und ihm zur Freude und Wonne kam gerade eine Lokomotive durch den linken der beiden riesigen Torbögen des imposanten Bahnhofsgebäudes gefahren, um zur Drehscheibe zu rollen, die sich auf dem Vorplatz befand. Verzückt sah er zu, wie sich die Eisenbahner an den Kehrvorgang machten. Danach begab er sich auf den Perron und beobachtete, wie sich die Lokomotive an die Spitze des schon gebildeten Zuges setzte. Der bestand aus vier Wagen. Gleich hinter der Lokomotive stand ein vierrädriger Bagagewagen, dann folgten zwei achträdrige Personenwagen, einer für die erste und einer für die zweite Klasse, den Schluss bildete ein vierrädriger Pferdewagen.

Quappe hatte ein Billett für die zweite Klasse. Er erklomm das Trittbrett, bestieg sein Abteil und suchte sich als einer der ersten Fahrgäste einen Platz am Fenster. Die letzten trudelten erst ein, als der Zug gerade abgelassen werden sollte. Herrlich, wie die Leute nun rannten, um noch mitzukommen! Die letzten aufgeregten Rufe und Pfiffe – und los ging es. Häuser flogen am Fenster vorbei. Wedding. Moabit. Dann ging es durch die Jungfernheide. Erster Halt war Spandau. Weiter durchs Havelland. Von seinen Mitreisenden nahm Quappe kaum Notiz. In seinem Abteil hatte sich eine Familie ausgebreitet, die zu einem Geburtstag nach Hamburg wollte. Dazu kamen zwei langweilige Handlungsreisende. Soldaten oder Offiziere gab es hier nicht. Die fuhren alle erster Klasse.

Quappe presste sich die Hände auf den Bauch. Die Aufregung hatte dafür gesorgt, dass es in seinen Gedärmen heftig rumorte. Im Zug gab es keinen Abort. Die Fahrgäste wurden gebeten, bei Bedarf die Latrinen in den Bahnhöfen aufzusuchen. Doch als Quappe das in Nauen versuchte, war alles schon besetzt. »Einsteigen!« Unverrichteter Dinge musste er wieder abziehen. Und es wurde immer schlimmer. Gott, wenn er sich nun in die Hosen machte! Welche Blamage, welche Schmach!

Seine Rettung war eine Herde schwarz-weißer Kühe, die zwischen Berger Damm und Paulinenaue auf die Gleise geraten war und den Meister auf der Lokomotive zu einem Nothalt zwang. Schon war Quappe an der Tür, riss sie auf und sprang auf den Bahndamm hinunter. Noch waren die Bäume und Büsche nicht belaubt, so dass er ein Stückchen laufen musste, bis er sich in sicherer Deckung befand. Seine Notlandung glückte.

Als er sich gesäubert hatte und wieder umdrehte, sah er, wie sein Zug anfuhr. Er hetzte hinterher, um noch aufzuspringen. Zu spät!

Quappe ertrug sein Schicksal mit Fassung. So hatte er wenigstens wieder etwas zu erzählen. Sein Zug war bestimmt nicht der letzte gewesen. Er stieg auf den Bahndamm und lief auf den Gleisen nach Paulinenaue. Weit war es nicht. Er genoss den Blick übers weite Havelland, das auf den Frühling wartete. Nach einer halben Stunde war er am Ziel und konnte in aller Ruhe auf den nächsten Zug nach Hamburg warten. Der Conducteur meckerte zwar ein wenig wegen der unterbrochenen Reise, aber Quappe erzählte ihm, dass er im Auftrage des Kriegsministers unterwegs war – und da schwieg der Mann lieber.

»Kyritz!«

Quappe war richtiggehend stolz, dass er nicht vergaß, hier auszusteigen. Er wusste selbst, dass das typisch für ihn gewesen wäre. Jetzt aber hatte er alle Zeit der Welt, und so wandte er sich erst einmal an den Stationsvorsteher, als der den Hamburger Zug abgefertigt hatte. »Wo is denn hier die Knatter?« Wer das Wort Kyritz hörte, dachte stets die Knatter mit: Kyritz an der Knatter.

»Einen Fluss namens Knatter gibt es nicht, mein Herr«, belehrte ihn der Eisenbahner. »Wir liegen an der Jäglitz – und an einem ihrer Nebenarme stehen viele Wassermühlen, die unaufhörlich knattern. Daher Kyritz an der Knatter.«

»Wat mein'n Se, wat ick knattan kann, wenn ick Zwiebeln jejessen habe«, gab Quappe zum Besten. »Aber sajen Se mal, wie komm ick'n von hier nach Wutike?«

»Immer die Chaussee lang. Über Mechow und Dementhin nach Gumtow und dann zum Gut. Anderthalb Meilen vielleicht. Länger als zwei Stunden werden Sie nicht brauchen.«

»Danke. Denn werd ick mal loslatschen.«

Er hatte sogar das Glück, hinter Mechow von einem Bauern ein Stückchen mitgenommen zu werden. Der sprach ein merkwürdiges Platt, das Quappe nicht recht verstand.

Quappe berichtete von seinem letzten großen Abenteuer. »Ja, und ick hätt ma fast inne Hosen jekackt, wenn da keene Kühe uffn Schienen jestanden hätten.«

Der Bauer nickte. »Jo, een Schuuvkoor vull Glück hölpt beter as'n Wogen vull Verstand.«

Als Quappe auf Berlin zu sprechen kam und davon berichtete, wie das Volk langsam aber sicher von der Revolution in Wien und in anderen Städten angesteckt wurde, gab sich der Landmann geradezu philosophisch. »›Dat hölpt för de Müüs!‹, see de Buer, da steek he sein Schüün an.«

Als der Bauer in einen Feldweg abbog, bedankte sich Quappe und sprang vom Wagen, um wieder die Chaussee entlangzutraben. Das war nicht sonderlich aufregend, und ein kleiner Tümpel kam ihm da gerade recht. »Jeh ick ma meine Vawandten besuchen«, sprach er zu sich selbst, konnte aber im Wasser keine Kaulquappen entdecken. »Is wohl noch zu kalt für euch, wa?« Er marschierte weiter.

Endlich im Dorfe Gumtow angekommen, war es immer noch ein Stück nach Wutike zum Gontard'schen Gut zu laufen. Torfstecher kamen ihm entgegen.

»Ick will zum Inspekter Mumps, bin ick da richtig?«

»Der heißt Gumbz und hat keen Mumps«, kam die Antwort. »Da links, das ist das Gutshaus.«

Endlich hatte er es geschafft! Columbus hätte kaum stolzer sein können. Doch der Inspector empfing ihn nicht mit offenen Armen, sondern mit sichtlichem Misstrauen.

»Ick bin der Paule Quappe, der Bursche vom Herrn Oberst-Lieutenant von Gontard, und der schickt mia her, um wat für seine Schule zu hol'n.«

»So, der Herr von Gontard schickt dich ... Ich habe aber kein Schreiben bekommen, das dich avisiert hätte.«

Da Quappe nicht wusste, was mit »avisieren« gemeint war, überging er diese Bemerkung. »Ick bin da, und det alleene zählt doch, wa? Und wenn et sich machen lässt, denn bleibe ick ooch een oda zwee Taje hier, denn wer weeß, wat in Berlin allet noch passiert.«

»Nun gut, ich werde dir eine Kammer zuweisen lassen. Über die Unterlagen, die du mit nach Berlin nehmen willst, reden wir später, ich habe jetzt anderes zu tun.«

»Tun Se, wat Se nich lassen könn'n.«

Quappe bezog seine Kammer und bekam dann von der Magd die Reste des Mittagsmahls aufgetischt. So ließ es sich leben. Die Gemahlin des Inspectors gesellte sich zu ihm.

»Wat jiebt et denn bei Ihnen so zu sehen?«, fragte Quappe sie.

»Zuerst musste dir den Blutstein ansehen.« Das sei, so erfuhr er von Bertha Gumbz, ein riesiger Findling am Weg nach Rosenwinkel. »Darunter liegt eine verwunschene Prinzessin begraben, und die wartet darauf, dass sie einer befreit. Wenn jemand ganz kräftig auf den Stein schlägt, dann hat sie starke Schmerzen – und der Stein färbt sich rot von den Blutstropfen.«

»Det muss ick mia jleich mal ansehen!«

Nach dem letzten Bissen brach er auf, sosehr ihm auch die Füße schmerzten, denn die Sache mit dem Blutstein versprach eine schöne Geschichte zu werden, die er überall weitererzählen konnte.

Eine Geschichte zum Weitererzählen wurde es tatsächlich, denn kaum war er am Blutstein angekommen, umringte ihn eine Schar von Soldaten, Feldjägern und Gendarmen.

»Das ist er!«, rief einer der Soldaten.

Quappe fiel aus allen Wolken. »Wat soll ick sein?«

»Der Grenadier aus der Kyritzer Kaserne, der die Wäscherin an der Jäglitz unten umgebracht hat.«

Der Gendarm trat an ihn heran. »Sie sind hiermit arretiert!« Paul Quappe spürte einen Griff an seinem Handgelenk, der ihn einzwängte wie ein Schraubstock.

Der Polizeipräsident Julius von Minutoli saß an seinem Schreibtisch und überflog einen Bericht seines Agenten Dr. Joel Jacoby.

Als Arbeiter in die Stadt zogen, trugen ihre Führer Stöcke, an denen farbige Tücher befestigt waren. Der Ruf »Ministerwechsel, Pressefreiheit« ließ sich hören. Die sogenannten Barrikaden in der Neumannsgasse aus Kistenbrettern sind mutwillige Gassenjungenstreiche; Knaben von 11–13 Jahren, die tüchtige Säbelhiebe empfingen, führten das Stück auf. (…) Der Zeitungsschreiber von Bardeleben, der Sohn des Landraths, bekam gestern Kolbenstöße vor die Knie und kam verwundet auf die Lesehalle, wo unter den jüngeren Besuchern sich der nichtswürdigste Geist kund gibt. Vorgestern hatte ein betrunkener Kerl In den Zelten auch gerufen: »Vive la republic française et Berlin!« Er wurde ausgelacht.

Die Rückseite fand Minutoli mit nur wenigen Zeilen beschrieben, und da er sich langweilte, griff er zu einem spitzen Bleistift und widmete sich seiner wahren Leidenschaft, der Zeichenkunst. Aus den beiden Tintenklecksen, die Jacoby hinterlassen hatte, wurden die Augen seiner Frau Mathilde, die etwas füllig geraten war. Sie bekam ein langes Kleid verpasst, schulterfrei mit hochgeschnürtem Busen und luftig wallendem Stoff an den Armen. Kurze dunkle Locken mit Mittelscheitel umrahmten ihr rundliches Gesicht. Auch Spinnennetze malte er, einen Hasen, Ente und Gans, einen Hahn und eine gackernde Henne. Dazwischen ganz klein den König.

Der Bureaudiener riss ihn aus seinen Träumen. »Herr Polizeipräsident, ich bitte um Vergebung, aber Sie mögen sich auf der Stelle eilenden Fußes zum Herrn Stadtkommandanten begeben.«

Minutoli ließ sein kleines Kunstwerk in der Schublade verschwinden und machte sich auf den Weg zu Wilhelm von Ditfurth. Der kam aus Minden, hatte sich 1815 in der Schlacht bei Ligny besonders ausgezeichnet und war Träger des Ordens Pour le Mérite mit Eichenlaub. Er hatte lange eine Division in Magdeburg kommandiert, bevor er nach Berlin berufen worden war.

»Bei mir hat sich eine studentische Abordnung eingefunden«, erklärte ihm Ditfurth. »Zwei Burschen. Sie fordern die Bewaffnung ihrer Kommilitonen, um die Ruhe in der Stadt aufrechterhalten zu können.«

»Unmöglich!«, rief Minutoli. »Uns soll es nicht so ergehen wie den Wienern.« Dort war die Aula der Universität Ausgangspunkt der Revolution gewesen. »Ich will mir die Burschen mal ansehen.«

Der eine der beiden Studenten war der Sohn eines Justizraths aus Pommern und studierte erst seit kurzem in Berlin, der andere war ein Großmaul aus Hamburg. Minutoli unterzog sie einer Befragung, wobei ihm die schwarzrot-goldene Papierschleife im Knopfloch des einen auffiel. Diese Farben standen für die Ereignisse auf der Wartburg und das Hambacher Fest, also für die liberale bürgerliche Opposition. Minutoli nahm das Corpus Delicti empört an sich und schrieb sich für weitere Maßnahmen die Namen der beiden Studenten auf.

»Erklären Sie uns etwa für verhaftet?«

»Bis wir über Sie entschieden haben, werden Sie in der Kommandantur verbleiben.«

Minutoli sandte einen Boten zu Bodelschwingh, und der ließ ihm die Nachricht übermitteln, man möge den Studenten für ihren Vorschlag danken, er sei aber nicht durchführbar. Da auch General von Pfuel zur Nachsicht neige, möge er die beiden Burschen nach Hause schicken. Nachdem Minutoli dieser Aufforderung nachgekommen war, plauderte er noch eine Weile mit dem Stadtkommandanten, bis die Meldung kam, In den Zelten würden sich wieder Tausende von Berlinern versammeln.

»Ich muss eine Zuspitzung der Lage unbedingt verhindern!«, rief Minutoli, bevor er sich auf den Weg in den Thiergarten machte, und zwar im Frack. Er erklomm sofort das Rednerpodium und versuchte, die Versammelten zu besänftigen. »Ihr könnt beruhigt nach Hause gehen, Schutzkommissionen werden in Gruppen durch die Stadt gehen und für die Sicherheit jedes Einzelnen sorgen.«

Er erntete lautes Gelächter, denn die »Leichenbitter mit Ballkellen«, wie die Berliner diese Männer wegen ihrer weißen Armbinden und ihrer weißen Stöcke nannten, wurden überall nur verhöhnt. Die Soldaten ringsum hatten offenbar geglaubt, dieser Spott gelte ihnen, denn plötzlich sprengte die Kavallerie an mehreren Stellen in die Menschenmenge, um sie auseinanderzutreiben. Es gab viele Verletzte, etliche mussten von Freunden nach Hause getragen werden. Als die Straßen geräumt waren, setzte sich Minutoli am Brandenburger Thor in eine Droschke und fuhr zum Schloss.

Dort diskutierte man das weitere Vorgehen. Man wusste, dass überall in der Stadt gegen die »Militärexzesse« protestiert wurde und die Bürger planten, dem König eine »Massenpetition« zu übergeben, in der man Pressefreiheit, eine Bürgerwehr und die Einberufung des Vereinigten Landtages forderte, der den Übergang von einer Ständeversammlung zu einer echten Volksvertretung in die Wege leiten sollte.

König Friedrich Wilhelm IV., inzwischen aus Potsdam zurückgekehrt, schien nicht zu wissen, welche Haltung er einnehmen sollte, während sein Bruder Prinz Wilhelm unnachgiebig blieb: »Wir sollten das Gouvernement anweisen, allen Truppen, die gegen die Aufrührer vorgegangen sind, unsere volle Anerkennung für die von ihnen bewiesene musterhafte Haltung, Ausdauer und Disziplin auszusprechen.«

Ernst von Bodelschwingh, der ranghöchste Minister im preußischen Staat, empfahl dem König dagegen, den Bürgern entgegenzukommen und die Lage dadurch zu beruhigen.

»Unmöglich!«, rief Prinz Wilhelm. »Das Schicksal von Ludwig XVI. sollte uns eine Warnung sein: Wer Revolutionären den kleinen Finger reicht, riskiert nur, dass sie bald die ganze Hand fordern.«

Nun meldete sich Minutoli zu Wort. »Es ist möglich, dass wir schon morgen nicht mehr von einem Aufruhr, sondern von einer Revolution reden. Überall hört man auf den Straßen, dass morgen der entscheidende Tag sein wird. Bis jetzt gab es nur Straßenmeutereien, aber die Revolution wird ihr Haupt erheben, wenn wir nicht ...« Er machte eine kleine Pause, um seinen letzten Worten mehr Nachdruck zu verleihen. »... wenn wir nicht auf militärische Maßnahmen verzichten. Das Geräusch eines fallenden Apfels, das für einen Schuss gehalten werden könnte, würde die Gemüter entzünden.«

»Unsinn!«, beschied Prinz Wilhelm. »Das Volk muss am eigenen Leibe spüren, wer hier Herr im Hause ist.«

Sie diskutierten noch eine Weile, ohne dass König Friedrich Wilhelm IV. eine klare Entscheidung fällte. Schließlich wurde Randersacker beauftragt, sich in Zivil unter die Bevölkerung zu mischen und herauszufinden, wie gefährlich die Tumultuanten wirklich waren. Danach würden man entscheiden, ob ihnen am besten mit dem Zuckerbrot oder mit der Peitsche beizukommen sei.

Der 18. März war ein Sonnabend, und da die zentralen Plätze der Stadt einem Kasernenhof glichen, schien es Gontard sicher, dass der Sturm an diesem Tage losbrechen würde.

»Da es in Berlin keine Bastille gibt, werden sie wohl das Schloss zu erstürmen suchen«, sagte er zu Kußmaul.

Der Arzt nickte. »Wie auch immer, für dich wird es viel Arbeit geben.«

Gontard konnte ihm nicht recht folgen. »Ich will nicht hoffen, dass der König mit der Artillerie auf die Tumultuanten schießen lässt.«

»Ich meine, für dich als Totengräber.«

»Ach so, ja.« Gontard hatte ganz vergessen, dass er sich als ein solcher verkleidet hatte.

Sie kamen vom Spittelmarkt, wo sie Jean-Paul abgeholt hatten, und wollten über die Breite Straße zum Schloßplatz. Als sie um zwölf Uhr dort eintrafen, kehrte die Deputation der Berliner Bürger gerade vom König zurück und brachte eine frohe Botschaft.

»Die Pressefreiheit ist uns zugesichert worden. Weiterhin ist es uns erlaubt, für ein einiges deutsches Vaterland einzutreten!«

Jubel brandete auf, und als der König auf dem Balkon erschien, gab es aus der Menge laute Vivat-Rufe. Aber auch Protestgeschrei war zu vernehmen, denn Friedrich Wilhelm IV. hatte nicht alle Forderungen der Bürger akzeptiert. Beide Parteien drängten jetzt auf das Schlossportal zu, die eine, um den Monarchen zu feiern, und die andere, um ihn letztlich vom Thron zu stoßen.

»Huldigung oder Hohenzollerndämmerung«, murmelte Gontard, »was wird es wohl geben?«

Die Situation blieb zunächst unentschieden, dann aber steigerte sich die Unruhe, denn die Soldaten am Schlossportal drängten die Menge auf immer gewaltsamere Weise zurück.

Als die ersten Schüsse zu fallen drohten, erschien Bodelschwingh auf dem Balkon. »Bürger Berlins!«, rief er. »Ich bitte euch, ruhig auseinanderzugehen. So könnt ihr nicht nur eure Unversehrtheit sicherstellen und eure Familien schützen, sondern auch Treue zu eurem König demonstrieren. Er möchte sich jetzt in Ruhe seinen Pflichten widmen – zu eurem Wohl.«

Dieser Aufruf zeigte keinerlei Wirkung, im Gegenteil, die Soldaten wurden nur noch ausfallender beschimpft. Das Eingreifen des Gouverneurs und des Polizeipräsidenten blieb ebenfalls vergeblich. Daraufhin befahl der König die »Platzsäuberung«: Der General-Lieutenant von Prittwitz möge sie mit einigen Zügen Dragonern und Infanteristen in Angriff nehmen. »Aber ohne Gewalt. Mit eingestecktem Säbel.« Im Schritt rückten die Dragoner von der Stechbahn her vor, und aus dem Mittelportal quollen Soldaten der Kompanie Kaiser Franz in Richtung Breite Straße und Kurfürstenbrücke.

Gontard, Kußmaul und Jean-Paul wurden von der Menschenmenge in Richtung Königstraße mitgerissen und erlebten aus nächster Nähe, wie sich durch das Ungeschick zweier Soldaten deren geschulterte Gewehre entluden.

»Wenn nur niemand in den Fenstern oben getroffen worden ist!«, rief Gontard.

Das war offenbar nicht der Fall. Aber nun geschah etwas, über das Gontard bis an sein Lebensende nachdenken sollte: War es purer Zufall oder Gottes Wille? Jedenfalls glaubte der Soldat an der Spitze des Zuges, in dem die beiden Gewehre losgegangen waren, es sei Feuer befohlen worden. Er riss sein Gewehr von der Schulter, um über die Köpfe der Menge hinweg einen Warnschuss abzugeben. Diese drei Schüsse waren es, die in kürzester Zeit Hunderte von Berlinern auf die Barrikaden trieben.

»Verrat! Rache!«, schrien die Bürger.

»Das Militär schießt mang die Leute!«

»Da wälzen sich welche in ihrem Blut!«

In wilder Panik floh alles in Richtung Alexanderplatz. Die Männer hielten ihre Zylinder fest, die Rockschöße flatterten und erinnerten Gontard an aufgescheuchte Krähen. Es waren Angehörige aller Stände, die da um ihr Leben liefen, vom Geheimrath über den Arzt und Kaufmann bis hin zum Strumpfwirker. Gontard machte den Tierarzt Dr. Ludwig Urban und den Apotheker Jung in seiner Nähe aus, auch den Fabrikbesitzer Egells und Gisela, die Tochter Bettina von Arnims.

»Barrikaden!«, schrie Ludwig Urban, sehr auffällig in seinem blauen, mit einem breiten Ledergürtel zusammengeschnürten Gehrock und den dichten, schulterlangen Locken. »Baut Barrikaden, stoppt das Militär!«

Es schien keine andere Möglichkeit mehr zu geben, sich des Militärs zu erwehren. Die Berliner wollten nicht länger wie Freiwild sein vor den hauenden, stechenden und schießenden Soldaten. Auch Gontard wollte das nicht, und er griff mit Kußmaul zusammen nach den Pickhacken, die man sich bei einem Eisenkrämer beschafft hatte, um damit das Pflaster der Königstraße aufzureißen. Jean-Paul und andere hielten inzwischen an der Ecke Poststraße einen Pferdeomnibus an, hießen die Leute aussteigen, führten die Zugtiere fort und stürzten den Wagenkasten so um, dass er quer über der Straße lag. Andere Fuhrwerke kamen hinzu, ebenso Möbelstücke, Waschkübel, Bettgestelle, Lumpensäcke und vieles andere, was die Anwohner in aller Eile herbeibrachten. Brunnenverkleidungen und Rinnsteinbrücken wurden herangeschleppt. Bald war ein so hoher Wall aufgetürmt, dass auch das beste Kavalleriepferd sich nicht mehr über ihn hinwegsetzen konnte.

Das Kommando war ohne große Worte dem Tierarzt Ludwig Urban zugefallen. »Der Totengräber da«, rief der nun Gontard zu, »der soll hinter der Barrikade breite Gräben ausheben. Ihr anderen, ihr werft die Pflastersteine in Körbe und tragt sie auf die Dächer hinauf. Und schafft Schießgewehre herbei, Pulver, Zündhütchen, Äxte, Beile und Säbel!«

Prinz Wilhelm schäumte vor Wut angesichts der aufbegehrenden Untertanen und gab Weisung, der Gouverneur von Berlin solle den Angriffsbefehl erteilen.

»Der General von Pfuel ist in seinem Haus in der Jägerstraße blockiert und nicht erreichbar«, meldete einer der Adjutanten.

Prinz Wilhelm hielt das für ein abgekartetes Spiel der Aufständischen und bat seinen Bruder Friedrich Wilhelm IV., Pfuel durch seinen Intimus, General-Lieutenant Karl Ludwig von Prittwitz, zu ersetzen.

»Nun gut, so sei es«, brummte der König.

Man verschwieg ihm, dass gerade in diesem Augenblick einige verschreckte Bürger mit einem großen Plakat auf dem Schloßplatz erschienen, mit dem sie die Barrikadenbauer zum Einlenken bringen wollten: *Ein Mißverständnis! Der König will das Beste!*

Prittwitz, der aus Niederschlesien stammte, war ein Haudegen alter Schule. Schon im Alter von zwölf Jahren, 1802, wurde er in ein Infanterieregiment aufgenommen. Er hatte an nahezu allen Schlachten gegen Napoleon teilgenommen, angefangen mit der von 1806 bei Auerstedt. 1843 veröffentlichte er seine *Militairischen Beiträge zur Geschichte des Jahres 1813*. Nur ein Jahr später wurde er zum General-Lieutenant befördert. Und nun, im März 1848, sollte er den General von Berlin vertreten. Seine Ansage an die ihm unterstellten Offiziere war deutlich: »Meine Herren, bis zur Nacht muss der Rayon erobert sein, der mit dem linken Flügel am Oranienburger Thor beginnt und von der Spree bis zum Königsstädtischen Theater reicht. Von dort geht es weiter über die Straße nach dem Molkenmarkt, zu den Spreebrücken und nach dem Halleschen Thor.«

Um fünf Uhr fielen die ersten Schüsse an der Barrikade vis-à-vis der Kurfürstenbrücke. Das Füsilierbataillon des 1. Garderegiments war zum Angriff übergegangen und begann, auf die Fenster zu schießen, in denen Aufständische postiert waren. Steine, Wasserkübel und alle möglichen Gegenstände prasselten auf die Soldaten nieder. Es entspannen sich regelrechte Gefechte, und die Soldaten gingen mit äußerster Brutalität gegen die Barrikadenkämpfer vor. Mancher, der entwaffnet und gefangen genommen worden war, wurde geradezu abgeschlachtet.

Das Kampfgetöse drang bis zum Schloss hinüber, und Friedrich Wilhelm IV. zuckte bei jedem Schuss zusammen. Die Vorstellung, dass in den Berliner Straßen Blut floss und er das zu verantworten hatte, war schier unerträglich für ihn. Er trat neben seinen Minister. »Bodelschwingh, ich bin kein Militär, ich ... bin dabei, den Verstand zu verlieren.«

Jahrelang hatte Christian Philipp von Gontard von der Revolution geträumt. Nun war sie gekommen – und sollte sich in den nächsten Stunden als Alptraum erweisen. Es kam ihm vor, als säße er im Theater und sehe das falsche Stück. Er hatte ein Lustspiel erwartet, doch alles schien auf ein blutiges Drama hinauszulaufen.

Gerade hatten sie den Bau der ersten Barrikade in der Königstraße beendet, da erschien vom Alexanderplatz kommend der Polizeipräsident in seiner bestickten Uniform mit den großen Epauletten und beobachtete ihr Treiben mit finsterer Miene. Gontard duckte sich schnell hinter eine aufgerichtete Matratze.

»Ihr ehrbaren Bürger!«, begann Minutoli in väterlicher Manier. »Lasst es nicht zu, dass in den nächsten Stunden der eine Bruder auf den anderen schießen muss oder gar der Vater auf den Sohn, nur weil der eine in einer Uniform steckt und der andere in seiner Arbeitskleidung. Ich biete mich an, zwischen euch und dem König zu vermitteln.«

»Dann vermitteln Sie mal!«, riefen einige der Barrikadenbauer, teilten Minutoli ihre Forderungen mit und halfen ihm anschließend dabei, über den angehäuften Krempel zu klettern.

»Sagen Sie dem König, wir reißen die Barrikade nieder

und gehen friedlich nach Hause, wenn er seine Truppen zurückzieht.«

»Ich werde ihn kniefällig darum bitten«, versprach Minutoli, was dem Mann neben Gontard ein lautes »Hurra!« entlockte.

Der Polizeipräsident verschwand in Richtung der Truppen, die an der Kurfürstenbrücke in Stellung gegangen waren.

»Sein Bittgang ist zwar ehrenvoll, aber völlig zwecklos«, murmelte Kußmaul.

Plötzlich überschlugen sich die Ereignisse. Die Soldaten des 1. Garderegiments rückten vor und eröffneten das Feuer auf die Bürger, die sich hinter der Barrikade verschanzt hatten. Dicht neben Gontard fuhr eine Kugel in das Holz eines Kleiderschranks. Splitter trafen ihn an Kinn und Wange. Neben ihm kniete ein Schlossergeselle, der sich ein Gewehr beschafft hatte, und feuerte zurück. Von den Dächern hagelten Steine auf die Soldaten und deren Pferde. Tiere, die am Kopf getroffen wurden, waren nicht mehr zu bändigen. Als mehrere Soldaten blutend niederstürzten, machten die übrigen kehrt und liefen zum Schloßplatz zurück.

»Die Garde weicht?«, rief dort der Generaladjutant des Königs. »Unmöglich!«

Andere Abteilungen bekamen den Befehl, gegen die Barrikade an der Poststraße vorzurücken. Der Kampf wurde immer erbitterter. Dem Schlossergesellen neben Gontard fuhr eine Kugel in die Stirn. Blutüberströmt sank er in sich zusammen. Jean-Paul und Kußmaul trugen ihn in den angrenzenden Hauseingang. Gontard griff sich das Gewehr und zielte auf einen der anstürmenden Soldaten. Doch es war keine Kugel mehr im

Lauf. Er rannte Kußmaul hinterher, um sich Munition zu beschaffen.

Der Schlossergeselle starb in Kußmauls Armen. Gontard war wie erstarrt. Er konnte nicht glauben, dass das alles um ihn herum wirklich geschah, und kam sich vor wie ein großer schwarzer Käfer, der sich tot stellte, wenn Gefahr drohte.

Draußen begannen die Sturmglocken zu läuten, dann krachte es gewaltig.

»Sie beschießen die Barrikade mit Granaten!«, rief Kußmaul. »Schnell weg von hier!«

Sie hasteten die Poststraße hinunter und wussten nicht so recht, in welche Richtung sie sich wenden sollten. Gontard wollte nichts weiter als sich in Sicherheit bringen und dachte daran, den Schloßplatz weit östlich zu umgehen, um dann über Spittelmarkt und Friedrichstraße nach Hause zu gelangen. Jean-Paul und Kußmaul folgten ihm. Sie verliefen sich immer wieder.

Theodor Fontane kam ihnen entgegen und berichtete, wie er sich mit anderen im Königsstädtischen Theater bewaffnet hatte und fast massakriert worden wäre. Er riet ihnen zur Vorsicht. »Wenn die Gewehre erst losgehen, weiß man nie, wie die Kugeln fliegen.«

Sie gelangten schließlich nach einigen Umwegen in die Friedrichstadt und wurden in der Zimmerstraße Zeugen eines denkwürdigen Vorgangs. Auch hier versuchte Minutoli, die erbitterte Menge zu beruhigen, doch das Volk war so wütend, dass man ihn zu Boden stieß, ihm den Degen entriss, über die mit Pferdeäpfeln bedeckte Straße schleifte und schließlich mit Füßen trat.

»Lasst das!«, schrie Gontard. »Er ist nicht der Übelste von allen, er hat das nicht verdient!«

»Halt's Maul, du Arschloch! Sonst biste bald selba uffm Friedhof!«, scholl es ihm entgegen.

Immerhin ließen die Männer kurzzeitig vom Polizeipräsidenten ab, so dass er wieder auf die Beine kommen und die Flucht ergreifen konnte. Aber auch Gontard, Kußmaul und Jean-Paul mussten sich schleunigst aus dem Staub machen. An der Ecke Tauben- und Friedrichstraße stießen sie auf die nächste Barrikade. Sie näherten sich ihr von der Rückseite her, und so erkannten sie erst spät, wer dort stand und mit einer Pistole auf die angreifenden Soldaten feuerte. Es war Rudolf Virchow.

»Virchow sind wohl die Leichen zum Aufschneiden ausgegangen«, murmelte Kußmaul. »Da sorgt er nun selber für Nachschub.«

Ein Bäckergeselle kam auf sie zugelaufen. »Kommt schnell mit mir zum Alexanderplatz! Dort steht die größte Barrikade, und sie brauchen dringend Leute!«

Sie berieten sich kurz und kamen überein, die Innenstadt südlich zu umgehen und sich dem Alexanderplatz über die Wall- und die Landsberger Straße zu nähern. Aus Richtung der Friedrichstraße, des Gensdarmen-Marktes und des Hausvogteiplatzes war Geschützfeuer zu hören.

»Das bestätigt mir, dass wir den richtigen Plan gefasst haben«, stellte Gontard fest.

Als sie ihr Ziel erreicht hatten, war dort schon alles vorbereitet, einen Angriff der Garderegimenter zurückzuschlagen. Die Barrikade in der Neuen Königstraße zwischen dem Eckhaus des Partikulars Richter, dem sogenannten Stelzenkrug, und dem »Schafskopf«, einem klobigen grauen Gebäude, war ein Stück vom Alexanderplatz entfernt errichtet worden, um die Soldaten aus den Fenstern der Eckhäuser besser beschießen zu können. Obwohl sie stabil zu sein schien, trafen weiterhin Pferdefuhrwerke ein, die mit Bohlen und Brettern beladen waren. Auch Zucker- und Weinfässer hatte man herangerollt, mit Pflastersteinen vollgestopft und fest verkeilt. Auf diesen lagen ausgehängte Türen und dicke Bohlen, so dass eine Art Galerie entstanden war, auf der man sich wie auf einem Schießstand fühlen konnte. Davor hatte man zum Schutz Eisenplatten aus einer nahe gelegenen Handlung und Granitplatten, die man aus dem Trottoir herausgerissen hatte, aufgerichtet.

»Die halten jedem 24-Pfünder stand«, hörte Gontard den Tierarzt Urban sagen.

Anwohner der Neuen Königstraße schleppten Kirchenfenster heran. Aus denen brachen junge Burschen Blei, das an Ort und Stelle zu Gewehrkugeln gegossen wurde. Der Mann, der dieses Unternehmen anführte, kam Gontard bekannt vor. Bald war ihm eingefallen, wo er ihm schon einmal begegnet war: in der Weinmeisterstraße. Es war der Kellerhalsredner Heinrich Carrenzien.

Frauen sammelten Glassplitter ein, um sie vor der Barrikade auf dem Straßenpflaster zu verteilen. Sie sollten ebenso wie die Gräben, die man nach Entfernung der Trottoirplatten ausgehoben hatte, den Ritt auf die Barrikaden verhindern. Gontard fand noch ein Seil, das er knapp über dem Boden straff von einer Straßenseite zur anderen spannte, damit die Kavalleriepferde beim Angriff ins Stolpern gerieten. Gassenjungen, die man sonst immer unflätig beschimpfte, wurden nun allseits mit Lob überschüttet, weil sie körbeweise Pflastersteine auf die Dächer schleppten.

»Sagt denen oben, sie können auch Dachziegel nehmen, wenn ihnen diese Munition ausgeht!«, rief ihnen

Urban hinterher. Dann schickte er Leute mit herausgerissenen Eisenzäunen und -gittern zum Schmied. »Der soll die oberen Enden breit und scharf schmieden und Piken und Säbel daraus machen.«

Gontard staunte über so viel vorausschauende Planung bei einfachen Zivilisten, und Kußmaul meinte, er fühle sich wie in Wallensteins Lager. Von Minute zu Minute wurde es bunter. Gerade kamen Männer herbei, die den feldsteinernen Glockenturm der nahen Georgenkirche aufgebrochen und dazu noch zwei Pulverkästen mitgenommen hatten. Obwohl sie sie im Innenhof eines verschachtelten Hauses überaus vorsichtig absetzten, schrie Gontard auf: »Halt, sonst fliegt hier alles in die Luft!«

Man zeigte ihm einen Vogel. »Wie willst du'n als Totenjräber det wissen?«

»Er war früher mal Sprengmeister«, erklärte Kußmaul geistesgegenwärtig. »Bevor ihn der Suff ...«

Man verstand und ließ Gontard gewähren. »Frauen und Kinder verlassen sofort den Hof! Und schafft mir für den Ernstfall noch zwei Feuerspritzen herbei.«

Als die eingetroffen waren, machte er sich daran, den Deckel des Pulverkastens zu öffnen – nicht ohne vorher kurz gebetet zu haben. »Alles in Deckung!« Er hielt den Atem an und hob den Deckel mit aller Vorsicht Millimeter um Millimeter an. Die Explosion blieb aus – Gott sei Dank! Es handelte sich um eine neuartige Schießpulvermischung, die sich beim Transport nicht selbst entzünden konnte. Nun wurden die explosiven dunkelgrauen Körnchen verteilt. Die Schützen kamen mit Pulverhörnern, leeren Tabaksbeuteln und eilig gefalteten Papiertüten herbei.

Gontard konnte also mit sich zufrieden sein ... Plötzlich aber stellte er sich vor, wie die Kugeln, die das eben verteilte Pulver aus den Gewehrläufen jagte, in die Körper seiner Schüler fuhren und sie zerfetzten. Da sprang er auf und lief zu Kußmaul. »Mir ist schwindlig, ich kann nicht mehr.« Und er erzählte dem Freund von seiner Vision.

Der sagte spöttisch: »Nun, dann wechsle doch schnell die Seiten, lauf nach Hause, zieh dir deine Uniform an und hilf mit, unsere Barrikade zu stürmen. Da töten *dich* dann die Kugeln, die von diesem Pulver hier getrieben werden.«

Gontard seufzte. »Wie heißt es so schön in der Bibel? *Niemand kann zwei Herren dienen ...*«

Zu weiteren religiösen Betrachtungen blieb keine Zeit mehr, denn gerade kamen schutzsuchend Aufständische angelaufen, die auf den vom Militär eingenommen Barrikaden in der Königstraße gekämpft hatten. Was sie berichteten, war entsetzlich.

»Prittwitz hat uns mit Kanonen beschießen lassen. Mit Sechspfündern. Die ganze Straße ist ein blutiges Schlachtfeld. Ich habe einen Jungen sterben sehen, der gerade mal fünfzehn war. Wer sich in die Hauseingänge geflüchtet hat, ist von den Militärs verfolgt und abgeschlachtet worden. Ohne Gnade. Wer noch Glück im Unglück hatte, den haben sie gepackt und weggebracht, die meisten nach Spandau auf die Festung.«

Gontard unterrichtete Kriegsgeschichte und wusste, welche Greueltaten im Laufe der Jahrtausende auf diesem Erdball schon verübt worden waren. Aber was hier geschah, erschütterte auch ihn.

Kußmaul seufzte. »Du musst junge Männer nur in Uniformen stecken, genügend auf dem Kasernenhof drillen und ihnen den Befehl erteilen zu töten, dann ist die Bestie in ihnen nicht mehr zu bändigen.«

Von den Beobachtungsposten auf den Dächern der beiden Eckhäuser kam die Meldung, dass auch die Barrikade vor dem Königsstädtischen Theater gefallen sei. Wenig später rollten Studenten einen Messingböller heran, den sie im Schützenhaus in der Linienstraße entdeckt hatten. »Damit wollen wir alle rächen, die auf unserer Seite schon gefallen sind, und dem Vaterland die Freiheit erkämpfen!«, riefen sie.

Doch schnell machte sich Ernüchterung breit, denn man hatte keine Ein- oder Zwei-Pfund-Kugeln, um die Böller zu laden.

Gontard hatte die rettende Idee. »Nehmt Strümpfe und steckt Murmeln und Bleikugeln hinein, das gibt erstklassige Kartätschen.«

Schnell hatten die Jungen aus den Häusern und Straßen ringsum zwei Wäschekörbe voll Murmeln gesammelt. Frauen kamen angerannt und brachten Strümpfe. Gemeinsam wurden sie gefüllt und neben dem Böller gestapelt.

Die Männer der Schützengilde, die sich hinter der Barrikade versammelt hatten, lobten dieses Vorgehen zwar, bemerkten aber sofort, dass ein Geschütz ohne Lunte ziemlich wertlos sei.

Gontard fasste sich an den Kopf. »Ja, das hätte ich wissen müssen.«

»Du als Totengräber – wieso? Ach so, du warst ja mal Sprengmeister, bevor du dir det Jehirn aus'm Kopp jesoffen hast.«

»Lunten bestehen aus zusammengedrehten Hanffäden von Armlänge.« Gontard begann nun zu dozieren wie im Hörsaal. »Die werden mit Bleizucker getränkt, das ist essigsaures Bleioxyd. Man kann ersatzweise Knallsilber nehmen, ich meine, Silberazid.«

»Das haben wir alles nicht«, sagte Ludwig Urban konsterniert.

Gontard musste nicht lange nachdenken. »Dann bleibt uns nur noch eines: Man gebe mir ein mit Pulver gefülltes Terzerol, und ich schieße damit in das Zündloch. Das Mündungsfeuer bringt dann das im Lauf des Böllers befindliche Pulver zur Explosion und schleudert die hineingestopfte Ladung hinaus.«

Kußmaul äußerte Bedenken. »Wie willst du im Dunkeln das Zündloch treffen? Das ist doch gerade so groß, dass mein kleiner Finger hineinpasst.«

Gontard winkte ab. »Mit einer Laterne wird das schon gehen. Und wenn ich mich auf ein Weinfass setze, dann habe ich auch die richtige Höhe.«

»Und wenn das Pulver, das im Innern des Kanonenrohrs entzündet wird, einen Feuerschweif durch das Zündloch zurückschleudert – was dann?«, fragte einer der umstehenden Männer.

»Du hast wohl bei der Artillerie gedient?«

»Zu Befehl, Herr von Gontard!«

Man hatte ihn also durchschaut. Gontard konnte nichts anderes tun, als den Finger auf den Mund zu legen. »Du wirst schweigen ...«

»Ehrenwort!«

Kußmaul hatte sich neben Gontard auf ein Sofa gestellt, um einen besseren Blick über den Alexanderplatz und die Königstraße zu haben. Jetzt sprang er in die Höhe und konnte sogar erkennen, was sich hinten an der Königsbrücke kurz vor dem Schloßplatz tat. »Sie treten an!«, rief er. »Mit gefälltem Gewehr stürmen sie auf uns zu!«

Gontard hörte, wie die Tamboure anschlugen und die Soldaten Hurra-Schreie ausstießen. Ehe er recht begreifen konnte, dass dies möglicherweise die letzten Minuten seines Lebens waren, schlugen schon die ersten Kugeln neben ihm ein. Splitterndes Holz streifte seine Stirn. Dann blitzte es auch aus den wohl fünfzig Fenstern über ihm auf, und die ersten Schüsse krachten. Die Scharfschützen auf der Barrikade und in den Eckhäusern hatten es besonders auf die Offiziere abgesehen. Doch nicht nur die Kugeln prasselten auf sie und die Soldaten nieder, sondern auch Steine, Balken und alle geeigneten Gegenstände, die aufzufinden gewesen waren. Auch entleerte man heißes Wasser und den Inhalt von Pisspötten auf die Köpfe der Militärs. Aber all das hätte nicht ausgereicht, sie zum Rückzug zu bewegen, wenn nicht in diesem Augenblick ein großer, mehr als zwei Meter langer gelbroter Feuerschweif auf sie zugeschossen wäre. Die Strümpfe mit den Murmeln warfen mehrere Männer zu Boden. Gontard hatte seinen Böller abfeuern können.

Die Soldaten liefen jetzt zurück ins zweite Glied, um sich neue Munition für ihre Gewehre zu holen. Es gab eine kurze Kampfpause, und auch Gontard wollte seine Mörserkanone neu laden. Als er von seinem Weinfass heruntergestiegen war, bemerkte er eine kleine Blutlache. Das war merkwürdig, denn neben ihm hatte es keinen erwischt. Als er sich bückte, sah er, dass das Blut aus einem der herangerollten Fässer herauslief. Waren die nicht alle mit Pflastersteinen gefüllt? Er drehte das besagte Fass in aller Eile so zu sich herum, dass er den Deckel öffnen konnte ... und schrie auf. In dem Fass steckte ein Mann, dem jemand den Schädel eingeschlagen hatte.

Es war der Geheime Kriegsrath Richard von Randersacker.

Sechzehn

Der 19. März 1848 war kein Sonntag wie jeder andere. Christian Philipp von Gontard war erst gegen zwei Uhr morgens nach Hause gekommen und hatte trotz aller Übermüdung lange nicht einschlafen können. Zu viel war ihm durch den Kopf gegangen, und auch jetzt, als er allein mit Henriette am Frühstückstisch saß, ließen ihn seine Gedanken nicht los. »Ich bin Königlicher Oberst-Lieutenant und quasi verheiratet mit dem Königreich Preußen, ich habe ihm Treue geschworen bis in den Tod, und nun habe ich den König mit einer Geliebten betrogen, die Freiheit heißt. Das zerreißt mich schier! Und ich bin Mann von altem Adel und keiner aus dem Volke!«

Henriette nahm seine Hände und versuchte, ihn zu trösten. »Du musstest tun, was dir richtig erschien. Der Freiheitsrausch ist offenbar so heftig wie der Liebesrausch, dagegen kommt man nicht an. Aber nun, am Morgen danach, sollte der kühle Kopf wieder Oberhand gewinnen.«

»Wie denn, wenn ich die Bilder der letzten Nacht noch so deutlich vor mir habe?« Und er begann zu erzählen. »Als es dunkel wurde, hatten die Unsrigen einen zweiten Böller aus dem Schützenhaus geholt, und so konnten wir den ganzen Alexanderplatz bestreichen. Aber die Bombardiers haben unsere Barrikade mit zwei Sechspfünder-Kanonen beschossen. Wer von einer Kugel getroffen wurde, war meist tödlich verletzt oder entsetzlich verstümmelt. Alles war voller Blut. Kußmaul vermochte nur wenige zu retten. Beißender Qualm hing in der Luft, wir konnten kaum noch atmen und husteten uns die Lunge aus dem Hals. Die Sechs-Pfund-Kugeln, die von der Königsbrücke herübergeschossen wurden, rasierten unsere Barrikade oben regelrecht ab, so dass unsere Schützen knien mussten, um nicht in die Schusslinie zu geraten. Das Krachen der Einschläge, das Pfeifen der Kugeln, die Schmerzensschreie und das Gewimmer der Getroffenen – das war Dantes Hölle! Als wir im Rücken auch noch von Füselieren angegriffen wurden, hat Jean-Paul die Nerven verloren und wollte durch die Hinterhöfe nach Hause. Aber sie haben ihn gefangen genommen, und jetzt steckt er wohl in Spandau im Gefängnis. Um Mitternacht gab es eine Kampfpause, da haben Kußmaul und ich die Barrikade verlassen. Wir konnten nicht mehr.«

Henriette schwieg eine Weile, dann erkundigte sie sich nach Randersacker, den Gontard anfangs nur kurz erwähnt hatte. »Meinst du wirklich, dass jemand Randersacker ermordet hat?«

»Ja, ich bin mir sicher. Nun habe ich Virchow nicht fragen können, aber Kußmaul, der auch ein wenig von der Sache versteht, meint, dass Randersacker mit einem Beil erschlagen worden ist.«

»Das heißt, der Täter kann nur einer von deinen Barrikadenkämpfern gewesen sein und keiner vom Militär.«

Gontard nickte. »So ist es. Einer muss den Kampf um die Barrikade am Alexanderplatz dazu genutzt haben, Randersacker zu töten. Wohl in der Annahme, dass ein

Toter mehr oder weniger nicht auffällt. Vielleicht war es auch keiner von den Schützen auf den Barrikaden, sondern einer der Anwohner, die Wein-, Zucker- und Heringsfässer mit Steinen gefüllt haben. Man kann auch davon ausgehen, dass der Täter sein Opfer bei erstbester Gelegenheit aus der Tonne herausgeholt und an einem anderen Ort versteckt hätte, wenn ich den Toten nicht vorher entdeckt hätte.«

Henriette lächelte. »Nun bist du wieder in deinem Element.«

Gontard schloss die Augen. »Wer weiß, was kommt ... Jemand hat mich erkannt – und wenn der nun zum Minister läuft und mich anzeigt, dann ... Ich kann nur hoffen, dass eine neue Zeit anbricht ...«

Henriette stand auf, um ihn zu umarmen. »Wir werden das schon durchstehen. Gemeinsam.«

Nun kamen die Kinder an den Frühstückstisch, und Gontard und Henriette taten so, als ob nichts geschehen wäre. Ferdinand und Luise hatten jedoch den Gefechtslärm gehört und den Feuerschein brennender Häuser am Himmel gesehen und wollten wissen, was das zu bedeuten hätte. Gontard verschwieg ihnen, dass er als Totengräber verkleidet auf der Barrikade am Alexanderplatz gestanden hatte.

»Und was passiert nun?«, fragte sein Sohn.

»Niemand weiß es. Ich werde jetzt zum Schloßplatz laufen, um in Erfahrung zu bringen, was mit Preußen und dem König werden wird.«

»Aber in Uniform!«, rief Henriette.

Gontard schluckte, musste seiner Frau aber recht geben. Gestern hatte er eine Grenze überschritten, die er niemals hätte überschreiten dürfen. Jetzt stand er seiner

Frau und seinen Kindern gegenüber in der Pflicht. »Seitenwechsel!«, befahl er sich.

Auf dem Weg zu Kußmaul traf er einen seiner Lieutenants aus der Artillerieschule, der ihn über die Neuigkeiten informierte. »Alle Barrikaden sind gestürmt und geschleift, nur die nicht, die den Alexanderplatz nach Nordosten hin abschließt.«

Das ist meine Barrikade!, hätte Gontard um ein Haar ausgerufen.

»Der König hat trotzdem um fünf Uhr morgens befohlen, das Feuer einzustellen, denn unsere Soldaten waren am Ende.«

Verständlich, dachte Gontard, hatten sie doch miterleben müssen, wie viele Menschen, auch Verwandte und Nachbarn, den Tod gefunden hatten.

»Nun sind die Soldaten zurück in ihren Kasernen, und keiner weiß, wie es weitergehen soll. Man sagt, dass es an die zweihundert Tote gegeben hat, darunter vierzig unserer Kameraden.«

Gontard nahm es ohne Kommentar zur Kenntnis. Er betete nur, dass niemand durch seine Hand gestorben war. Bei Kußmaul angekommen, erzählte er dem Freund, was in den letzten Stunden alles geschehen war und welche Zweifel ihn plagten. Da legte Kußmaul den Arm um ihn.

»Dass du es dir so zu Herzen nimmst, ehrt dich, aber hör auf, dich mit Selbstanklagen zu quälen. Auch die besten Philosophen können nicht alle Gründe des menschlichen Handelns entschlüsseln und uns erklären, warum die Welt so ist, wie sie ist. Wenn die Auflehnung gegen Napoleon legitim und gerecht war, dann ist es unser Aufstand ebenso. Zugegeben, es gibt grausamere Herrscher als unseren König, aber er verwehrt uns die Pressefreiheit und ein Parlament, das ist allemal Grund genug, sich zu erheben. Ich hoffe, dass es uns künftige Generationen danken werden.«

»Und die Toten?«, fragte Gontard.

Kußmaul wurde zynisch. »Die sind nicht umsonst gestorben und werden hoffentlich ein Denkmal bekommen. Und vergiss nicht, dass die Französische Revolution vor nicht einmal sechzig Jahren über vierzigtausend Opfer gefordert hat. Sie war aber nötig, uns allen zu zeigen, wie wichtig *liberté*, *égalité* und *fraternité* sind.«

Gontard schwieg und lief ein wenig abwesend hinter Kußmaul her, als sie auf dem Weg zu »ihrer« Barrikade am Alexanderplatz waren. Sie wollten sie westlich umgehen und näherten sich ihr deshalb über die Roch- und die Münzstraße. Als sie an der Kleinen Alexanderstraße angekommen waren, hatten sie einen freien Blick Richtung Osten und staunten sogleich, denn sie hörten einen ihrer Böller feuern und eine Ladung von Murmeln und Bleikugeln auf den Alexanderplatz krachen. Daraufhin wurde auch von der Kaiser-Alexander-Kaserne her das Feuer eröffnet.

Kußmaul sah Gontard an. »Ich dachte, es ist Waffenruhe befohlen worden?«

»Offensichtlich halten sich weder die Unsrigen noch die Soldaten daran.«

Als sie aber näher kamen, sahen sie, dass nur ein einzelner Soldat auf ihre Barrikade zumarschierte. Anscheinend ein hoher Offizier. Der Federbusch auf seinem Hut schwankte hin und her. Neben ihm gingen ein Zivilist und zwei Hornisten, die eine weiße Fahne schwenkten – die sich bei genauerem Hinsehen als ein großes Schnupftuch erwies.

»Das ist doch der Möllendorff!«, rief Gontard. Er kannte den General der Infanterie recht gut und war sogar zu dessen 57. Geburtstag eingeladen. Die Feier sollte eigentlich morgen Abend stattfinden. Johann Carl von Möllendorff hatte schon 1806 als blutjunger Fähnrich bei der Schlacht von Auerstedt gekämpft, war dann gegen die Franzosen ins Feld gezogen und bei der Einnahme von Paris dabei gewesen. 1844 hatte man ihn zum Kommandeur der 2. Garde-Infanterie-Brigade in Berlin ernannt. In diesen Tagen hatte er das Berliner Schloss zu schützen.

»Ich will mit dem Kommandeur der Mannschaften sprechen!«, rief er zur Barrikade hinüber.

Ludwig Urban zwängte sich zwischen Hauswand und Barrikade hindurch. Selbst aus der Entfernung sah man, dass Pulverrauch sein Gesicht verschmierte. Sein blauer Rock war ebenfalls mächtig verrußt. Doch bevor er Möllendorff erreicht hatte, waren an die hundert Berliner aus den Hauseingängen gestürmt, um den alten General zu Boden zu werfen. Gontard wollte das verhindern, wurde aber von drei kräftigen Burschen festgehalten. Möllendorff, auf dessen prächtiger Uniform die Goldknöpfe glänzten, lag bald hilflos auf dem Rücken und erinnerte Gontard an einen exotischen Käfer. Sein Hut mit dem Federbusch war ihm vom Kopf gerutscht und in eine Lache getrockneten Blutes gefallen. Einer der Barrikadenkämpfer richtete den Lauf einer Pistole auf die Schläfe des Generals. Da konnte Gontard sich aus seiner Umklammerung befreien und sprang zu Möllendorff hin, um ihm wieder auf die Beine zu helfen – und wurde nur deshalb nicht daran gehindert, weil Ludwig Urban den Übrigen befahl, ihn gewähren zu lassen.

»Lasst mich in die Kaiser-Alexander-Kaserne gehen!«,

rief Möllendorff. »Ich will nur verhindern, dass meine Leute wieder Pulver in ihre Gewehrläufe stopfen.«

»Das ist doch nur eine Finte!«, kam es von Seiten der Barrikadenkämpfer. »Seine Soldaten haben bloß keine Munition mehr, und er will ihnen Zeit verschaffen, sich neue zu besorgen.«

»Geben Sie Befehl, das Feuer endgültig einzustellen!«

»Dann muss ich so schnell wie möglich in die Kaserne.«

»General, wir tragen Sie hin, wenn es sein muss!«, rief ein Mann aus den hinteren Reihen.

Das hätten sie womöglich auch getan, wenn nicht in diesem Augenblick ein Junge von nicht einmal vierzehn Jahren den Degen des Generals an sich gerissen und gerufen hätte, dass dieser sein Gefangener sei. Möllendorff war außer sich.

Gontard flüsterte Urban zu, dass man alles tun müsse, um den General vor dem Zorn des Volkes zu schützen. »Randersacker ist ermordet worden, und wenn es nun auch noch Möllendorff trifft, wird die Rache des Militärs Hunderte von Menschenleben kosten.« Dann nahm er dem Jungen den Degen weg und gab ihn Möllendorff zurück.

Der dankte Gontard mit einem Lächeln und forderte dann, ihn seines Weges gehen zu lassen.

»Nein, Sie sind unsere Geisel!«, ließ sich einer der Umstehenden vernehmen.

Das ließen sich die Aufständischen weder von Gontard noch von Urban ausreden, stimmten aber nach einiger Diskussion zumindest Gontards Vorschlag zu, Möllendorff erst einmal in das nahe gelegene Haus des Kaufmanns Krüger in der Alexanderstraße No. 52 zu bringen. Dort beriet man sich über das weitere Vorgehen. Es dauerte eine Weile, bis Urban Möllendorff den Beschluss der

Barrikadenkämpfer mitteilen konnte: »Herr General, Sie sollen der Besatzung der Kaiser-Alexander-Kaserne den Befehl erteilen sich zu ergeben.«

»Meine Herren, keiner meiner Untergebenen würde so ehrlos sein, einem solchen Befehl zu gehorchen.«

Nun richtete ein Student eine Pistole auf Möllendorff, ein anderer zeigte ihm mehrere Stricke.

»Sie sind verloren, wenn Sie unserem Verlangen nicht nachgeben«, sagte Urban.

»Stimmen Sie zu!«, konnte Gontard Möllendorff zuflüstern. »Damit wir morgen Ihren Geburtstag feiern können.« Er reichte dem General Tinte und Papier.

Nachdem Möllendorf den Befehl formuliert und unterschrieben hatte, gaben sich die Bürger erst einmal zufrieden. Urban teilte Möllendorff mit, dass man ihn ins Schützenhaus in der Linienstraße bringen werde, wo man besser für seine Sicherheit sorgen könne.

»Ich begleite Sie und bürge für alles«, erklärte Gontard. Er hatte das Gefühl, damit Wiedergutmachung leisten zu können, und vielleicht dankte es ihm Möllendorff später einmal, indem er ihm die Festungshaft ersparte – oder gar die Hinrichtung.

Der Polizeipräsident Julius von Minutoli hatte sich, nachdem er in der Zimmerstraße der wütenden Menge entkommen war, in das Haus des Commissarius Kothe in der Schützenstraße No. 10 geflüchtet und dort so lange ausgeharrt, bis ihn in der Nähe wohnende Mitglieder der Schützengilde gerettet hatten. Mit seiner verschmutzten Uniform hatte er sich bis zum Schloss vorgekämpft, dort aber waren alle seine Versuche vergeblich geblieben, die Truppen zum Rückzug zu bewegen und das drohende

Unheil noch aufzuhalten. Er hatte sich daraufhin in die Wohnung seiner Schwiegermutter in der Leipziger Straße zurückgezogen, es aber nicht lange ausgehalten, untätig herumzusitzen. Deshalb hatte er sich in der Uniform eines Landwehroffiziers unters Volk gemischt, damit er das Geschehen auf den Berliner Straßen und Plätzen aus nächster Nähe verfolgen konnte. Nachdem seine Frau Mathilde in der Zwischenzeit seine Uniform gewaschen und trockengebügelt hatte, war er am Abend des 18. März wieder ins Schloss geeilt – um dort in Zivilkleidung zu schlüpfen, denn Prittwitz schickte ihn in die Stadt, um für die im Schloss lagernden Soldaten zweitausend Flaschen Wein, zwölf Fässer Branntwein und einige hundert Brote zu organisieren. Dieses Unternehmen wollte er in seiner Uniform nicht wagen.

Ziemlich übermüdet saß er nun, am Morgen des 19. März, beim König, um im Kreise des Generals von Prittwitz, des Prinzen Wilhelm, des Generals von Pfuel und einiger anderer hoher Militärs über das weitere Vorgehen zu beraten. König Friedrich Wilhelm IV. saß während der Besprechung teilnahmslos auf seinem Stuhl und sagte kein Wort. Eine Bürgerdeputation nach der anderen traf ein, um den König zu bitten, seine Truppen zurückzuziehen und das Volk zu bewaffnen. Dann würde die Ordnung umgehend wiederhergestellt sein. Der König und seine Berater schwankten während des anschließenden Disputs zwischen einer Wiederaufnahme des Kampfes, ruhigem Abwarten und einem Abmarsch aller Truppen. Wahrscheinlich hätten sie keine Entscheidung getroffen, wenn nicht in diesen Minuten die Meldung von der Gefangennahme Möllendorffs eingetroffen wäre.

»Man droht, den General zu erschießen, wenn nicht

innerhalb einer Stunde von Seiner Majestät die Feuereinstellung befohlen wird«, berichtete ein Bote des Majors von Kessel.

Zugleich stürmte eine weitere Deputation in das Besprechungszimmer und rief, dass man jenseits der Königsbrücke dabei sei, die Barrikaden einzuebnen.

Dann folgte der Moment, in dem der Minister von Bodelschwingh die Initiative an sich riss und eigenmächtig handelte. Mit lauter Stimme und hochrot im Gesicht rief er den Deputationen zu: »Da die Barrikaden verschwinden, befehlen Seine Majestät, dass die Truppen von allen Straßen und Plätzen zurückgezogen werden sollen!«

Wilhelm, der Prinz von Preußen, war außer sich und schrie, dass der König sich noch gar nicht geäußert habe.

Darauf donnerte von Bodelschwingh: »An den Worten des Königs darf nichts geändert werden!«

Christian Philipp von Gontard war am Vormittag des 19. März wieder in die Rolle des passiven Beobachters gefallen und eilte mit seinem Freund Friedrich Kußmaul auf den Schloßplatz, um zu erfahren, was der König seinen Untertanen mitzuteilen hatte.

An allen Straßenecken war eine Proklamation des Königs angeschlagen, auch wurden zusätzlich entsprechende Handblätter in der Stadt verteilt. Gespannt lasen Gontard und Kußmaul, was Seine Majestät verlauten ließ.

An Meine lieben Berliner.
Durch Mein Einberufungs-Patent vom heutigen Tage habt Ihr das Pfand der treuen Gesinnung Eures Königs zu Euch und zum gesammten deutschen Vaterlande empfangen. Noch war der Jubel, mit dem unzählige treue Herzen Mich begrüßt hatten, nicht

verhallt, so mischte ein Haufen Ruhestörer aufrührerische und freche Forderungen ein und vergrößerte sich in dem Maaße, als die Wohlgesinnten sich entfernten. Da ihr ungestümes Vordringen bis ins Portal des Schlosses mit Recht arge Absichten befürchten ließ und Beleidigungen wider Meine tapfern und getreuen Soldaten ausgestoßen wurden, musste der Platz durch Cavallerie im Schritt und mit eingesteckter Waffe gesäubert werden und zwei Gewehre der Infanterie entluden sich von selbst, Gottlob! ohne irgend Jemand zu treffen. Eine Rotte von Bösewichtern, meist aus Fremden bestehend, die sich seit einer Woche, obgleich aufgesucht, doch zu verbergen gewußt hatten, haben diesen Umstand im Sinne ihrer argen Pläne, durch augenscheinliche Lüge verdreht und die erhitzten Gemüther von Vielen Meiner treuen und lieben Berliner mit Rache-Gedanken, um vermeintlich vergossenes Blut! erfüllt, und sind so die gräulichen Urheber von Blutvergießen geworden. Meine Truppen, Eure Brüder und Landsleute, haben erst dann von der Waffe Gebrauch gemacht, als sie durch viele Schüsse aus der Königstraße dazu gezwungen wurden. Das siegreiche Vordringen der Truppen war die nothwendige Folge davon.

An Euch, Einwohner Meiner geliebten Vaterstadt ist es jetzt, größerem Unheil vorzubeugen. Erkennt, Euer König und treuester Freund beschwört Euch darum, bei Allem was Euch heilig ist, den unseeligen Irrthum! kehrt zum Frieden zurück, räumt die Barrikaden, die noch stehen, hinweg, und entsendet an Mich Männer, voll des ächten alten Berliner Geistes mit Worten, wie sie sich Eurem König gegenüber geziemen, und Ich gebe Euch Mein Königliches Wort, dass alle Straßen und Plätze sogleich von den Truppen geräumt werden sollen und die militairische Besatzung nur auf die nothwendigen Gebäude, des Schlosses, des Zeughauses und weniger anderer, und auch da nur auf kurze Zeit beschränkt werden wird. Hört die väterliche Stimme Euers

Königs, Bewohner Meines treuen und schönen Berlins, und vergesset das Geschehene, wie ich es vergessen will und werde in Meinem Herzen, um der großen Zukunft Willen, die unter dem Friedens-Segen Gottes für Preußen und durch Preußen für Deutschland anbrechen wird.
Eure liebreiche Königin und wahrhaft treue Mutter und Freundin, die sehr leidend darnieder liegt, vereint ihre innigen, thränenreichen Bitten mit den Meinigen.
Geschrieben in der Nacht vom 18.–19. März 1848.
Friedrich Wilhelm

»Hm«, brummte Gontard, »eine Rotte an auswärtigen Bösewichtern ist nun schuld daran, dass wir Berliner auf die Barrikaden gegangen sind. Hast du Fremde in der Stadt gesehen?«

»Nein.«

»Nun gut ... Jetzt wäre die Stunde eines großen Volkstribunen gekommen«, stellte Gontard fest. »Wenn wir denn einen hätten ... Ludwig Urban ist es offenbar nicht.«

»Und du traust dich nicht, diese Rolle zu übernehmen!«, entgegnete Kußmaul. »Aber immerhin kannst du deinen Kindern später einmal erzählen, du bist 1848 als Totengräber des alten Regimes in Erscheinung getreten.«

»Was mich allerdings den Kopf kosten könnte.«

Kußmaul lachte. »Dann müsste Preußen auch auf Rudolf Virchow verzichten – und wie sollte das Land ohne euch beide auskommen?«

Auf den Pathologen war er gekommen, weil der direkt vor ihnen stand und mit Ludwig Urban plauderte. Gontard und Kußmaul gingen zu den beiden und begrüßten sie.

In diesem Augenblick fingen die Leute, die direkt vor dem Schloss standen, zu schreien an: »Der König soll die Leichen sehen! Der König soll die Leichen sehen!«

Nach einer Weile erschien Friedrich Wilhelm IV. tatsächlich auf seinem Balkon und rief in die Menge: »Nun, lasst sie kommen! Ich weiß aber nicht, ob sie euch noch gefallen werden!« Dann verschwand er wieder im Innern des Schlosses.

Virchow war außer sich vor Zorn. »Man hat mir glaubhaft versichert, dass die Soldaten die Erschossenen noch grausam verstümmelt haben. Manche Gefangenen sind auf dem Schlosshof so unbarmherzig mit dem Gewehrkolben geschlagen worden, dass sie wohl gestorben wären, wenn Prinz Carl nicht eingegriffen und die Offiziere zur Mäßigung aufgerufen hätte.«

Da wurden auch schon die ersten Leichen auf Bauernwagen zum Schloss gefahren. Es war ein grässlicher Anblick. Einem Mann hatten Kugeln die Brust zerrissen, einem anderen war die Stirn gespalten.

Kußmaul wandte sich zu Gontard. »Ist das etwa Randersacker?«

»Nein.«

»Der König soll sich die Toten ansehen!«, schallte es zu den Schlossfenstern hinauf, und als sich Friedrich Wilhelm IV. immer noch nicht wieder blicken ließ, hoben mehrere Männer eines der Barrikadenopfer auf ein Brett und wollten es auf einer Wendeltreppe zum König hinauftragen. Da erschien der König endlich auf dem Altan, bleich und entsetzt. Königin Elisabeth von Bayern hatte sich bei ihm eingehakt, und es schien so, als würde er sich an ihr festhalten müssen.

Unten wurde nun der Name eines jeden Toten aufgerufen. Dazu gab es ein paar kurze Worte, die Gontard nur in Bruchstücken hören konnte.

»... Vater von fünf minderjährigen Kindern, ohne Gnade niedergeschlagen, als er sich schon ergeben hatte.«

»... fünfzehn Jahre alt, niedergeschossen.«

»... auf den Barrikaden am Cöllnischen Rathaus niederkartätscht.«

Alle auf dem Platz hatten ihr Haupt entblößt, Friedrich Wilhelm IV. aber behielt seine Militärmütze ungerührt auf dem Kopf.

»Die Mütze herab!«, scholl es ihm gebieterisch entgegen.

Und der König nahm sie ab.

Die bayerische Königin an seiner Seite war einer Ohnmacht nahe und konnte nur noch stöhnen: »Nun fehlt bloß noch die Guillotine!«

Siebzehn

S*e. Majestät der König haben auf den Wunsch der Einwohner Berlins die Bürgerbewaffnung zu genehmigen geruht.* So stand es in der Bekanntmachung vom 19. März. Dem Polizeipräsidenten war vom König das Kommando über diese Bürgerwehr übertragen worden. Der Stadtrat Nobiling hatte sich bereit erklärt, die Organisation zu übernehmen.

Am 20. März saß der Polizeipräsident Julius von Minutoli schon am frühen Morgen in seinem Bureau, um den Organisationsplan der bürgerlichen Schutztruppe durchzugehen, den Nobiling eingereicht hatte. Die Verbände der Bürgerwehr konnten ihren Zugführer selbst bestimmten und sollten sich nach Stadtbezirken gliedern. Hauptleute befehligten die Korps der insgesamt 111 Stadtbezirke. Jeweils zehn bis fünfzehn Bezirke bildeten ein Bataillon, an dessen Spitze ein Major stand, den die Hauptleute wählten. Man rechnete mit etwa zwanzigtausend bewaffneten Bürgern.

Dies im Kopf, eilte Minutoli in den Sitzungssaal des Polizeipräsidiums, in dem schon der Maschinenbaufabrikant August Borsig sowie Dr. Woeninger als Vertreter der Bürger und Dr. Stieber von der Preußischen Geheimpolizei versammelt waren. Dass man ausgerechnet Dr. Stieber geschickt hatte, fand Minutoli ein wenig verwunderlich.

Stieber kam aus Merseburg, war im Gymnasium Zum Grauen Kloster zur Schule gegangen, hatte dann in Berlin ein Jura-Studium abgeschlossen und anschließend als Auskultator beim Criminalgericht gearbeitet. Ab 1845 hatte er gegen politische Oppositionelle ermittelt. Zwei Jahre später hatte er wegen einiger Verfehlungen den Staatsdienst quittieren müssen. In seiner Tätigkeit als Strafverteidiger soll er unter anderem Einsicht in interne Polizeiakten genommen haben, um Vorteile für seine Klienten herauszuschlagen. Er musste einen einflussreichen Gönner haben.

August Borsig zeigte sich begeistert von der Idee einer Bürgerwehr. »Viele Berliner drängen voller Enthusiasmus zum neueingeführten Waffendienst. Gruppen von Handwerkern und Kaufleuten, aber auch von Künstlern und Studenten haben schon in eigener Initiative ›fliegende Korps‹ gebildet.«

Sie berieten einige Zeit über Einzelheiten, dann wurde Minutoli ins Schloss gerufen. Auf dem Flur kam ihm Criminal-Commissarius Waldemar Werpel entgegen. Minutoli hatte ihn selten so aufgeregt gesehen.

»Wissen Sie, was passiert ist?«, rief Werpel schon von weitem.

»Ja, eine ganze Menge. Und was wollen Sie mir nun erzählen – hat der König abgedankt?«

Für so viel Humor schien Werpel kein Verständnis aufzubringen. »Nein, der Geheime Kriegsrath von Randersacker ist an der Barrikade am Alexanderplatz tot aufgefunden worden!«

Minutoli kniff die Augen zusammen und wollte es gerne präziser hören. »Vor, auf oder hinter der Barrikade?«

Werpel brauchte einige Sekunden, um zu begreifen,

dass das ein ganz entscheidender Unterschied war. »Hinter der Barrikade.«

»Also ist er nicht unter den Soldaten gewesen, als es ihn erwischt hat?«

»Nein, als man angefangen hat aufzuräumen, hat man ihn mit gespaltetem Schädel in der Neue Königstraße in einem Weinfass gefunden, etwa zehn Schritte hinter der Barrikade.«

»Er ist also ermordet worden?«, wollte sich Minutoli vergewissern.

Werpel nickte. »Ja, davon ist wohl auszugehen.«

Minutoli erinnerte sich an den Vorfall im Hotel »König von Portugal«. Man hatte gerade noch vertuschen können, dass ein Attentat auf Randersacker verübt worden war. Minutoli überlegte. Die Frage war, ob Randersacker aus persönlichen Motiven umgebracht worden war oder eine ausländische Macht dahintersteckte, Österreich womöglich.

»Was soll ich nun machen?«, fragte Werpel, der langsam ungeduldig wurde.

»Ich muss dringend ins Schloss!«, rief Minutoli, wobei er selber wusste, dass dies keine Antwort auf Werpels Frage war. »Hängen Sie den Mord nicht an die große Glocke und sorgen Sie dafür, dass Gontard davon erfährt.«

An einen Unterricht in der Vereinigten Artillerie- und Ingenieurschule war am 20. März natürlich nicht zu denken, und so konnte Gontard in aller Ruhe zu Hause sitzen und frühstücken. Allerdings war das ungläubige Staunen, das ihn nach der Barrikadennacht befallen hatte, noch immer nicht gewichen. Unfassbares war geschehen: In Deutschland hatte es eine Revolution gegeben! Zwar war sie nur so kurz wie ein Gewittersturm gewesen, aber immerhin hatte das Volk Forderungen gestellt. Doch nun, zwei Tage später, schien sich noch nichts verändert zu haben. Es gab einige Versprechungen des Königs, aber die hielt Gontard nur für Baldrian, den man den Berlinern eingeflößt hatte, um sie ruhigzustellen. Ebenso verhielt es sich mit der Bürgerwehr. Und dafür hatte er sein Leben und seine Karriere aufs Spiel gesetzt ... Gontard blieb nur ein tiefer Seufzer.

»Abwarten, der Tag ist noch lang«, sagte Henriette.

»Was soll er schon bringen?«

Zuerst brachte er ihm den Besuch des Criminal-Commissarius Waldemar Werpel. Als der Hausdiener ihn meldete, zuckte Gontard unwillkürlich zusammen. Kam Werpel schon, ihn zu verhaften? Als Königlicher Offizier auf den Barrikaden gegen Soldaten der Königlichen Garde zu kämpfen war mit Sicherheit unehrenhaftes Verhalten und zog härteste Strafen nach sich. Blieb ihm da noch anderes als die Flucht? Fast wäre Gontard zur Hintertür gelaufen, doch da stand Werpel schon im Zimmer. Gontard entspannte sich jedoch, denn der Commissarius sah nicht so aus, als sei er als Häscher gekommen.

»Ich bitte um Entschuldigung, Sie so früh am Morgen zu überfallen«, begann Werpel, nachdem sie sich die Hand gegeben hatten, »aber Herr von Minutoli hält die Sache, wegen der er mich zu Ihnen geschickt hat, für ebenso eilbedürftig wie brisant.«

»Ich ...« Fast wäre Gontard damit herausgeplatzt, dass es sich nur um Randersacker handeln könne: Ich weiß, mein Lieber, den habe ich selbst im Weinfass entdeckt, als ich den Böller auf der Barrikade gezündet habe. Er konnte sich gerade noch zügeln.

Werpel setzte an, Gontard zu erzählen, was der selbst

viel besser wusste. Wieder musste Gontard viel Disziplin aufbringen, um dem anderen nicht ins Wort zu fallen.

»Gut, ich werde mich darum kümmern«, versprach Gontard. »Ich war ohnehin dabei zu ermitteln, wer im ›König von Portugal‹ auf Herrn von Randersacker geschossen hat.«

Werpel feixte ein wenig. »Leider bis jetzt ohne Erfolg. Wie im Falle der Tänzerin Flora Morave, wo Sie mir auch zuvorkommen wollten. Sie scheinen nicht gerade eine Glückssträhne zu haben, Herr Oberst-Lieutenant.«

»Im Gegensatz zu Ihnen«, gab Gontard zurück. »Sie haben den Mörder des Tischlergesellen Gottlieb Letschinski in Windeseile gefunden und dingfest gemacht. Oder bin ich da falsch informiert?«

»Ja, sind Sie leider«, musste Werpel eingestehen. »Wir haben also schon drei Fälle, die noch nicht aufgeklärt sind.«

»Was im Augenblick in Berlin geschieht, rechtfertigt jeden Verzug«, erklärte Gontard. Das Wort Revolution wagte er nicht in den Mund zu nehmen. »Die Leute haben anderes zu tun – und die Totengräber auch.«

»Wegen des Begräbnisplatzes für die getöteten Aufständischen gibt es Streit«, wusste Werpel zu berichten. »Einige Bürger fordern, dass die Gefallenen vom 18. und 19. auf dem Wilhelmplatz begraben werden, gleich neben den Generälen, aber die Mehrheit ist dagegen. Nur bei den Soldaten ist man sich wohl einig: Die sollen auf den Invalidenkirchhof kommen.«

»Da werde ich an der Beerdigung teilnehmen«, erklärte Gontard.

Er plauderte noch ein Weilchen mit Werpel, und der erzählte ihm, als sei das die normalste Sache der Welt, dass der Kronprinz Wilhelm, den sie jetzt alle den »Kartätschenprinz« nannten und mächtig hassten, inkognito aus Berlin geflohen sei, man am Hofe aber verbreiten würde, er sei in königlicher Mission nach England unterwegs. »Ich bin gespannt, wie das alles weitergehen wird«, schloss Werpel seine Ausführungen.

Gontard lächelte. »Keine Angst, Herr Commissarius, wer auch immer Preußen regiert und wie auch immer unsere Gesellschaft in Zukunft aussehen wird – gemordet wird immer. Sie werden also Ihr Leben nicht als Latrinenreiniger beschließen müssen.«

Damit verließ Werpel das Haus, und Gontard erklärte Henriette, dass er durch die Stadt streifen wolle, um Neuigkeiten zu erfahren. In Zivil. »Dabei werde ich mich auch gleich in der Nähe unserer Barrikade umhören, wer Randersacker zum letzten Mal lebend gesehen und wer verdächtige Personen beobachtet hat.«

Vor dem Hause Heiligegeistgasse No. 23 lag ein Haufen zerhackter Möbel herum. Man erzählte Gontard, dass sie dem Major von Preuß gehörten. »Das is 'n Verräter, der hat auf uns schießen lassen. Als Rache dafür sind wir in sein Haus eingedrungen, haben sein Mobiliar aus dem Fenster geworfen und es dann mit unseren Äxten zerhauen.«

Das hatte ein eher vornehmer Bürger mit einem nagelneuen Zylinder auf dem Kopf gesagt. Gontard schätzte, dass der Mann als Handwerker oder Händler eine Menge Geld verdiente.

Um die Petrikirche herum hatte man Tische und Stühle aufgestellt und brachte nun Speisen und Getränke herbei, um den Verwundeten und den Hinterbliebenen der gefallenen Barrikadenkämpfer etwas Gutes zu tun. In umgedrehten Mützen und Hüten wurden Münzen gesammelt, vor allem sogenannte Achtgroschenstücke. Herbeieilende Bettler wurden mit Geld, Lebensmitteln, Kleidung und Schuhen beschenkt und konnten ihre Lumpen auf den Müll werfen. Gontard war gerührt über die Nächstenliebe, die die Revolution hervorgebracht hatte. Es war wie eine Utopie, entworfen von Thomas Morus oder Tommaso Campanella. Und das im preußisch-nüchternen Berlin!

Da kam Ludwig Urban auf Gontard zu. Der Tierarzt sah reichlich missgestimmt aus.

»Warum so übellaunig?«, fragte Gontard ihn. »Bis jetzt ist zwar nicht viel gewonnen, aber auch noch nicht alles verloren.«

»Für mich wohl schon«, antwortete Urban. »Kein Offizier grüßt mich mehr. Ich habe alle meine vermögenden Kunden verloren, seitdem ich auf das Militär geschossen habe. Sie, Herr von Gontard, haben sich nicht gemein gemacht mit uns – was Ihnen nun zugutekommt.«

Er hat mich also nicht erkannt, schoss es Gontard durch den Kopf. Wieder musste er an sich halten, um nicht mit der Wahrheit herauszuplatzen. Es schmerzte ihn, dass sie ihm fortan im Café Stehely vorhalten würden, dass er zwar liberale Reden geschwungen, sie aber, als es ernst wurde, nicht in die Tat umgesetzt habe. Mit kargen Worten verabschiedete er sich von Ludwig Urban.

An der nächsten Straßenecke wurde er abermals aufgehalten. Die Kaufleute Oppenheim aus der Spandauer Straße verschenkten im Namen eines Bestattungskomitees schwarze Armschleifen an alle, die an der Beerdigung der Märzgefallenen, wie man die Toten der letzten Tage bald nennen sollte, teilnehmen wollten. So lief auch Gontard in den nächsten Tagen mit einem Trauerflor am Arm durch Berlin.

Polizeipräsident Julius von Minutoli wusste nicht mehr, wo ihm der Kopf stand. Auch an diesem Tage geschah so viel, dass er kaum noch zu folgen vermochte. Gerade war ihm die Nachricht überbracht worden, dass Kriegsminister von Rohr die Ausgabe von Waffen an die Studenten angeordnet hatte, da kam die Meldung, dass sich vor dem Palais des Prinzen von Preußen Unter den Linden eine große Menschenmenge versammelt habe. Er eilte zum Palais, wobei er es vorzog, in Zivil zu bleiben. Die Wut der Leute auf den geflohenen »Kartätschenprinzen«, den man für den Tod der fast zweihundert Barrikadenkämpfer verantwortlich machte, war ungeheuer groß.

»Wir sollten sein Haus dem Erdboden gleichmachen!«, schrie einer.

»Sofort anzünden!«

Minutoli lief die Freitreppe hinauf, postierte sich am eisernen Geländer und suchte die Menge zu beruhigen. »Keine Verletzung des Eigentums der Nation! Das Palais des Prinzen von Preußen wird hiermit zum National-Eigentum erklärt!«

Das wirkte. Das Wort *National-Eigentum* wurde in großen Buchstaben und mit dicker Farbe an die Fassade geschrieben.

Minutoli eilte ins Schloss, um von diesem Ereignis zu berichten. Dort rechnete man damit, dass das Volk das Schloss plündern würde, und war vollauf mit der Frage beschäftigt, wie man die größten Kostbarkeiten und das Privatvermögen des Königs in Sicherheit bringen konnte.

»Minutoli, haben Sie nicht einen zuverlässigen und unauffälligen Mann bei der Hand, der mehrere Kisten zum Potsdamer Bahnhof transportieren kann?«

Der Polizeipräsident überlegte und kam schließlich auf

Julius Wagner, einen Hilfsboten bei der Generalstaatskasse. Man ließ ihn kommen und versprach ihm eine hohe Belohnung, falls er den Auftrag wunschgemäß ausführen sollte. »Wir lassen Sie in den Polizeidienst aufnehmen, Wagner.«

Und Wagner gelang es tatsächlich, vier Kisten durch die Menge zu schaffen, die sich vor dem Schloss versammelt hatte. Die Bürger feierten die Freilassung der politischen Gefangenen, vor allem der Polen mit dem legendären Freiheitskämpfer Ludwik Mierosławski an der Spitze.

Minutoli fand noch Zeit, den Kriegsminister Ferdinand von Rohr von der Ermordung Randersackers zu unterrichten.

»Setzen Sie alles daran, den Mörder zu finden. Und schalten Sie auch von Gontard ein!«, ordnete von Rohr an.

In den Sekunden, in denen diese Worte fielen, stand Gontard zusammen mit Kußmaul auf dem Schloßplatz, um Mierosławski zuzujubeln. Der Sohn einer Französin und eines emigrierten polnischen Offiziers stand bei den Berliner Liberalen als Kämpfer gegen Fürstenherrschaft und -willkür hoch im Kurs. 1830, gerade einmal sechzehn Jahre alt, hatte er als Fähnrich im polnischen Novemberaufstand gegen die Russen gekämpft. In Posen hatte er 1846 die Erhebung gegen die Preußen befehligt. Deswegen hatte man ihn ein Jahr später in Berlin zum Tode verurteilt. Er war ein schöner, bärtiger Mann und ein Liebling der Berliner Damenwelt.

Jetzt fuhr er in einer offenen Kutsche durch Berlin, hielt eine schwarz-rot-goldene Fahne in der Hand und hatte neben sich bekannte Barrikadenkämpfer platziert. Es wurde ein Siegeszug vom Gefängnis in Moabit bis zum Schloss. Als er dort angekommen war, spannten einige übermütige Männer die Pferde aus und zogen den Wagen mit Mierosławski höchstselbst am König vorbei. Der stand mit einigen Ministern auf dem Balkon und schwenkte grüßend seine Mütze.

»Den Mierosławski haben wir mal zum Tode verurteilt«, murmelte ein Richter, der dicht neben Gontard stand. »Und nun ...«

Der Triumph Mierosławskis ließ wieder etwas Hoffnung in Gontard aufkeimen. Vielleicht war das Gebäude des fortschrittsfeindlichen Königtums doch morscher, als es den Anschein hatte. Und vielleicht war die Idee von einem geeinten Deutschland, in dem die Bürger eine politische Stimme bekamen, doch mehr als ein Hirngespinst.

»Was nun?«, wollte Kußmaul wissen, als der große Auftritt Mierosławskis vorüber war.

»Ich müsste mich jetzt erst einmal um die Aufklärung der Fälle Flora Morave und Richard von Randersacker kümmern«, antwortete Gontard. »Werpel alleine kommt da nicht weiter.«

»Und was ist mit deinem Sohn?«

»Mit Ferdinand – was soll mit ihm sein?«

Kußmaul grinste. »Nein, ich meine Jean-Paul.«

»Lassen wir das mit dem Sohn vorerst ... Über seine Freilassung habe ich bereits mit Minutoli und dem Minister von Rohr gesprochen, Jean-Paul müsste längst wieder zu Hause sein.«

»Sehen wir doch mal nach«, war Kußmauls Vorschlag. »Bei der Gelegenheit kannst du der schönen Flora wieder einmal tief in die Augen blicken.«

Gontard war einverstanden. Sie wandten sich Richtung Spittelmarkt. Die Lage in Berlin schien noch immer weit von jeder Normalität entfernt zu sein, aber die Revolution war ohne Zweifel verpufft. Wenn Gontard die vergangenen Tage richtig deutete, dann war den Herrschenden ein genialer Schachzug gelungen: Man hatte dem Volk gestattet, sich auf den Barrikaden auszutoben, und dann die Bürgerwehr ins Leben gerufen, um ebendieses Volk zu disziplinieren. Das ersparte dem König den Einsatz des Militärs und weckte den Anschein der Selbstverwaltung. Dass ausgerechnet der Fabrikherr August Borsig an der Spitze einer Bürgerwehrbrigade stand, war typisch für diese Entwicklung.

»Warum hast du etwas gegen diejenigen, die deinem Stande die Vormachtstellung in Preußen sichern helfen?«, fragte Kußmaul, als Gontard dem Freund seine Überlegungen offenbart hatte. »Und daraus, dass Borsig wie ein Vater für seine Arbeiter sorgt, kann man ihm kaum einen Vorwurf machen.«

»Tut er das nun aus christlicher Nächstenliebe oder aus Angst, dass man ihm seine Fabrikhallen niederbrennt und ihn an seinem Uhrturm aufknüpft?«

Kußmaul lachte. »Vielleicht spielen beide Gründe eine Rolle. Vor allem aber möchte Borsig wohl, dass seine Arbeiter fleißig sind und seinen Gewinn mehren helfen.«

»Und wenn ihnen selbst alles gehören würde?« Gontard erschrak über seine eigene Frage, denn sie ließ jenes gefährliche Gedankengut erkennen, das dieser Mann aus Trier namens Karl Marx verbreitete.

»Ich weiß nicht so recht …« Kußmaul zeigte sich skeptisch. »Die Begabungen und das Streben der Menschen sind so unterschiedlich … Und es muss wohl auch bei der menschlichen Spezies immer einen Leithammel geben, denn letztlich sind wir auch nicht anders als Tiere.«

»Was allein schon dadurch bewiesen ist, dass sich unsere Soldaten in den letzten Tagen zum Teil tatsächlich wie solche verhalten haben. Hoffentlich haben sie Jean-Paul verschont.«

Das hatten sie, denn als Gontard und Kußmaul vor Floras Mietwohnung am Spittelmarkt standen und am Klingelzug rissen, kam er frohgemut an die Tür geeilt, um ihnen zu öffnen. Auf die Frage, wie es ihm ergangen sei, antwortete er: »Man hat uns ein wenig misshandelt, in Ketten abgeführt und hungern lassen, aber ich werde es nicht tragisch nehmen, sondern eher als einen Ritterschlag ansehen. Und da man mich wegen meiner Jugend als einen Verführten betrachtet hat, bin ich unter die Amnestie unseres geliebten Königs gefallen und nach Hause zu meiner Mutter entlassen worden.«

Achtzehn

An mein Volk und die deutsche Nation.
Mit Vertrauen spreche Ich heute, im Augenblicke, wo das Vaterland in höchster Gefahr schwebt, zu der Deutschen Nation (...)
Rettung aus der (...) Gefahr kann nur aus der innigsten Vereinigung der deutschen Fürsten und Völker unter einer Leitung hervorgehen.
Ich übernehme heute diese Leitung für die Tage der Gefahr (...)
Ich habe die deutschen Farben angenommen und Mich und Mein Volk unter das Banner des Deutschen Reiches gestellt. Preußen geht fortan in Deutschland auf. (...)
Allgemeine Einführung wahrer, konstitutioneller Verfassungen (...) und eine wahrhaft volkstümliche, freisinnige Verwaltung werden allein höhere und innige Einheit zu bewirken und zu befestigen im Stande sein.
Berlin, den 21. März 1848
Friedrich Wilhelm.

Wie unzählige andere Berlinerinnen und Berliner las Christian Philipp von Gontard am Morgen des 21. März den Anschlag mit der neuesten Botschaft des Königs.

»Der König hat alle unsere Wünsche erfüllt«, hörte er seinen Nebenmann an der Ecke Dorotheen- und Friedrichstraße sagen. »Nun wird er bald Deutscher Kaiser werden.«

Gontard zuckte zusammen. Am liebsten hätte er gerufen: Das macht doch alles noch viel schlimmer! Als er später Friedrich Kußmaul davon erzählte, lachte der nur und riet ihm, schleunigst auszuwandern. »Am besten in die Vereinigten Staaten. Die suchen schon lange einen Nachfolger für den Baron von Steuben, der sich so sehr um die amerikanische Armee verdient gemacht hat.«

»Spaß beiseite! Für mich ist die amerikanische Ordnung tausendmal besser als das, was wir von Friedrich Wilhelm IV. jemals erwarten können.«

Kußmaul gab sich wie der Hof- und Domprediger Otto von Gerlach. »Der Herr, unser Gott, der Himmel und Erde gemacht hat – und somit auch Preußen –, der wird schon wissen, warum er dich, mein Sohn, in Berlin eingepflanzt hat.«

»Na, hoffentlich«, brummte Gontard, während sie sich zur Breite Straße aufmachten, um dem Umzug des Königs beizuwohnen. Das war eine patriotische Pflicht, der er sich als Königlicher Oberst-Lieutenant nicht entziehen konnte.

Kaum hatten sie sich vor dem ehemaligen Cöllnischen Rathaus an der Ecke Breite Straße und Scharrenstraße postiert, sahen sie den Zug auch schon. An der Spitze ritten Adolf Heinrich Graf von Arnim-Boitzenburg, der frischernannte preußische Ministerpräsident, Graf Schwerin und der Kriegsminister Ferdinand von Rohr. Friedrich Wilhelm IV. hatte seine Garde-Uniform angelegt und eine schwarz-rot-goldene Armbinde übergestreift. Ein Mitglied der Schützengilde trug ihm ein schwarz-rot-goldenes Banner voran. Die Berliner jubelten, schwenkten ihre Hüte und Mützen und sprangen sogar auf die Straße, um dem König die Hand zu küssen.

»Na, möchtest du nicht auch?«, flüsterte Kußmaul Gontard ins Ohr.

»Ich würde lieber dem Urban in den Hintern treten.«

Der große Barrikadenheld schritt feierlich hinter dem König und hielt eine eilig hergestellte monströse Kaiserkrone in den Händen.

»Friedrich Wilhelm – hoch!«, tönte es von allen Seiten.

Der König verspürte daraufhin das Bedürfnis, zum Volke zu sprechen.

»Ich habe heute die deutschen Farben angenommen und mich und mein Volk unter das ehrwürdige Panier des Deutschen Reiches gestellt. Preußen ist von nun an Teil Deutschlands!«

Eine alte Marktfrau, die neben Gontard stand, schrie mitten in die Rede des Königs hinein: »Glaubt ihm nicht! Er lügt! Er hat immer gelogen!«

Man stieß sie nach hinten und hätte ihr wohl auch, wie ein Umstehender drohte, »eins aufs Schandmaul gegeben«, wenn Gontard sie nicht in Schutz genommen hätte. »Ab heute gilt doch Meinungsfreiheit, oder?«

Als der Zug mit dem König in Richtung Schloßplatz weitergezogen war, überlegten Gontard und Kußmaul, was sie mit dem angebrochenen Tag anfangen sollten.

»Ich muss mich wohl in meine Ordination begeben«, sagte Kußmaul schließlich. »Vielleicht hat so mancher beim Auftritt des künftigen Deutschen Kaisers doch Bauchschmerzen bekommen. Und was machst du? Eilst du in den Hörsaal, um dich über den Einsatz der Artillerie bei Barrikadenkämpfen zu verbreiten?«

»Nein, bei uns fällt der Unterricht weiterhin aus. Was bleibt mir da anderes übrig, als mich wieder Flora Morave und Richard von Randersacker zuzuwenden?«

Und so lief er zur Wilhelmstraße, um sich im Randersacker'schen Palais umzuhören. Auguste Gärtner empfing ihn an der Tür. »Ick weeß, wer Sie sind, und bring Ihnen mal zu die trauernde Witwe hin.«

Nun, die frühere Freiin Magdalene von Lixna schien über den Verlust ihres hochmögenden Gatten nicht so tief bestürzt zu sein, wie es die Etikette vorgab. Gontard sprach ihr dennoch sein Beileid aus.

»Danke, Herr von Gontard. Sie werden an der feierlichen Beerdigung der fünfzehn gefallenen Soldaten auf dem Invalidenfriedhof teilnehmen?«

»Ja.«

»Das freut mich. Ich habe erreichen können, dass mein Mann zu den gefallenen Soldaten gezählt wird, obwohl er in Zivil unterwegs war und hinter der Barrikade gestorben ist, nicht vor ihr. Im Auftrag des Kriegsministeriums sollte er den Feind auskundschaften.«

»Er könnte aber durchaus als Privatperson ermordet worden sein«, unterbrach sie Gontard. »Oh, Pardon, ich wollte nicht unhöflich sein.«

Magdalene von Randersacker lächelte, ein wenig bitter, ein wenig amüsiert. »Ich weiß, worauf Sie hinauswollen, lieber Herr von Gontard. Sie haben seine zahlreichen Amouren im Kopf und wollen andeuten, dass wir es möglicherweise mit der Rache einer enttäuschten Geliebten zu tun haben. Aber hätte die ihn mit einem Beil erschlagen?«

»Nun, ein Schädel ist kein Eichenklotz, und manche Mamsell ist es gewohnt, ein Beil in der Hand zu haben. Unsere benutzt es gern, wenn es ihr an Kleinholz zum Entfachen des Herdfeuers mangelt, andere gehen zum Hauklotz, um einem lebendig gekauften Huhn den Kopf abzuschlagen.«

»Hören Sie auf!« Magdalene von Randersacker schlug die Hände vors Gesicht.

Gontard blieb nichts, als erneut um Entschuldigung zu bitten. »Es tut mir leid, aber ...« Er wechselte schnell das Thema. »Ich will versuchen, die Tat zu rekonstruieren. Wissen Sie, wo sich Ihr Mann am 18. März aufgehalten hat?«

Sie überlegte. »Ich kann mich nur daran erinnern, dass er zu den Thoren im Nordosten wollte, um dafür zu sorgen, dass sie passierbar wären, falls auswärtige Truppen in die Stadt einrücken sollten.«

»Ah, ich verstehe«, Gontard freute sich, endlich einen Ansatzpunkt gefunden zu haben. »Im Nordosten wären das Landsberger, das Prenzlauer und in der Mitte das Königsthor. Letzteres scheint mir das interessanteste zu sein, denn ich kann mir vorstellen, dass Ihr Mann von dort aus die Neue Königstraße in Richtung Alexanderplatz entlanggelaufen ist – um hier seinem Mörder zu begegnen.«

»Oder seiner Mörderin«, fiel ihm die Witwe des Kriegsraths ins Wort.

»Wie das?« Gontard war für einen Augenblick verwirrt.

»Weil ihn diese Tänzerin, diese Flora Morave, fürchterlich gehasst hat – was weiß ich, warum. Und womöglich war sie es auch, die im ›König von Portugal‹ auf ihn geschossen hat.«

Das traf Gontard wie ein Kolbenhieb. »Aber ... aber ...«, stammelte er, »im Hotel war die Tatwaffe eine Pistole, hinter der Barrikade ein Beil oder eine Axt.«

Magdalene von Randersacker musterte ihn, als sei er der letzte Trottel. »Wieso soll das eine das andere ausschließen?«

»Sie haben recht, auszuschließen ist natürlich nichts.«

Fast hätte er hinzugefügt: Nicht einmal, dass Sie selbst die Täterin sind. Er hatte Mühe, sich wieder zu fangen und seine Gedanken zu ordnen. Flora war eine sehr empfindsame Frau und durchaus zu unkontrollierten Handlungen fähig. Aber auf Randersacker zu schießen oder ihn gar mit einem Beil zu erschlagen – das traute er ihr nicht zu. Doch was war mit Jean-Paul? Gab es überhaupt Beweise, dass er ihr Sohn war? Wenn es sich bei ihm nun um ihren Liebhaber handelte und er Randersacker aus dem Wege geschafft hatte, um einen Nebenbuhler loszuwerden ... Dich hat der Wahnsinn gepackt!, dachte Gontard.

»Ist Ihnen nicht gut, Herr von Gontard? Soll Ihnen unser Mädchen ein Glas Wasser holen?«

»Ja, bitte.«

Magdalene von Randersacker klingelte nach Auguste. »Hoffentlich hört sie mich, in letzter Zeit hat sie nur noch ihre Hochzeit im Kopf.«

Gontard sah plötzlich eine neue Spur. »Entschuldigen Sie bitte die Frage, aber könnte es sein, dass Ihr Mann Auguste nachgestellt hat?«

»Treffer, Herr Oberst-Lieutenant, *á la bonne heure*! Er war in der Tat hinter ihr her.«

»Nun, dann käme auch Augustes Bräutigam als Täter in Frage ...«

Magdalene von Randersacker nickte. »Dieser Franz Watzlawiak? Durchaus. Ich habe gehört, dass einige von Borsigs Maschinenbauern auf den Barrikaden gekämpft haben.«

Es gab viel zu drucken in diesen Tagen. Heinrich Carrenzien hatte sich dennoch am 21. März auf dem Dönhoffplatz einzufinden, dem Sammelplatz seines Bataillons im

62. Berliner Bezirk, dem Spittelmarkt-Bezirk. Der Major dieses Bataillons war der Justiz-Commissarius Licht aus der Kronenstraße, der Hauptmann Herr Rösicke. Seit gestern schon patroullierte man durch die angrenzenden Straßen – in angespannter Atmosphäre, denn die Toten der Barrikadenkämpfe waren noch nicht beigesetzt worden. Man befürchtete, dass es im Verlaufe der Trauerfeier zu neuen Unruhen kommen würde.

Die Stimmung auf dem Dönhoffplatz war gedämpft. Um Carrenzien herum wurde geraucht. Man genoss eine ganz besondere Errungenschaft der Revolution: die Aufhebung des Rauchverbots in der Öffentlichkeit. Diejenigen, die zur Nachtwache eingeteilt waren, begannen zu schimpfen.

»Ja, det is ne scheene Zeit! Ick weeß jar nich, wat se mit ihre dumme Freiheit wollen. Ick hab ma unter't alte System janz jut befunden, denn wennste ordentlich warst, hat dir keen Schandarm nischt gethan, und nu muss ick als ordentlicha Bürjer de Familje un Muttan uff ne janze Nacht verlassen un uff de Wache mit alle möglichen Entbehrungen kämpfen!«

»Hört auf zu meckern!«, rief Carrenzien. »In der Wachstube kriegt ihr immerhin zu essen und zu trinken, ohne dass ihr dafür zahlen müsst.«

Da schwiegen sie lieber, denn sie hatten Angst, Carrenzien könnte einmal zuschlagen. Als einige laut zu singen und zu lärmen anfingen, brach der alte Kellerhalsredner aus ihm hervor, und er begann, sie zur Räson zu rufen. »Mensch, Kinder, denkt doch mal daran, was die Leute sagen werden, wenn ihr euch weiter so aufführt! ›Ihr seid noch nicht reif für die Freiheit‹, werden sie sagen. ›Gebt eure Waffen ab. Soldaten, kommt zurück und stellt die alte Ordnung wieder her.‹ Die Ruhe aufrechtzuerhalten ist also unsere oberste Pflicht. Wem die teuer errungenen Freiheiten etwas wert sind, der stimme mit ein in den Ruf: ›Ein Hundsfott, wer ab heute noch die Ruhe stört!‹«

Gontard kam am Abend des 21. März und den ganzen folgenden Tag nicht dazu, in der Sache Morave und Randersacker weiter zu ermitteln, zu sehr nahm ihn das Tagesgeschehen in Anspruch.

Zuerst ging er mit Kußmaul in die neue Friedrichswerdersche Kirche, wo die Särge der gefallenen Bürger aufgereiht waren. Sie standen noch offen, und viele Angehörige waren gekommen, Abschied von den Toten zu nehmen. Es galt aber auch, die Leichen zu identifizieren, Namen, Alter, Geburtsort, Beruf und letzte Wohnadresse auf einen Zettel zu schreiben und diesen neben den Sarg zu legen.

Der Anblick war in manchen Fällen so schrecklich, dass Gontard fast übel wurde. Einige hatten gespaltene Schädel, und das Gehirn war herausgequollen, manchen hatten Kanonenkugeln den Körper zerfetzt und Arme und Beine abgetrennt. Alles war voll von geronnenem Blut. Frauen fielen in Ohnmacht, als sie ihren Mann oder Sohn entdeckten. Andere begannen, die Toten würdig herzurichten. Verbände wurden angelegt und mit grünen Zweigen geschmückt.

Gontard und Kußmaul sahen sich die Zettel an, die neben den Toten lagen. Auffallend viele Handwerksgesellen und Meister waren darunter, Buchdrucker, Tischler, Sattler, Schneider, Schmiede, Maurer und Schlosser, aber auch Dienstleute, Arbeitsmänner und Facharbeiter wie Maschinenbauer. Dazu kamen kleine Gewerbetreibende.

Was Gontard und Kußmaul verwunderte, war der hohe Anteil von Toten aus den gebildeten Ständen, Lehrer, Studenten, Referendare und Künstler. Auch drei adlige Namen entdeckten sie.

»Du wärst nicht der Einzige gewesen, wenn es dich erwischt hätte«, murmelte Kußmaul.

Schweigend verließen sie die Kirche und liefen zum »Hôtel de Russie«, Unter den Linden No. 23, wo sich all diejenigen versammelt hatten, die zwei Tage später den »Politischen Club der Demokraten« gründen sollten. Gerade wurde darüber diskutiert, ob die bei den Barrikadenkämpfen umgekommenen Bürger und Soldaten gemeinsam beerdigt werden sollten.

»Ich bin dafür!«, rief jemand. »Denn sie sind gemeinsam gestorben.«

»Ich bin dagegen!«, kam es von anderer Seite. »Eine gemeinsame Beerdigung würde bedeuten, dass die verhassten Truppen, die gerade erst aus Berlin abgezogen worden sind, wieder in die Stadt gelassen werden müssten.«

Diese Meinung wurde von einer überwältigenden Mehrheit geteilt.

»Das heißt, du kannst zweimal zur Trauerfeier antreten«, flüsterte Kußmaul Gontard zu.

»Davon bin ich von Anfang an ausgegangen.«

Jemand wollte erfahren haben, dass auch Minutoli und die Militärs gegen eine gemeinsame Bestattung aller Toten seien. »Der Polizeipräsident fürchtet Ausschreitungen, und die Generalität will geheim halten, wie viele Soldaten gefallen sind.«

Ausführlich debattierte die Versammlung ebenfalls darüber, wo man die Toten bestatten sollte: auf einem zentralen Ehrenplatz innerhalb der Stadtmauern oder auf einem eigens zu schaffenden Begräbnisplatz auf einer Erhöhung im Friedrichshain. Der letzte Vorschlag wurde schließlich angenommen, und man riss dafür sogar eine Holländermühle ab.

Am 22. März versammelten sich alle politisch interessierten Berliner zur Trauerfeier für die Märzgefallenen auf dem Gensdarmen-Markt. Vor der Deutschen Kirche waren 183 Tote aufgebahrt worden. Ihre Särge standen in drei Halbkreisen auf einem gigantischen Katafalk. Die Säulen der Kirche waren mit schwarzem Trauerflor behangen. Ein zweistündiger Gottesdienst begann, in dem ein protestantischer Prediger, ein katholischer Kaplan und ein Rabbiner das Wort ergriffen.

Neben Gontard und Kußmaul stand Adolph Menzel mit seinem Kollegen Johann Jakob Kirchhoff und fertigte Bleistiftskizzen an.

Kurz vor zwei Uhr traten jeweils sechs kräftige Männer an einen der Särge, drei auf jede Seite, hoben ihn auf ihre Schultern und trugen ihn zum Trauerzug, der sich langsam formierte. Die Glocken läuteten, ein Posaunenchor blies *Jesus, meine Zuversicht*, womit sich der Zug in Bewegung setzte, durch die Innenstadt, dem Friedrichshain entgegen. Junge Leute, bewaffnet mit Gewehren und Säbeln, reihten sich ein, eine Abteilung des Handwerkervereins kam hinzu, ein Musikcorps und ein Chor mit vierhundert Sängern schlossen sich an, dann Männer mit den Bannern einzelner Gewerke sowie Deputationen vieler deutscher Städte, dazu Blöcke der kommunalen Behörden und der Ministerien. Die Gruppe der Fabrikbesitzer führte August Borsig an. Auch Alexander von Humboldt und Rudolf Virchow waren zu sehen.

Durch die Charlottenstraße ging es zum Schloss. Der

König trat, umgeben von seinen Ministern, auf den Balkon und huldigte den Toten, indem er den Helm abnahm.

Es wurde Abend, bis alle Särge in ihre Gruft gesenkt und alle Leichenreden gehalten worden waren. Am meisten gingen Gontard die Worte des Assessors Jung ans Herz, der den Club der Demokraten vertrat. »Wohlan denn, es schweige die blutige Rache, aber statt ihrer entstehe aus dem Blut ein mahnender Geist, ein Geist der Wachsamkeit, der uns auf ewig vor jener Versunkenheit bewahre, die das deutsche Volk zum Spielball einheimischer und fremder Politik machte ... Wenn ihr vereint auf den Barrikaden sterben konntet, so werdet ihr auch vereint leben können. Wenn der Reiche ohne Misstrauen mit dem Mann im zerrissenen Rock die Gefahr des Kampfes teilen konnte, wie sollte er ihn zurückstoßen können von irgendeiner Institution, irgendeinem Rechte, welches der Kampf errungen hat ... Tragt sie ab, die Barrikaden eures Herzens. Es gibt keinen Pöbel mehr. Denn die Gefallenen haben mit ihrem Blut den Bürger- und Freiheitsbrief besiegelt.«

Neunzehn

Es war erst im Februar 1848 gewesen, als Christian Philipp von Gontard auf dem Invalidenfriedhof gestanden hatte, um an den Trauerfeiern für Boyen und Lossau teilzunehmen. Wer da laut an eine Revolution in Preußen gedacht hätte, dem wäre wahrscheinlich ein Platz in einer der Königlich-Preußischen Provinzial-Irrenanstalten sicher gewesen.

Nun, am 24. März, wurden die bei den Barrikadenkämpfen gefallenen Soldaten beerdigt – *die* gefallenen Soldaten, wie es offiziell hieß. Im Volke wurde jedoch gemunkelt, dass man die Mehrzahl der getöteten Soldaten in der Nacht heimlich auf einem Lastkahn fortgeschafft hatte. Ein Schiffer erzählte, dass es sich dem Tiefgang zufolge um mehr als eintausend Leichen gehandelt haben musste. Offiziell waren auf dem Kahn Kommissbrote transportiert worden. Nach Gontards Informationen waren im Kriegsministerium die Verluste des Militärs mit 271 Soldaten beziffert worden. Dazu kamen noch rund 250 Verwundete. Warum logen die Verantwortlichen? Wahrscheinlich, um die Stimmung bei den Soldaten nicht weiter aufzuheizen, denn im preußischen Heer wie auch im Adel war man voller Zorn auf die Berliner Bürger, die ihnen am 18. März eine Schmach bereitet hatten. Die bürgerlichen Kreise dagegen bemühten sich um Versöhnung. Etliche ihrer Deputationen waren schon um sieben Uhr morgens erschienen, so auch der Fabrikherr August Borsig mit seinen Maschinenbauern. »Das gebietet der Anstand«, erklärte er den Umstehenden. »Und es dient der Aussöhnung.«

Gontard trat an den Sarg des Geheimen Kriegsrathes Richard von Randersacker und schwor sich, dessen Mörder zu finden. Was aber sollte er tun, wenn Randersacker nicht aus privaten Gründen erschlagen worden war, sondern doch von einem Revolutionär?

Der Prediger der Garnison und der General von Natzmer hielten anrührende Reden. Draußen vor dem Friedhof ertönte Hurra-Geschrei, aber auch »Militär zurück!« war zu hören. Was bedeutete das? Sollte das Militär zurück in die Kasernen oder zurück in die Hauptstadt?

Diese Umstände führten Gontard zu dem Entschluss, den Fall Randersacker vorerst beiseitezulegen und sich erst einmal dem Anschlag auf Flora Morave zuzuwenden. Er würde seine Ermittlungen im Thiergarten fortsetzen, wo man die Tänzerin hatte ermorden wollen. Auf dem Weg vom Invalidenfriedhof zur Dorotheenstraße rekapitulierte er noch einmal: Er ging mit Kußmaul spazieren, da brach ein Spaziergänger aus dem Unterholz hervor und schrie um Hilfe. Sie folgten dem Mann und fanden die bewusstlose Flora, die aus einer Verletzung am Kopf stark blutete. Später in der Charité hatte sie sich an nichts erinnern können.

Als er durch das Neue Thor ging und auf den Luisenplatz kam, schlug er sich mit der flachen Hand gegen die Stirn. »Du Kretin!« Bei aller Aufregung und Sorge um Flora hatte er völlig vergessen, seinen Freund Kußmaul nach dem Namen des Mannes zu fragen, der sie gefunden hatte. Da er »Herr Doktor!« gerufen hatte, handelte es sich sicher um einen Patienten oder einen Bekannten von Dr. Kußmaul. Ohne zu zögern, setzte sich Gontard in eine der wartenden Droschken. »Bitte zum Löben'schen Haus, an der Ecke Leipziger und Jerusalemer Straße.«

Dort angekommen, hatte er eine Weile zu warten, denn Kußmaul absolvierte gerade einige Hausbesuche. Als er endlich eintraf und Gontard ihn nach dem Mann im Thiergarten fragte, brauchte sein Freund nicht lange zu überlegen. »Das war der Eisenbahn-Inspector Wilhelm Lemcke aus der Commandantenstraße.«

»Danke! Weißt du auch, bei welcher Gesellschaft er beschäftigt ist? Dann könnte ich gleich zu ihm hinfahren.«

Jetzt musste Kußmaul doch einen Augenblick nachdenken. »Ich glaube, er ist bei der Berlin-Stettiner Eisenbahn-Gesellschaft.«

Gontard machte sich auf den Weg zurück zur Invalidenstraße. Wenn er das eher gewusst hätte! Zum Glück fand er am Dönhoffplatz eine freie Droschke. Nun ging es nach Norden.

Als Gontard den – erst vor kurzem erbauten – Stettiner Bahnhof erreicht hatte, lag das Feuerland vor ihm, Borsigs Schornsteine und Fabrikhallen an vorderster Stelle. Der aufsteigende Rauch zeigte, dass die Barrikadenkämpfer wieder an ihre Arbeitsplätze zurückgekehrt waren. So schnell war es also vorbei mit der Revolution. Aber noch war auf die Deutsche Nationalversammlung zu hoffen, die es bald geben sollte.

Der Eisenbahn-Inspector Wilhelm Lemcke war ein zugänglicher Mann und erklärte sich sofort bereit, mit Gontard in den Thiergarten zu fahren. »Sie haben recht, Herr Oberst-Lieutenant, vielleicht fällt mir wirklich noch etwas ein, wenn wir uns an den Ort der Untat begeben.«

Wie an jedem Bahnhof standen auch am Stettiner etliche Droschken bereit, und so fuhren sie in den Thiergarten. Am Ende der Kleinen Sternallee ließ Gontard den Kutscher halten. Für eine Vorabzahlung von zehn Silbergroschen erklärte sich der Mann nach längeren Verhandlungen bereit, auf sie zu warten.

Gontard und Lemcke wollten nun die Stelle wiederfinden, an der Flora Morave ihr Pferd zur Tränke geführt hatte.

Sie mussten nicht lange suchen. »Hier muss es gewesen sein«, erklärte Lemcke.

Gontard stimmte ihm zu. »Lassen Sie uns mit der Suche beginnen. Vielleicht finden wir doch noch eine Spur.«

Gut zehn Minuten lang durchkämmten sie nun das Gelände, ohne etwas Interessantes entdecken zu können.

»Es wäre auch zu schön gewesen, wenn der Täter eine Visitenkarte hinterlassen hätte«, sagte Gontard. »Aber wenn Sie jetzt die Augen schließen und nachdenken, Herr Lemcke – können Sie sich dann an einen Mann erinnern, der Ihnen bei Ihrem Spaziergang begegnet ist und verdächtig ausgesehen hat?«

»Nein, Herr Oberst-Lieutenant, mir ist niemand aufgefallen.«

Das Wort *aufgefallen* brachte Gontard auf eine Idee: War Flora vielleicht vom Pferd gefallen und hatte den Vorfall als Mordversuch hingestellt, um sich in Berlin wieder ins Gespräch zu bringen? Wenn er an ihren Geltungsdrang dachte, kam ihm das plötzlich durchaus nicht unwahrscheinlich vor. Doch wie sollte man ihr das nachweisen? Es schien ihm unmöglich. Aber vielleicht reizte es ihn gerade deshalb, einen Versuch zu wagen.

Er bedankte sich bei Wilhelm Lemcke, brachte ihn zum Stettiner Bahnhof zurück und ließ sich selbst zum Spittelmarkt fahren, um mit Flora zu reden. Doch Mutter und Sohn waren ausgeflogen, wie ihm die Witwe Neumann mitteilte.

»Se vatreten sich aba nur mal kurz de Beene und müssten bald wieda zurück sein. Wenn Se so lange mit mir vorliebnehm woll'n, Herr Oberst-Lieutenant?«

Gontard zögerte. Er befürchtete, dass die Vermieterin herausfinden wollte, in welchem Verhältnis er zu Flora Morave stand. Andererseits bot sich bei einem Gespräch mit ihr die Gelegenheit, sie über Flora auszufragen. So folgte er also Martha Neumann in deren gute Stube.

»Obwohl det ja unschicklich is, 'n fremder Mann alleene mit mir. Aba Sie werden mir ja schon nich zu nahe treten.«

Dass sie sich das zu wünschen schien, war kaum zu übersehen. Das hatte ihm gerade noch gefehlt! Gontard wählte einen Stuhl, der möglichst weit von ihrem entfernt am Esstisch stand, und begann als Erster zu reden, um sie erst einmal ruhigzustellen.

»Sie wissen sicher, Frau Neumann, dass ich mich ab und an kniffligen Criminalfällen widme. Derzeit bin ich auf der Suche nach dem Mann, der Flora Morave im Thiergarten nach dem Leben getrachtet hat. Wie ist denn ihr Gemütszustand?«

»Meina?«

»Nein, der von Madame Morave.«

»Na, ick weeß nich ...« Die Witwe Neumann suchte nach passenden Worten. »Sonderlich mitjenommen hat se det Janze wohl nich. Da isse ma zu fröhlich zu, trotz ihre Wunde am Koppe.«

Das bestätigte Gontard in seiner Vermutung, dass Flora in Wirklichkeit einen Reitunfall erlitten und den Mordversuch nur vorgetäuscht hatte, um damit ihre Rückkehr nach Berlin allen bekannt zu machen, vor allem möglichen Liebhabern wie Randersacker, aber auch den Intendanten der Berliner Bühnen und nicht zuletzt dem Publikum. Ein kluger Schachzug, zweifellos.

Er hätte die Neumann gern noch weiter über Flora ausgehorcht, da kamen die Tänzerin und Jean-Paul aber schon von ihrem kleinen Spaziergang zurück.

Als sie außer Hörweite von Martha Neumann waren, begann Flora das Gespräch mit einem Vorwurf. »Dass du Jean-Paul dazu verführt hast, auf die Barrikaden zu klettern, werde ich dir nicht so schnell verzeihen.«

»Mutter«, ging der junge Mann dazwischen, »ich habe das aus völlig freien Stücken getan.«

Aber für Flora war dieses Thema noch lange nicht erledigt, und erst nach zehn Minuten konnte Gontard sie auf den Grund seines Besuches ansprechen.

»Herzlichen Glückwunsch, liebe Flora!« rief er. »Mir ist es gelungen, den Mann zu finden, der dich im Thiergarten ermorden wollte.«

Diese Mitteilung traf sie wie ein Schlag. Sie fasste sich an den Kopf, genau an die Stelle, an der ihre geschickt drapierten Haare die Wunde verdeckten. Dann fingen ihre Hände derart an zu zittern, dass ihr der rundgeschliffene Halbedelstein, mit dem sie gerade gespielt hatte, zu Boden fiel. Sie glitt vom Stuhl und suchte ihn auf den Dielen, bevor die beiden Männer ihr zuvorkommen konnten.

»Mein Mörder«, flüsterte sie, ohne dabei zu Gontard aufzusehen. »Wer ist es denn?«

»Der ... der ...«, das hatte sich Gontard nicht überlegt,

und so musste er extemporieren, »... der so ehrbar erscheinende Eisenbahn-Inspector Wilhelm Lemcke. Ein Vater von fünf Kindern, der sich bei deinem Anblick vergessen hatte und dich unbedingt besitzen wollte. Nun erwarten ihn viele Jahre Zuchthaus ...«

»Mutter, das kannst du nicht zulassen!«, brach es aus Jean-Paul heraus.

Gontard hätte den Jungen umarmen können, denn damit war sein Verdacht bestätigt. Jetzt fehlte nur noch Floras Geständnis. Das folgte ein paar Minuten später unter so vielen Tränen, dass er sie in den Arm nahm, um sie zu trösten.

»Komme ich nun ins Gefängnis?«, schluchzte sie.

»Nein, ich werde dir zuliebe schweigen, obwohl das meinen Ruf als unfehlbarer Criminalist ernsthaft gefährdet.«

Als Gontard auf dem Heimweg in die Dorotheenstraße einbog, kam ihm sein Bursche entgegen, den sie schon vermisst hatten.

»Da bin ick wieda!«, rief Paul Quappe. »Unkraut vajeht nich.« Dann berichtete er ausführlich, wie er Opfer einer tragischen Verwechslung geworden war. »Keena wollte mia jlooben, und je mehr ick jezetert habe, umso mehr ham se mia für schuldich jehalten. Det Jlück im Unjlück war aba dann, det se den richtichen Täta doch noch awischt ham und der denn ooch 'n vollet Jeständnis abjelegt hat. Wenn nich, hätte ick Ihnen noch anfordern müssen, Herr Oberst-Lieutenant.«

Zwanzig

Der 26. März 1848 war ein Sonntag, und sowohl in den katholischen als auch in den evangelischen Kirchen wurden Trauergottesdienste abgehalten. Am Nachmittag sollte es vor dem Schönhauser Thor eine große Volksversammlung geben.

Criminal-Commissarius Werpel hatte schlechte Laune, denn am Vortrag hatte ein mahnendes Schreiben des Polizeipräsidenten auf seinem Schreibtisch gelegen: Er möge schleunigst seine Dienstgeschäfte wiederaufnehmen und alle noch auf freiem Fuße befindlichen Mörder endlich dingfest machen. Minutoli hatte sich auch erkundigt, was er im Falle des Gottlieb Letschinski herausgefunden habe. Nichts hatte er herausgefunden. Aber das in seiner Antwort zu formulieren, wagte Werpel nicht.

So rief sich Werpel nach dem Frühstück die Fakten in Erinnerung. Den Tischlermeister Theodor Qualitz hatte er schon längst als völlig harmlos abgehakt. Sein Hauptverdächtiger im Falle Letschinski war immer noch dieser Franz Watzlawiak, und in seiner Kladde fand er schnell die Notiz, die er sich in der Hausvogtei gemacht hatte:

Dem Watzlawiak ist eine Bluttat durchaus zuzutrauen. Nicht laufen lassen, unbedingt vors Gericht bringen!

Angefangen hatte es mit dem Verdacht, Franz Watzlawiak habe den Arbeitsmann Ferdinand Dünnebier niedergeschlagen, als der versucht hatte, mit Watzlawiaks Braut Auguste Gärtner anzubändeln. Dann war Watzlawiak wegen einer Schlägerei mit Gottlieb Letschinski in das Hausvogtei-Gefängnis gebracht, aus diesem aber durch die Intervention des Fabrikherrn Borsig schnell wieder entlassen worden. Watzlawiak sei ein ausgezeichneter Maschinenbauer und in der Fabrik unentbehrlich, hatte es geheißen. »Hm ...« Werpel stieß auf einen Vermerk, demzufolge Auguste Gärtner zugegeben hatte, mit besagtem Letschinski ausgegangen zu sein. Wenn Watzlawiak davon gewusst hatte, musste das seine Eifersucht gewaltig angefacht haben. Aber wie konnte man dem Maschinenbauer die Tat nachweisen? Werpel fiel partout nichts ein, und das ließ ihn unruhig werden, so dickfellig er in den letzten Jahren auch geworden war. An den Barrikadenkämpfen des 18. März hatte er sich nicht beteiligt, der Schreck saß dennoch tief. Wenn dieser Ludwig Urban mit seinen Anhängern wirklich die Oberhand gewann, dann wollten die Deputierten sicherlich bald auch die Polizei neu organisieren, und wer da als Nulpe galt, den würden sie auf die Straße setzen. Also musste er jetzt alles tun, um sich seines Amtes würdig zu erweisen. Vielleicht sollte er diesen Watzlawiak heimlich beobachten, ging es ihm weiter durch den Kopf, um herauszubekommen, mit wem er sich traf. Möglicherweise ließ sich sogar ein Freund von Watzlawiak finden, der diesen im Zweifelsfalle verriet. So machte Werpel sich auf den Weg in die Linienstraße, um Watzlawiak unauffällig zu folgen, wenn er seine Wohnung verließ.

Gegen elf Uhr trat Watzlawiak wirklich auf die Straße.

Er sah sich nach beiden Seiten um. Erwartete er jemanden, oder war er nur unschlüssig? Schließlich wandte Watzlawiak sich nach links, Richtung Rosenthaler und Schönhauser Thor. Sicherlich wollte er zur Volksversammlung. Ein wenig enttäuscht folgte ihm Werpel. Das gelang ihm ohne Schwierigkeiten, denn wegen der Versammlung waren viele Menschen unterwegs, und so fiel der Commissarius nicht auf. Sie passierten die Einmündungen etlicher Straßen, der Großen Hamburger, der Rosenthaler und der Alten Schönhauser, aber Watzlawiak blickte weder nach links noch nach rechts. Dann bog er plötzlich in die Grenadierstraße ab. Werpel war ihm bisher lustlos hinterhergetrottet, nun aber war er schlagartig wach, denn hier in der Grenadierstraße war Gottlieb Letschinski erschlagen worden. Werpel erinnerte sich an die alte Weisheit, dass Mörder immer zum Ort der Tat zurückkehrten. War das nun auch bei Watzlawiak der Fall? Wenn Werpel ihn festnehmen konnte, würde ihn alle Welt bejubeln und ihm zu seinem unfehlbaren Instinkt gratulieren. Dann konnte der so häufig verachtete Criminal-Commissarius Waldemar Werpel endlich aus dem Schatten Gontards heraustreten. Werpel spürte, dass seine große Stunde gekommen war. Er verbarg sich schnell in einem Hauseingang, damit Watzlawiak ihn nicht entdeckte. Von seinem Versteck aus hatte er die Ecke zur Hirtenstraße und den Tatort im Blick. Sein Herz schlug so schnell, wie man es bei einem alten Hasen wie ihm eigentlich kaum vermuten sollte.

Was machte Watzlawiak? Er sah sich nach allen Seiten um und ging dann auf das erste Haus in der Hirtenstraße zu. Dabei handelte es sich um eine Ruine, die man schon abgerissen hätte, wenn die Revolution nicht dazwischengekommen wäre. In dieses Haus stieg Watzlawiak nun ein. Die Fenster waren bereits ausgehakt, so dass er dabei keine Mühe hatte. Werpel schnellte vor und postierte sich, dicht an die Hauswand geschmiegt, neben der Fensterhöhlung, in der Watzlawiak verschwunden war. In der Ruine rumpelte es ein paarmal. Hatte Watzlawiak dort eine zweite Leiche versteckt, die er fortschaffen wollte, bevor am Montagmorgen die Arbeiter kamen? Oder holte er sein Tatwerkzeug, dessen er sich nach dem Mord an Letschinski in aller Eile entledigt hatte? In wenigen Sekunden würde sich alles aufgeklären ...

Da kletterte Watzlawiak auch schon aus dem Fenster. In der Hand hielt er ein Beil, in dessen Stiel *F. WATZ* eingebrannt war. Auf der blanken Schneide war geronnenes Blut zu erkennen. Das bewies alles. Watzlawiak ließ das Beil unter seiner Arbeitsbluse verschwinden.

Werpel schnellte vor. »Watzlawiak, Sie sind verhaftet!«

Franz Watzlawiak zögerte keine Sekunde. Er riss das Beil hervor und holte aus, um dem Commissarius den Schädel zu spalten.

Es war ein trüber Tag, dennoch strömten die Berliner, unter ihnen auch Christian Philipp von Gontard und Friedrich Kußmaul, frohen Herzens zum Schönhauser Thor. Gontard und Kußmaul hatten sich vor der Garnisonkirche in der Neuen Friedrichstraße getroffen und liefen nun über die Rochstraße, die Kunowskibrücke und die Dragonerstraße zum Versammlungsplatz. Dabei handelte es sich um den Exerzierplatz der 11. Garde-Infanterie, der etwa eine halbe Meile hinter dem Thor lag. In der Mitte des Platzes stand eine einsame Pappel, geschmückt von einer großen schwarz-rot-goldenen Fahne. Um den Baum herum hatte man aus übereinandergestapelten Tischen eine Tribüne errichtet. Auf der erkannten sie den Kleidermacher Ferdinand Eckert und den Tierarzt Ludwig Urban im blauen Rock. Urban begrüßte um drei Uhr die Anwesenden mit seiner allseits bekannten Stentorstimme. »Ich freue mich, dass Gott so viele Menschen hergeführt hat.«

Danach ergriff Eckert das Wort und nahm der Menge das feierliche Versprechen ab, Ruhe zu bewahren, was auch immer kommen möge. Anschließend wurden drei Vertreter des Vereinigten Landestages vorgestellt, dann ergriffen vierzig Redner aus allen Ständen und vielen Gewerken das Wort. Einige von ihnen wollten die Gelegenheit nutzen, sich den Berlinern als mögliche Anwärter für eine Deutsche Nationalversammlung vorzustellen.

»Ich hätte nicht gedacht, dass Freiheit so mühsam sein kann«, brummte Gontard. »Und wenn auch schon alles gesagt worden ist, es gibt immer welche, die meinen, sie müssten es noch einmal wiederholen.«

Kußmaul versuchte, weise zu lächeln. »So ist nun mal die Welt. Wenn das Volk sein Oberhaupt selber wählen kann, geht es turbulent zu, weil viele regieren wollen, die zwar keinerlei Begabung dazu mitbringen, den anderen aber mit dem Munde überlegen sind.«

»Wir werden schon noch lernen, die Richtigen auszuwählen.« Gontard sprach sich selber Mut zu.

»Mit dem Adel als geborener Elite war alles viel einfacher, Herr *von* Gontard«, stichelte Kußmaul.

»Freiheit heißt vor allem, dass man frei ist in der Wahl derer, die ein Volk führen sollen!«, rief Gontard.

Wieder lächelte Kußmaul. »Und wenn sich nun, was zu erwarten ist, das Volk mehrheitlich für Friedrich Wilhelm IV. ausspricht, vielleicht sogar für ihn als Deutschen Kaiser?«

»Dann hätten wir schon einen großen Schritt vorwärts getan, wenn auch ...« Gontard war vom Stehen, Zuhören und Debattieren so müde geworden, dass er den Gedanken nicht mehr zu Ende bringen konnte. »Ich will nach Hause und mich dann um den Fall Randersacker kümmern.«

Zu Letzterem kam er erst am Montagmorgen. In der Artillerie- und Ingenieurschule pausierte man noch immer, und so konnte er sich ungestört an die Arbeit machen. Es erschien ihm sinnvoll, nicht erneut zu Randersackers Witwe zu gehen, wie er es eigentlich vorgehabt hatte, sondern in die Neue Königstraße, denn es sprach alles dafür, dass der Kriegsrath in der Nähe der Barrikade umgebracht worden war. Oder hatte man ihn vielleicht doch anderswo ermordet und dann im Weinfass herbeigeschafft? Gontard begann mit seinen Nachforschungen im Hause Neue Königstraße No. 44, in der Eisenhandlung von Kersten und Loy. Die Besitzer stellten sich jedoch schlagartig dumm, kaum dass er sich als Oberst-Lieutenant vorgestellt und ihnen erklärt hatte, dass er im Auftrage des Kriegsministers den Tod des Geheimen Kriegsrathes von Randersacker aufzuklären habe. Dabei trug er nicht einmal eine Uniform. So versuchte er sein Glück an anderer Stelle. Er ging in die Jung'sche Apotheke, wo er sich als »Herr Buchholz« von der *Vossischen Zeitung* vorstellte.

Da wurde hinter den Schränken gelacht. »So, so, Sie sind der Herr Major von Buchholz von der Sonderbeilage für unsere Artillerie-Lieutenants.« Das war Theodor Fontane. Der konnte ihm zwar auch nicht weiterhelfen, gab ihm aber den Rat, im Eckhaus des Partikuliers Richter nachzufragen. Dort wohne in der zweiten Etage ein sehr königstreuer Gymnasialprofessor mit Namen Dr. Fröhden, der sicherlich die Barrikadenkämpfe beobachtet habe und gern zu jeder Auskunft bereit sei. Fontane behielt recht. Der Mann war zwar äußerst unsympathisch, hatte ein Gesicht, das Gontard an einen Karpfen erinnerte, und roch fürchterlich aus dem Mund, er hatte aber von seinem Ausguck aus alles in der Neuen Königstraße akribisch verfolgt.

»Der Drechsler Nicolas ist mit einer Axt umhergelaufen und der Stellmacher Otto mit einem riesigen Hammer«, begann er mit knarrender Stimme.

Gontard notierte sich die Namen. »Sie werden in der Zeitung gelesen haben, dass die Leiche des Kriegsrathes von Randersacker in einem großen Fass gefunden wurde. Wissen Sie, vom wem die Fässer stammten, die auf der Barrikade hier vor Ihrer Haustür aufgetürmt waren?«

Auch diese Frage konnte Dr. Fröhden beantworten. »Vom Weinküfer Schihmann kam das riesige Weinfass, vom Zuckersieder Kühne das Zuckerfass.« Da stockte der Gymnasialprofessor, weil ihm noch etwas Wichtiges eingefallen war. »Aber suchen Sie doch mal nach dem Totengräber, der auf den aufgerichteten Fässern gestanden hat, um den geraubten Böller zu bedienen!«

Gontard bedankte sich für diesen Ratschlag und machte, dass er schnell wieder auf die Straße kam. In der nächsten Stunde suchte er die genannten Herren auf, ohne dass ihm einer von ihnen weiterhelfen konnte – oder wollte. Niemand hatte Randersacker gesehen, und niemandem war ein Streit zwischen zwei Männern aufgefallen. Gontard überlegte. Entweder die Männer logen – oder aber Randersacker war absolut unbeobachtet in einem der angrenzenden Häuser erschlagen und dann in einem günstigen Augenblick in eines der herumstehenden Fässer gesteckt und in Richtung Barrikade gerollt worden. Unmöglich war das nicht, denn es hatte Momente gegeben, in denen alle abgelenkt gewesen waren, etwa als man die beiden Pulverkästen aus dem Turm der Georgenkirche herangeschleppt hatte.

Als Gontard nicht weiterkam, lehnte er sich an die Hauswand neben der Jung'schen Apotheke und schloss die Augen, um den 18. März noch einmal an sich vorbeiziehen zu lassen. Wer, außer Dr. Kußmaul, hatte in seiner Nähe gekämpft? Nach einigen Sekunden erinnerte er sich an einen Jungen von vielleicht fünfzehn Jahren, der von einer Kugel getroffen worden war, furchtbar gewimmert und immer wieder nach seiner Mutter geschrien hatte. Zwei Frauen waren herbeigeeilt, um ihn in eines der angrenzenden Häuser zu tragen, und ein Mann hatte mit lauter Stimme die Soldaten verflucht, die den Jungen getötet hatten. Gontard wollte sein Name nicht einfallen. Er hatte ihn vorher schon einmal gesehen – aber wo? Endlich kam er darauf: Es war der Schriftsteller August Braß, den er wohl bei einem Besuch in der Dichtervereinigung »Tunnel über der Spree« kennengelernt hatte. In der Zeitungshalle verriet man ihm, dass Braß in der Friedrichstraße No. 44 wohnte.

Braß hatte bereits von Gontards Leidenschaft für die Aufklärung schwieriger Mordfälle gehört und hatte keinerlei Bedenken, ihn bei der Suche nach dem Mörder des Kriegsrathes Randersacker zu unterstützen. »Der Tyrannenmord mag moralisch zu rechtfertigen sein, aber darf ich mich auch freuen, wenn man den Koch des Tyrannen ermordet?«, begründete Braß seine Haltung. »Und außerdem ist unser Friedrich Wilhelm IV. kein Tyrann. Es ist ein ganzer Stand, der dem Volk die Freiheit nimmt.«

Gontard nickte. »Sie haben recht.«

Nachdem sie eine Weile über politische und gesellschaftliche Angelegenheiten geredet hatten, kam Gontard auf den eigentlichen Grund seines Besuches zu sprechen. »Lieber Braß, haben Sie denn nun am 18. März in der Neuen Königstraße etwas bemerkt, das mich weiterbringen könnte?«

»Eigentlich nicht ...« Braß dachte nach. »Der Randersacker ist mir schon aufgefallen, der ist in der Gegend herumgeschlichen und hat alles beobachtet. Aber als es richtig losgegangen ist, war er längst verschwunden.«

»Weil ihn vorher jemand erschlagen und in eines der herumliegenden Fässer gesteckt hat.«

»Schon möglich, dass das keiner gesehen hat. Wir alle waren vollauf mit dem Barrikadenbau beschäftigt.«

»Das ist verständlich«, murmelte Gontard. »Und vorher? Hat Randersacker da mit jemandem gesprochen?«

»Ja, er hat versucht, die Leute auszufragen. Er wollte sich kundig machen, nur hat ihm keiner Auskunft geben wollen, manche haben ihn auch regelrecht beschimpft.«

»Wer hat das getan?«, hakte Gontard nach.

»Zum Beispiel dieser Kellerhalsredner und Buchdrucker. Heinrich Carrenzien heißt er.«

»An den kann mich auch erinnern!«, rief Gontard und hätte sich damit fast verraten. »Ich kenne ihn von seinen Auftritten in der Weinmeisterstraße«, fügte er schnell hinzu.

»Der Carrenzien und der Randersacker haben sich regelrecht angeschrien. Ich habe ein ganzes Stück weit weg gestanden und daher nicht jedes Wort verstanden. Ich weiß nur, dass es um Engel gegangen ist.«

»Um Engel? Das ist merkwürdig ...«

Einundzwanzig

Dem Constabler Krause wie auch Werpels Frau wurde es zunehmend lästig, dass der Commissarius immer wieder schilderte, wie er unter Einsatz seines Lebens den Mörder Franz Watzlawiak gefasst habe. »Er stürzt auf mich zu und schwingt sein Beil, um es mir auf den Schädel zu schlagen. Mit einer geschickten Bewegung unterlaufe ich die gefährliche Waffe und ramme ihm mein Knie ins Gemächt. Daraufhin brüllt er wie am Spieß, lässt das Beil fallen und krümmt sich. Ich stürze hin und nehme das Beil an mich, um es als Beweisstück sicherzustellen, denn in den Stiel war Watzlawiaks Name eingebrannt.«

Dass Watzlawiak sich wieder aufgerafft hatte und ihm entkommen war, verschwieg der Commissarius seiner Frau allerdings. Er war ihm zwar noch hinterhergelaufen, hatte ihn aber nicht einholen können. Im Gewirr der kleinen Straßen um das Prenzlauer Thor hatte er Watzlawiak bald aus den Augen verloren.

Krause wurde poetisch. »Da jing er hin und ward nicht mehr jesehn.«

»Sie haben's erfasst«, sagte Werpel. »Er müsste sich aber noch in Berlin aufhalten, denn ich habe sein Signalement an alle Bahnhofsvorsteher und alle Poststationen verteilen lassen.«

»Man hätte sollen ein Kopfgeld auf ihm aussetzen«, fand Krause. »Dann hätt er sich schon längst jemeldet, um det einzustreichen.«

Werpel schüttelte den Kopf. »Dabei hätten wir ihn doch gleich hoppgenommen, und er hätte nichts mehr davon gehabt.«

»Da ham Se ooch wieda recht.«

»Wo fangen wir bloß an, nach ihm zu suchen? In seiner Wohnung ist Watzlawiak nicht, das würde er nicht wagen. Dass er sich in der Fabrikhalle von Borsig aufhält, ist auch unwahrscheinlich. Aber vielleicht ist er bei seiner Zukünftigen, bei Auguste Gärtner. Das Randersacker'sche Palais ist riesig, und es kann durchaus sein, dass Auguste ihn dort versteckt hat, bis sich ihm eine Möglichkeit zur Flucht bietet. Kommen Sie, wir dürfen keine Zeit verlieren!«

Gontard und Kußmaul standen am Hamburger Bahnhof und winkten ihren Familien zu, die schon im Zug nach Neustadt an der Dosse saßen. Dort wurden sie von den Prignitzer Verwandten erwartet, und in der Pferdekutsche ging es weiter auf Gontards Landgut nach Wutike. Henriette und Luise hatten ihre Männer zu diesem Schritt gedrängt, denn für die nächsten Tage wurde die Rückkehr der ersten Regimenter erwartet, und da konnte es in der Stadt erneut zu Kämpfen kommen. Pfiffe ertönten, die Lokomotive blies schwarzen Rauch in den Berliner Himmel und schien mit den Essen des Feuerlandes konkurrieren zu wollen. Die Kinder winkten fröhlich, die Frauen hatten Tränen in den Augen, und Gontard und Kußmaul versuchten, sich mannhaft zu geben.

»Wer weiß, was sein wird, wenn wir unsere Lieben wiedersehen«, sagte Kußmaul. »Mir kann nichts passieren, aber bei dir sitzt Flora sozusagen auf der frei gewordenen Bettkante.«

»Hör auf damit!«

Als der Hamburger Zug ihren Blicken entschwunden war, setzten sie sich in eine Droschke und fuhren zum Gensdarmen-Markt, um bei Stehely noch einen Kaffee zu trinken. Dabei kam Gontard auf den ermordeten Geheimen Kriegsrath zu sprechen. »Im Fall Randersacker tappe ich noch immer im Dunkeln«, begann er und berichtete, was August Braß ihm erzählt hatte. »Was haben Randersacker und dieser Carrenzien mit einem Engel zu schaffen?«

Kußmaul lachte. »Mit einem Engel vielleicht nichts, aber möglicherweise haben sie sich um die Thesen von Friedrich Engels gestritten. Über den haben wir Anfang Februar schon mal gesprochen ...«

Da sprang Gontard auf, schlug sich die Hand klatschend gegen die Stirn und rief: »Das ist es vielleicht!«

»Du denkst doch nicht etwa an den Vorfall in Altenrath vor zehn Jahren?«

»Doch, genau den habe ich im Kopf! Die junge Marie Engels wird von einer verirrten Kugel getroffen und stirbt – und der verantwortliche Kommandeur auf dem Schießplatz Wahner Heide ist kein anderer als Richard von Randersacker. Der hat sich bei der Reichweite der neuen Geschütze verrechnet. Wenn nun Marie Engels' damaliger Verlobter die Barrikadenkämpfe ausgenutzt hat, um sich an Randersacker zu rächen?«

»Ein genialer Einfall!«, rief Kußmaul. »Aber weißt du denn, wie dieser Verlobte hieß?«

Gontard überlegte einen Moment. »Das war ein gewisser Drickes. Ein Schmied, soweit ich mich erinnern kann.«

»Aber der Mann, mit dem sich Randersacker kurz vor seinem Tod gestritten hat, war der Buchdrucker Heinrich Carrenzien. Wenn du da einen Zusammenhang siehst, dann ist das mehr als gewagt, mein Lieber.«

»Das ist es wohl.« Gontard sank auf seinen Stuhl zurück. »Ich bin ein Narr, dass ich auf diesen Drickes gekommen bin! Was bleibt mir anderes, als mich nun sinnlos zu betrinken?«

Kußmaul suchte ihn zu bremsen. »Ich als dein Leibarzt gestatte dir an diesem Vormittag nicht mehr als ein Glas Weißwein.«

»Herzlichen Dank, Herr Doktor!«

Als der Wein gekommen war, fiel Kußmaul etwas ein, das Gontards Hoffnung wieder ein wenig Nahrung gab. »Ich habe zeitweise direkt neben dem Carrenzien auf der Barrikade gestanden, und immer, wenn eine seiner Kugeln danebengegangen ist, hat er sich dafür selber fürchterlich gescholten: Du Kappeskopp! Das klingt nach rheinländischem Dialekt, findest du nicht?«

Gontard nickte. »Da gebe ich dir recht. Ich werde auf alle Fälle zu Krause und Berends in die Lindenstraße gehen und mit Carrenzien sprechen.«

Dort angekommen, fand er alle in hektischer Betriebsamkeit, denn in diesen Tagen waren massenhaft Flugblätter und Plakate zu drucken. Carrenzien stand am Pressbengel und arbeitete wie ein Besessener. Gontard bewunderte ihn – trotz seines Verdachts. Einen besseren Kämpfer für eine neue liberale Ordnung hätte er sich nicht wünschen können. »Es tut mir leid, dass ich Sie stören muss«, begann er. »Ich will Sie auch nicht lange aufhalten.«

Carrenzien unterbrach seine Arbeit. »Wenn es wichtig

ist, dann stehe ich Ihnen gerne zur Verfügung, Herr von Gontard. Um was geht es denn?«

Gontard musste erst nach einer ausgewogenen Formulierung suchen. »Es wird sich schon herumgesprochen haben, dass ich die näheren Umstände aufklären soll, unter denen der Geheime Kriegsrath Richard von Randersacker ums Leben gekommen ist.«

»Ja, davon habe ich gehört. Aber was gibt es da noch aufzuklären? Randersacker ist doch auf dem Invalidenfriedhof beigesetzt worden, was bedeutet, dass er als Soldat bei den Barrikadenkämpfen in der Neuen Königstraße getötet worden ist.«

»Das stimmt nicht ganz. Randersacker wurde erschlagen aufgefunden – und steckte dabei in einem großen Fass.«

»Seltsam ...« Carrenzien zuckte mit den Schultern. »Als ich mich mit Randersacker gestritten habe, vielleicht eine Stunde bevor die ersten Schüsse fielen, war er noch quicklebendig.«

Gontard nickte. »Richtig. Dabei sind Sie auch beobachtet worden. Sie sollen sich mit Randersacker über Engel gestritten haben.«

Carrenzien lachte. »Nicht über Engel, sondern über Friedrich Engels.«

»Nicht über Marie Engels?«

»Nein. Wer soll das sein?«

»Die Verlobte des Schmieds Drickes aus Altenrath, die bei einem Unfall am Schießplatz Wahner Heide ums Leben gekommen ist.«

Carrenzien breitete die Arme aus. »Ich habe keine Ahnung, wovon Sie reden, Herr Oberst-Lieutenant. Ich komme nicht aus Altenrath, sondern aus Lohmar.«

Der 30. März 1848 war ein Donnerstag, und wieder war die ganze Stadt auf den Beinen, denn heute sollten die ersten Regimenter nach Berlin zurückkehren, und zwar das 24. Linien-Infanterie-Regiment, zwei Bataillone des 9. Infanterie-Regiments, das 3. Ulanen-Regiment und die Lehr-Eskadron. Wie das Königliche Gouvernement und das Königliche Polizeipräsidium bekanntgegeben hatten, war deren Rückkehr veranlasst worden, um den Wachdienst in Gemeinschaft mit der Bürgerwehr zu übernehmen und dadurch die schweren, mit der rühmlichsten Hingebung geleisteten Pflichten der Bürger zu erleichtern.

»Wer's glaubt, wird selig«, sagte Kußmaul, der mit Gontard zum Potsdamer Thor gekommen war, um den Einzug der Soldaten mit eigenen Augen zu verfolgen. »Jetzt hat der Staat wieder alles fest im Griff, unser Kampf war umsonst.«

»Nicht unbedingt.« Gontard war etwas optimistischer. »Wie soll denn nach den Ereignissen der letzten Wochen der Kronprinz jemals als Wilhelm I. den Thron besteigen?« Und er summte das Spottlied, das in Berlin auf allen Straßen und Plätzen zu hören war:

Schlächtermeister Prinz von Preußen
komm doch, komm doch nach Berlin!
Wir wollen Dich mit Steinen schmeißen
und auf die Barrikaden ziehn.

Die Bürgerwehr mit zweitausend Männern hatte in Abteilungen zu je zwanzig Mann Aufstellung genommen und ein Spalier gebildet. Mit klingendem Spiel rückten die Truppen heran. Ludwig Urban, von den Zeitungen als Berlins größter Barrikadenheld gefeiert, kam hoch zu

Ross, der Fabrikherr August Borsig bewegte sich an der Spitze seiner Maschinenbauer. Zivilisten und Militärs begrüßten sich, um gemeinsam Einzug in die Stadt zu halten. Einige Soldaten sah man nun Arm in Arm mit Zivilisten, wahrscheinlich Freunden und Verwandten. An der Spitze ritt Julius von Minutoli. Hochrufe ertönten. Auch Burschenschafter, seit Jahren verboten, waren zu sehen.

»Vielleicht hat sich doch etwas verändert«, murmelte Gontard, als sie sich wieder auf den Heimweg machten.

An der Ecke Leipziger und Wilhelmstraße begegneten sie dem zurückgetretenen Innenminister Ernst von Bodelschwingh, den Gontard von früheren Begegnungen kannte. Sie blieben stehen und kamen miteinander ins Gespräch.

»Wie fühlen Sie sich?«, war Gontards erste Frage. »Wo Sie nun schon seit zwölf Tagen nicht mehr im Amt sind ...«

Bodelschwingh lächelte. »Ich fühle mich als freier Mann. Der Politik werde ich den Rücken kehren und mit meiner Familie wieder nach Westfalen gehen, auf das elterliche Gut Velmede. Sie werden ebenfalls in Bälde einen neuen obersten Dienstherrn bekommen, vom König einmal abgesehen.« Der Kriegsminister Ferdinand von Rohr hatte seinen Rücktritt erklärt und sollte durch Karl von Reyher ersetzt werden. »Und für unseren Geheimen Kriegsrath Richard von Randersacker brauchen wir auch noch Ersatz. Sind Sie denn auf der Suche nach seinem Mörder schon ein Stück weitergekommen?«

»Ich weiß nicht recht.« Gontard berichtete ihm, was er bisher herausgefunden hatte.

Bodelschwingh dachte nach. »Drickes, Drickes ...«

»Kennen Sie den Schmied etwa?«

»Nein, das nicht, aber ich war 1831 für ein halbes Jahr

Oberregierungsrath in Köln, und ich habe noch im Ohr, dass man dort Männer mit dem Vornamen Heinrich ›Drickes‹ genannt hat, so wie hier in Berlin aus Ferdinand ›Nante‹ wird und aus Eduard ›Ede‹.«

Gontards Puls schnellte nach oben. »Dann ist Heinrich Carrenzien möglicherweise doch der Drickes, der sich an Randersacker rächen wollte!«

Kußmaul versuchte, die Euphorie seines Freundes zu bremsen. »Aber Carrenzien ist kein Schmied, und er kommt nicht aus Altenrath, sondern aus Lohmar.«

»Trotzdem werde ich jetzt zum Polizeipräsidium gehen und Minutoli bitten, einen Eilbrief an die Behörden im Rheinland zu schicken. Sie sollen uns mitteilen, wer dieser Drickes ist und ob Heinrich Carrenzien irgendetwas mit Altenrath zu tun hat.«

Es war April geworden, und eine große Ernüchterung hatte Berlin erfasst. Überall hieß es, dass der kreißende Berg nur eine Maus geboren habe. Werpel war das recht, er zog weiter mit seinem Constabler durch Berlin, um Franz Watzlawiak zu suchen. An den Straßenecken hing ein Aufruf des Magistrats: Alle Mitbürger, die noch im Besitze von Waffen seien, möchten diese in den Vormittagsstunden von neun bis zwölf Uhr im Cöllnischen Rathaus abgeben.

»Hoffentlich sind damit auch die geistigen Waffen gemeint«, brummte Werpel.

»Davon habe ich keine«, stellte Krause fest.

»Wie wahr!«, murmelte Werpel. Er hatte seine Bemerkung nicht nur auf Krause, sondern auch auf die Mitglieder des Bundes der Kommunisten bezogen, vor allem aber auf Friedrich Hecker, der am 12. April 1848 vom Balkon eines Konstanzer Stadthauses die erste deutsche Republik proklamiert hatte. Nun wollte er in Karlsruhe die Regierung stürzen. »Ich hoffe, dieser Hecker kommt nicht bis nach Berlin!«

Krause zuckte mit den Schultern. »Ick esse Häckerle sehr jerne.«

Werpel stöhnte auf und wechselte das Thema. »Haben Sie eine Idee, wo dieser Watzlawiak stecken könnte?«

»Nee. Aba vielleicht issa schon tot.«

Das hatte Werpel sich auch schon gedacht, so verweint, wie seine Auguste aussah. Aber das konnte auch daran liegen, dass sie begriffen hatte, wen sie um ein Haar geheiratet hätte: einen Mörder. In der Hoffnung, dass sie ihn zu Watzlawiak führen würde, war Werpel ihr tagelang unauffällig gefolgt. Leider war die Mühe vergeblich gewesen. Vielleicht hatte sie mit ihrem Franz längst abgeschlossen und verspürte kein Bedürfnis mehr, ihn zu sehen. Jedenfalls hatte sie ihn nicht im Randersacker'schen Palais versteckt und auch nicht zu Hause bei ihren Eltern.

»Jehn wa doch noch ma bei seim Bruda«, schlug Krause nun vor. »Wenna bei eem Untaschlupf suchen tut, denn doch bei dem.«

»Ich weiß!« Von Krause gute Ratschläge entgegenzunehmen war das Letzte, was Werpel ertragen konnte. »Aber da waren wir doch schon zweimal.«

»Na, alle juten Dinge sind doch nu drei.«

»Also gut, unternehmen wir einen kleinen Spaziergang.«

Ludwig Watzlawiak wohnte in der Commandantenstraße, also j.w.d. in der Luisenstadt. Vom Molkenmarkt aus war das ein ganzes Ende zu laufen. Werpel und Krause gingen auf der Jannowitzbrücke über die Spree hinweg und dann über die Brücken und die Neanderstraße immer südwärts.

Werpel wurde sehr förmlich, als sie bei Ludwig Watzlawiak am Klingelzug gerissen hatten und er in der Tür erschien. »Wir haben Anlass zu der Annahme, dass sich Ihr Bruder, der flüchtige Maschinenbauer Franz Watzlawiak, bei Ihnen im Hause aufhalten könnte.«

»Hier issa nich, det hab ick Ihnen doch schon jesagt. Aber komm Se ruhig rin! Nach der Schande, die mein Bruda unsa Familje anjetan hat, würde ick ihn am Schlafittchen nehm und bei Ihnen abliefern, Herr Commissarius.«

Der Mann machte auf Werpel einen sehr ehrbaren Eindruck, trotzdem durchsuchte er die Wohnung – ohne jedes Ergebnis.

»Wie ick Franzen kenne, is der schon längst üba alle Berje, wenn se ooch an die Thore noch so uffpass'n.«

Am 15. April wurde Gontard ins Polizeipräsidium gerufen. Man teilte ihm mit, dass ein Schreiben der Bürgermeisterei Lohmar im Kreis Siegburg für ihn eingegangen sei.

»Was steht in dem Brief?«, fragte Gontard aufgeregt.

»Lesen Sie selbst, Herr Oberst-Lieutenant!«

Er überflog den Brief. In geschraubtem Amtsdeutsch teilte man ihm mit, dass es sich bei dem Verlobten der Bäckerstochter Marie Engels, die am 9. März 1838 von einer fehlgeleiteten Übungsgranate getötet worden sei, um den Schmiedegesellen Heinrich Carrenzien handle, der kurz nach dem Unglück nach Berlin übergesiedelt sei und dort als Buchdrucker sein Glück versucht habe.

»Also doch«, murmelte Gontard. »Carrenzien hat sich an Randersacker gerächt.«

Er eilte zu Werpel, um Heinrich Carrenzien festnehmen zu lassen. Zusammen mit dem Constabler Krause zogen sie vom Molkenmarkt in die Lindenstraße zur Druckerei von Julius Berends und Eduard Krause.

Berends begrüßte Gontard als alten Freund und Weggenossen, sah aber mit Sorge auf den Criminal-Commissarius und den Constabler. »Wollen Sie mich einsperren, weil ich etwas Staatsfeindliches habe drucken lassen?«

»Nein, es geht nicht um Sie. Wir sind hier, um Heinrich Carrenzien festzunehmen.« Gontard erklärte ihm mit knappen Worten die Zusammenhänge.

Berends machte eine Geste der Hilflosigkeit. »Es tut mir leid, der Heinrich ist bei uns seit vierzehn Tagen nicht mehr gesehen worden. Ich habe keine Ahnung, wo er abgeblieben ist.«

Diese Flucht war ein klares Eingeständnis seiner Schuld. Gontard verschlug es die Sprache. Er war einerseits wütend darüber, dass ihm Carrenzien entkommen war. Andererseits verspürte er Enttäuschung angesichts des jungen Mannes, der ein großer Volkstribun hätte werden können und sich nun als feiger Mörder entpuppte. Gontard mochte Carrenzien und verzieh ihm, ein hartherziges Scheusal wie Randersacker getötet zu haben. So etwas zu denken, und das auch noch als Königlicher Oberst-Lieutenant, beschämte ihn jedoch derart, dass er murmelte: »Herr, vergib mir diesen Gedanken.«

Erst als ihm Werpel die Hand schüttelte, kam er wieder zur Besinnung.

»Gratuliere, Herr Oberst-Lieutenant! Nun ist auch Ihnen Ihr Mörder entlaufen – so wie mir meiner. Es freut mich, dass wir künftig wenigstens in dieser Hinsicht für ebenbürtig gehalten werden.«

Zweiundzwanzig

Franz Watzlawiak wusste genau, dass in ganz Berlin nach ihm gesucht wurde. Sein Bruder versorgte ihn gewissenhaft mit den neuesten Nachrichten. Das ging ohne jede Gefahr, denn sie sahen sich mehrmals am Tage – immer dann, wenn Ludwig ihm etwas zu essen brachte oder seinen Fäkaleimer wegtrug. Dies im Labyrinth des Zeughauses ungesehen zu erledigen war kein ganz so großes Kunststück. Hier war Ludwig Watzlawiak seit langem als Waffenmeister beschäftigt und kannte sich bestens aus.

Der Entschluss zum Bau des Zeughauses ging noch auf den Großen Kurfürsten, Friedrich Wilhelm von Brandenburg, zurück. Laut seinem Testament aus dem Jahre 1667 sollte *ein schönes Zeughaus allda angelegt werden*, erst 1730 war der prachtvolle Bau an der Schlossbrücke jedoch fertiggestellt worden. Fast zweihundert Geschütze wurden hier gelagert und rund 150 000 Handwaffen für Infanterie und Kavallerie, Degen und Musketen zum Beispiel. Dazu gab es ein Lager für Kriegsbeute und Trophäen, etwa französische Fahnen und schwedische Kanonen aus dem Dreißigjährigen Krieg. In diesen Räumen, die selten jemand betrat, hatte Franz Watzlawiak seine Lagerstatt aufgeschlagen.

Er lag auf einer Zeltplane und schmiedete Pläne. Nach

Amerika wollte er gehen. Mit seinen Handwerkskünsten würde es ihm nicht schwerfallen, in den Vereinigten Staaten Fuß zu fassen. Weil er bei Borsig zuletzt am Bau von Lokomotiven beteiligt gewesen war, wusste er, dass auch Norris in Philadelphia welche baute. Bei ihm fand er mit Sicherheit Arbeit. Wenn nicht, würde er in den Wilden Westen gehen und dort sein Glück versuchen. Da interessierte sich bestimmt niemand für sein altes Leben in Preußen. Aber erst einmal musste er Berlins Stadtmauern hinter sich lassen. Dass die Häscher überall lauerten, wusste er von seinem Bruder.

Der kam am Mittag des 13. Juni völlig durchnässt in sein Versteck. Es hatte eben ein heftiges Unwetter mit Gewitter, Wolkenbruch, Sturm und Hagelschlag gegeben. »Ick war ehm nur ma rüba, um inna Bibliothek wat zu aledijen, da hat et ma awischt. Hajelkörna so jroß wie Taubeneia hat et jeregnet!«

»Wie jerne hätt ick ma von den'n treffen lassen«, murmelte Watzlawiak.

Sein Bruder schmunzelte. »Bald kannst de dia uff'm Atlantik den Wind umme Nase wehn lassn.«

Watzlawiak staunte. »Wieso'n dit?«

»Morjen jeht von't Zeughaus 'n Fuhrwerk nach Westen ab. Alte Waffen und Fahnen, die wa hier nich mehr untabringn könn, wern auf die Festung Wesel jebracht, wo noch Platz jenug is. Du kannst dia unta die Fahnen verstecken, biste aus Berlin raus bist. Dann läufst de imma mitten durch die Wälder bis zum nächsten Auswandererhafen, nach Hamburg, Geestemünde oder Rotterdam.«

»Warum nicht jleich LeHavre?«

»Meinetwejen auch LeHavre. Du schaffst det schon.«

Am Morgen des 14. Juni wollte sich Gontard auf den Weg zur Vereinigten Artillerie- und Ingenieurschule machen, um seinen Lieutenants endlich das Ende des Siebenjährigen Krieges und dessen politische Folgen nahezubringen: Nach dem Krieg war Preußen zwar als fünfte Großmacht in Europa anerkannt, aber mit der Aneignung Schlesiens hatte es sich Österreich erneut zum Feind gemacht, so dass an eine Überwindung des deutschen Dualismus kaum noch zu denken war. Gontard kam vom Kadettenhaus in der Neuen Friedrichstraße und war gedanklich so in seine Lehrveranstaltung vertieft, dass er den Auflauf vor dem Zeughaus erst bemerkte, als er am Ende der Schloßfreiheit angekommen war und nach links in die Straße Unter den Linden abbiegen wollte.

Einige Straßenkehrer hatten einem Stadtverordneten den Weg verstellt. »Werden bald Waffen an uns ausgeteilt?«, fragten sie ihn.

»Soviel ich weiß, sollen nur waffenfähige Männer dergleichen bekommen«, antwortete der von oben herab.

»Der König und das ganze königliche Haus müssen fortgejagt werden!«, schrie einer.

»Schämen Sie sich!«, rief der Stadtverordnete und ging wieder seines Weges.

Nach ein paar Schritten in Richtung Zeughaus stieß Gontard auf Werpel und sprach ihn auf den Vorfall an. Polizeipräsident von Minutoli habe doch erst vor wenigen Tagen wilde Versammlungen verbieten lassen.

Werpel zuckte mit den Schultern. »Es geht das Gerücht, dass es am Brandenburger Thor einen Zusammenstoß von Volk und Bürgerwehr gegeben hat, mit mehreren Verletzten und etlichen Verhaftungen. Und ich dachte, es wäre jetzt endlich Ruhe«, seufzte er.

Gontard sah den Commissarius ein wenig spöttisch an. »Dann stellen Sie doch diese Ruhe wieder her!«

Werpel machte eine abwehrende Handbewegung. »Deshalb bin ich nicht hier, ich suche Franz Watzlawiak.«

Gontard staunte. »Haben Sie eine neue Spur?«

»Ich vermute, dass er sich bei seinem Bruder im Zeughaus versteckt hält. Wir haben seit Tagen diese Auguste Gärtner beobachtet, und immer wieder ist sie im Zeughaus verschwunden – doch sicherlich, um ihren Franz zu sehen.«

»Wenn sie nun aber dort war, um mit dem Bruder zu poussieren?«

»Rauben Sie mir nicht meine Illusionen!«, rief Werpel.

Während Gontard und Werpel miteinander redeten, waren mehrere unbewaffnete Soldaten im Zeughaus verschwunden – um wenig später bewaffnet wieder herauszukommen. Das versetzte das Volk langsam, aber sicher in Rage. Es schien sich etwas zusammenzubrauen. Das musste auch der Polizeipräsident befürchten, denn Gontard sah ihn ganz in seiner Nähe umherschleichen, in Zivil, den Hut tief ins Gesicht gezogen.

Im Lustgarten tauchte nun auch Ludwig Urban auf. Er durchquerte das Kastanienwäldchen, lief die Rampe zum angrenzenden Finanzministerium hinauf und postierte sich neben den dort stehenden Kanonen, um eine Rede zu halten. »Das Volk verlangt, das Militär solle aus dem Zeughaus«, schallte es zu Werpel und Gontard hinüber, »weil es ohne Waffen hereinkomme und stets mit Waffen fortgehe. Wäre dies begründet, so müsse man darauf dringen, dass das Zeughaus von Bürgern besetzt wird. Diejenigen, die etwas Sicheres darüber wissen, mögen daher hervortreten.«

Während nun einige Bürger das Wort ergriffen, erschien ein junger Mann, dem es offenbar gelungen war, ins Zeughaus einzudringen, an einem Fenster des oberen Stockwerkes und rief der Menge zu, dass bislang noch keine großen Waffenbestände aus dem Zeughaus geräumt worden seien.

»Das ist doch Oskar von Feenburg«, murmelte Gontard, »ein Student.«

»Woher kennen Sie den denn?«, wollte Werpel wissen.

Gontard verfluchte sich dafür, den Namen erwähnt zu haben, denn er hatte mit Feenburg auf der Barrikade an der Neuen Königstraße gekämpft. »Woher ich ihn kenne ... Durch meinen Freund Kußmaul, Feenburg studiert Medizin.«

»Das soll ein ganz gefährlicher Bursche sein«, wusste Werpel zu berichten. »Es heißt, er soll Waffen für die Aufständischen in Norddeutschland beschaffen, was schon schlimm genug ist, weil das alles Liberale sind, aber gestern Abend hat er in einem Lokal in der Jägerstraße auch noch die Republik ausgerufen. Wenn der das Volk aufhetzt, stürmen sie womöglich noch das Zeughaus.«

Gontard nickte. »Darauf würde ich jede Wette eingehen. Und was wird dann aus Ihrem Watzlawiak? Er wird die Turbulenzen nutzen und flüchten.«

»Dem muss ich unbedingt zuvorkommen!«, rief Werpel. »Darum gehe ich jetzt ins Zeughaus und nehme ihn fest, bevor hier der Sturm losbricht.«

»Machen Sie das! Ich warte hier.«

Gontard befürchtete, in Unruhen verwickelt zu werden, die ihn dieses Mal wirklich den Kopf kosten konnten, denn heute war er nicht als Totengräber verkleidet, sondern in Uniform erschienen. Er sah, wie sich Werpel durch die Menge drängte und an einem der schweren hölzernen Tore des Zeughauses auftauchte und um Einlass begehrte. Nach einigem Hin und Her ließen ihn die Bürgerwehrmänner passieren.

Heinrich Carrenzien hatte Berlin am 28. März fluchtartig verlassen, nachdem ihm klargeworden war, dass ihn Gontard über kurz oder lang als den Mörder von Richard von Randersacker überführen würde. Noch aber wurde er nicht polizeilich gesucht, und so hatte er bei seiner Reise nach Baden in Eisenbahnzügen wie in Postkutschen sitzen können, ohne eine Verhaftung befürchten zu müssen. Was ihn in den Süden Deutschlands gelockt hatte, war der Versuch der badischen Revolutionsführer um Friedrich Hecker, Franz Sigel, Georg Herwegh und Gustav Struve, im Großherzogtum Baden die Ziele der Märzrevolution durchzusetzen, die Monarchie zu stürzen und eine Republik zu errichten. Im sogenannten Heckerzug war Carrenzien in Konstanz mit mehreren hundert Bewaffneten nach Karlsruhe aufgebrochen, um dort die Regierung abzusetzen. Doch am 20. April waren alle hochfliegenden Plänen gescheitert, denn im Gefecht auf der Scheideck wurde man von den überlegenen hessischen und badischen Soldaten besiegt, hatte viele Tote zu beklagen und konnte nur noch die Flucht ergreifen. Carrenzien hatte zu den Überlebenden gehört und war an der Seite von Gustav Struve in die Schweiz geflohen.

Gustav Struve, geboren 1805 in München und von Hause aus Jurist, hatte auf seinen Adelstitel verzichtet, nachdem er eine Bürgerliche geheiratet und sich deswegen mit seiner Familie überworfen hatte. Nach dem Studium in Göttingen und Heidelberg war er in den oldenburgischen

Staatsdienst eingetreten, bald aber nach Mannheim gegangen, um dort als Rechtsanwalt zu arbeiten, aber auch politisch und journalistisch tätig zu werden. Er schloss sich dem antimonarchistischen Flügel der Revolutionäre in Baden an und stieg neben Friedrich Hecker zu einem ihrer Anführer auf. Seine Worte waren für Carrenzien zum Glaubensbekenntnis geworden: dass er kein Heil für Deutschland sehe, solange hier 34 Fürstenfamilien herrschten. Nur eine föderative Republik könne die Einheit und zugleich die Freiheit Deutschlands sicherstellen.

In der Stunde, in der man sich in Berlin zum Sturm auf das Zeughaus anschickte, saß Carrenzien mit Struve am Ufer des Rheins in Basel und sprach über seine Tat in der Neuen Königstraße. »Ich komm nicht drüber hinweg. Sicherlich trägt Randersacker die Schuld am Tod meiner Marie, aber ich hätte mich nicht als Richter aufspielen dürfen.«

»Hättest du vielleicht auf das Jüngste Gericht warten sollen?«, rief Struve. »Eigentlich hätte Randersacker von einem Militärgericht abgeurteilt werden müssen, doch seine Kumpane haben den Tod deiner Braut als Kavaliersdelikt angesehen und nichts gegen den Täter unternommen.«

»Aber Rachsucht ist eine der Todsünden«, murmelte Carrenzien.

»Hättest du Randersacker *vor* der Barrikade getötet, würde kein Hahn danach krähen. Nicht einer der Berliner Männer, die einen Soldaten verletzt oder erschossen haben, ist dafür belangt worden. Du hast Randersacker leider *hinter* der Barrikade getötet – und das wird dir nun als Mord angelastet. Dein Herz war vom revolutionären Feuer entflammt, deshalb ist die Tat verzeihlich.«

»Aber ich habe auch schon vorher im ›König von Portugal‹ auf ihn geschossen«, bekannte Carrenzien.

Struve winkte ab. »Wie auch immer, die Weltgeschichte spricht dich frei. Zumal du auch die nötige innere Reue an den Tag legst.«

Carrenzien schwieg einen Augenblick, dann fragte er, ob er nicht besser nach Amerika gehen solle.

»Vielleicht hast du recht.« Struve lachte. »Am besten ist es, du bleibst an meiner Seite, denn wenn wir im revolutionären Kampf unterliegen, dann wird auch Hecker und mir nichts anderes übrigbleiben.«

»Wie soll es denn nun in Baden weitergehen?«, wollte Carrenzien wissen.

Struve musste nicht lange überlegen. »So bald wie möglich werden wir nach Lörrach gehen. Dort werde ich auf dem Marktbrunnen die rote Fahne der Revolution hissen lassen und vom Balkon des Rathauses eine Rede an das Deutsche Volk halten, die aus nur fünf Worten besteht: Wohlstand, Bildung, Freiheit für alle! Dann werde ich unter den Hochrufen der Bevölkerung eine Deutsche Republik proklamieren.«

Christian Philipp von Gontard zog seine Taschenuhr hervor. Er machte sich langsam Sorgen, denn Werpel war nun schon seit über einer halben Stunde im Zeughaus verschwunden. Jemand tippte ihm von hinten auf die Schulter. Er fuhr herum. Es war Friedrich Kußmaul.

»Wie kommst du denn hierher?«

Kußmaul lachte. »Wenn Geschichte geschrieben wird, muss ich dabei sein. Patienten haben mir erzählt, dass es heute einen Sturm aufs Zeughaus geben wird. Und im Gegensatz zu dir darf ich mich daran beteiligen.«

»Deswegen bin ich gar nicht hier. Ich mache mir Sorgen um den Commissarius.« Gontard erzählte dem Freund von Werpels Vermutung, dass sich Franz Watzlawiak im Zeughaus versteckt habe. »Was macht er bloß so lange da drin?«

»Vielleicht sitzen sie zu dritt beim Skat.«

Gontard verzog das Gesicht. »Mir ist nicht zum Spaßen zumute.«

Kußmaul suchte nach einer einfachen Erklärung. »Vielleicht hat er einen der hinteren Ausgänge genommen. Mit Watzlawiak im Schlepptau wird er sich wohl kaum durch die Menge hier arbeiten können.«

Gerade als der Arzt dies gesagt hatte, erschienen Werpel und Watzlawiak im Haupteingang – allerdings unter anderen Umständen, als Gontard erwartet hatte: Watzlawiak drückte Werpel den Lauf einer Pistole in den Hinterkopf und trieb ihn vor sich her. »Los, zu den Droschken rüber!«

Die Menge stob auseinander, und es entstand eine breite Schneise, so dass Watzlawiak mit Werpel mühelos zum Palais des Kronprinzen gelangen konnte.

Da die Versammelten abgelenkt waren, nutzten mehrere Soldaten den Moment und schlichen sich mit Gewehren in der Hand aus dem Zeughaus.

Diese Gelegenheit nutzte Gontard. Werpel musste gerettet werden. Er stürzte zu einem der Soldaten, riss ihm das Gewehr aus der Hand, legte an und zielte auf Watzlawiaks Beine. Ehe jemand eingreifen konnte, krachte der Schuss. Watzlawiak sank aufschreiend zu Boden, ohne dass er noch Zeit gehabt hätte, auf den Commissarius zu feuern.

Am Freitag, dem 3. August 1849, wurde in der Nähe der Rousseau-Insel im Berliner Thiergarten ein Standbild Friedrich Wilhelms III. enthüllt, von Friedrich Drake aus Carrara-Marmor geschaffen. Unter den geladenen Gästen befanden sich auch Christian Philipp von Gontard und der Buchdrucker Julius Berends. Beide waren überrascht, musste sich doch ihre liberale Gesinnung inzwischen überall herumgesprochen haben.

Berends beugte sich zu Gontard hinüber. »Wissen Sie, was ich heute Morgen von einem Mann aus Baden gehört habe?«

Gontard senkte die Stimme. »Bestimmt nichts Gutes.« Er wusste, dass preußische Truppen die Festung Rastatt eingenommen und damit die badische Revolution endgültig niedergeschlagen hatten.

»So ist es. Unter den 27 Revolutionären, die vom Standgericht zum Tode verurteilt und hingerichtet worden sind, befand sich auch unser Heinrich Carrenzien.«

Gontard musste schlucken. »Der Drickes, o Gott ...«

Berends lächelte. »Ich weiß, Sie bewundern ihn, weil er für die liberalen Überzeugungen sein Leben hingegeben hat, während wir nur am Schreibtisch für sie kämpfen.«

Dass er selbst auch auf den Barrikaden gestanden hatte, wagte Gontard nicht einmal einem Freund wie Berends zu gestehen. So wandte er nur ein: »Übersehen wir nicht, dass Carrenzien streng juristisch betrachtet auch ein Mörder war, und empfehlen den Stoff einem unserer Stückeschreiber. Carrenziens Heldentod in Rastatt – was für ein passender Schluss! Vorhang!«